무직전생

이세계에 갔으면
최선을 다한다

⑩

글 리후진 나 마고노테
일러스트 시로타카
옮긴이 한신남

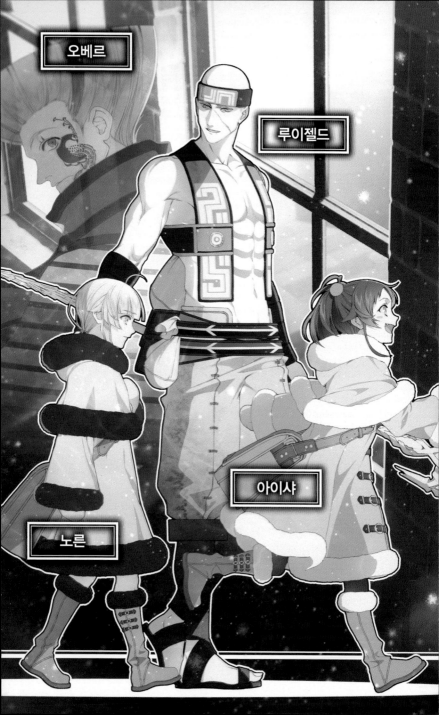

엘리나리제

크리프

나나호시

실피에트

루데우스

인물소개

"나는 실피와 함께 걸어가겠어.
무슨 일이 생기거든 힘이 되어줘. 잘 부탁해."

무직전생

이세계에 갔으면
최선을 다한다

⑩

글 리후진 나 마고노테   일러스트 시로타카   옮긴이 한신남

無職転生　～異世界行ったら本気だす～ 10

CONTENTS

"결혼은 인생의 무덤이다."

Neet is a zombie.

글 : 루데우스 그레이랫

옮김 : 진 RF 매곳

제10장

청소년기

신혼편

제1화　뒷심

실피에게 절조를 지키자.

시트에 남은 붉은 얼룩을 보면서 나는 그렇게 생각했다.

실피는 아주 소중한 것을 내게 주면서까지 나를 도와주었다. 그럼 이번에는 내 차례다. 그녀가 바라는 것을 해 주자.

시트에 남은 붉은 얼룩을 나이프로 도려내면서 생각했다.

그렇긴 해도 실피는 자기 생각을 주장하는 일이 별로 없다. 그녀가 나와 함께 있고 싶다는 마음은 전해져 오지만, 그녀가 그걸 말로 하는 일은 없으리라.

어쩌면 아리엘 왕녀의 호위 문제도 얽혀있을지 모른다.

역시 일단 아리엘 왕녀와 이야기를 나눠봐야 할까.

그렇게 생각하면서 나는 잘라낸 시트 조각을 흙 마술로 만든 상자에 넣고 신단에 비치하였다.

손을 모았다.

간신히 인간으로 돌아온 기분이었다.

내가 완전체가 된 날은 마침 한 달에 한 번 조례가 있는 날이었다.

나는 약간 안짱다리로 걷는 실피와 헤어져서 들뜬 마음으로 교실에 얼굴을 내밀었다.

자노바와 줄리, 리니아와 프루세나 그리고 크리프.

여전히 나나호시의 모습은 없었다.

"안녕하십니까, 스승님."

"안녕, 하십니까, 그랜드마스터."

내 모습을 본 자노바와 줄리가 나란히 인사하였다.

지금 생각한 건데 줄리는 꽤 귀엽다. 올해로 일곱 살이 되던가.

아직 내 스트라이크존에서는 멀지만, 밖으로 삐친 오렌지색 머리가 귀엽다.

머리를 쓰다듬어 주었다. 줄리는 깜짝 놀란 듯이 날 올려다보았지만, 곧 고개를 숙이고 몸을 떨었다. 아직도 내가 무서운 모양이다. 잡아먹는 것도 아닌데.

"안녕하세요, 자노바, 줄리."

내가 인사하자, 자노바는 고개를 갸웃거렸다.

"어라? 스승님, 무슨 좋은 일이라도 있었습니까?"

"응?"

알아차렸나.

자노바도 평소에 걱정해 주었으니까 당장이라도 보고하고 싶다.

하지만 ED가 완치되었다고 말하는 거야 좋지만, 뭐라고 말해야 할지 설명이 어렵군. 실피의 정체를 말할 수 없으니까.

피츠 선배에게 도움을 받았다고 하면 괜한 오해를 살 것 같다.

그렇게 생각하면서 내 자리로 향했다.

"여, 보스, 좋은 아침이다냐."

"안녕, 우물우물."

리니아와 프루세나가 평소처럼 앉아 있었다.

리니아는 책상 위에 탱탱하면서도 윤기 도는 멋진 다리를 올려놓았고, 프루세나는 그 풍만한 육체를 교복 안에 넣고서 답답한 눈치로 말린 고기를 씹고 있었다.

생각해 보면 나는 이 두 사람의 성장을 확인하거나 젖은 팬티를 끌어내리거나 그 밑에 숨겨진 이상향을 본 적이 있었지.

그렇게 생각하니 왠지 갑자기 두 사람이 귀엽게 보이네….

"냐?!"

"씁….."

내가 다가가자, 두 사람은 코를 누르면서 일어서더니 내게서 멀어졌다.

어라? 왠지 쇼크.

그건가. 그 냄새인가. 이른바 발정내.

나는 몇 년 만에 부활했다. 3년 만에 새 팬티를 입은 듯이 상쾌한 기분이다. 냄새도 강렬하겠지.

“어쩌지. 보스가 드디어 못 참게 됐어.”

“병 아니었던 거냐?”

“내 매력 때문이야. 죄 많은 여자야.”

“그, 그럼 프루세나가 제물이 되어라냐. 고향 일은 내게 맡기고.”

“아니…. 사실은 리니아에게 욕정하는 걸지도 몰라.”

“보, 보스의 여자가 되면 세계를 좌지우지할지도 모르는데냐? 매일 고기를 먹을 수 있다냐.”

“…어, 어쩔 수 없지. 리니아를 지키기 위해서야.”

뭔가 이야기를 주고받은 뒤에 프루세나가 결의한 느낌으로 내 앞으로 다가왔다.

그리고 귀엽게 눈을 깜빡거리더니 교태를 부리며 가슴을 강조했다.

“우훙. 귀여워해 줘… 아얏!”

머리를 한 대 때렸다.

뭐가 우훙이냐. 장난 치냐.

“뭐, 앉아 보세요. 잡아먹진 않을 거니까.”

그렇게 말하자 프루세나는 머리를 누르면서 꼬리를 말고 내 옆에 앉았다.

손이 닿는 위치에 오다니 어쩐 일이지.

리니아는 반대로 느릿느릿 다가와서 손이 닿지 않는 위치에 앉았다.

이쪽은 어쩐 일로 경계하고 있다. 평소와 거리가 반대다.

"루데우스, 무슨 일이지? 평소와 분위기가 다른데."

크리프도 고개를 갸웃거렸다.

나는 평소처럼 행동한다고 한 건데, 그렇게나 다른가? 역시 한 꺼풀 벗은 남자란 옆에서 보면 다른가. 아니, 처음인 것도 아닌데.

"어떻게 다른가요?"

"글쎄…. 자신감이 넘친다…? 는 것처럼… 보이는데?"

자노바에게 시선을 보내자 그도 고개를 끄덕였다.

자신감.

그런 단어를 들으니 인신의 말이 떠올랐다.

남자로서의 자신감을 되찾는다. 이런 건가. 스스로는 잘 실감이 안 가지만.

"여러분, 지금까지 고마웠습니다. 자세하게는 말할 수 없지만, 어제 그게 나았습니다."

그렇게 선언하자 오옷 하는 소리가 일었다.

자노바가 납득이 갔다는 얼굴로 끄덕이고, 크리프가 어깨를 두드려 주었다.

리니아와 프루세나는 고개를 마주보고, 줄리는 잘 모르겠다는 표정으로 고개를 갸웃거렸다.

"아무튼 축하한다."

"그렇습니다. 축하드립니다, 스승님."

"축하해." "축하한다냐."

어째서인지 박수를 받았다.

나도 기쁜 일이란 건 분명하지만, 왠지 조금 부끄럽군.

완전히 최종화다. 이렇게 축하한다는 말을 들으면 이다음에는 죽을 일이 기다리지 않으려나.

"하지만 보스가 나았다면 핀치다냐. 전교의 여학생들의 정조가 위험하다냐."

"근처에 있으면 임신하겠어."

리니아와 프루세나가 그런 무례한 소리를 했다.

"무슨 소리. 나는 신사입니다."

실피 이외에는 손을 대지 않는다.

조례 후에 교무실로 향했다.

저번 여행으로 빠진 만큼의 보충수업을 신청하기 위해서였다.

교무실에 들어가자, 그 분위기에 흠칫 떨었다. 역시 겉으로 보기에도 뭔가 변한 것 같은가. 마치 실피와 잤다는 게 모두에게 알려진 것 같아서 조금 창피하군.

그런 생각을 하는데 지너스 수석교사가 날 붙잡았다.

"루데우스 씨, 무슨 일 있었습니까?"

"3년 정도 고민하던 문제가 해결되어서 후련해졌을 뿐입니다."

"그렇습니까. 그거 다행이군요."

지너스 수석교사는 고개를 끄덕이고 쓴웃음을 지었다.

"그럼 혹시 이 대학을 떠날 생각입니까?"

"예?"

지너스 수석교사의 말에 나는 고개를 갸웃거렸다.

하지만 생각해 보니 분명히 이 대학을 찾아온 나의 최초의 목적은 달성되었다.

목적이란 즉, ED의 치료. 나는 그걸 위해서 왔다.

그걸 달성한 지금 가족과 재회하기 위해 베가리트로 이동하는 것도 좋지만….

하지만 1년 동안 많은 일이 있었다.

자노바와 만나고 줄리를 사고 리니아와 프루세나와 친해지고 크리프와의 우정도 얻었다.

그리고 나나호시.

원래 세계에서 전이해 온 여고생.

그녀와의 만남은 나에게 뭔가 의미가 있을 듯했다.

실피와의 재회는 덤이고, 나나호시와 만나게 하려고 인신이 여기로 데려온 거라고 생각될 정도다.

물론 내가 가장 소중히 여기는 건 실피다. 그녀가 여기에 있는 이상 떠날 수도 없다. 만에 하나의 경우에는 지켜주고 싶고. 왕녀의 호위라면 위험한 일도 있을 테니 미력하게나마 힘이 되어 주고 싶다.

하지만 아리엘 왕녀 일행은 지금 분명히 5학년이었지.

졸업까지는 여기에 있겠지만, 졸업 후에는 어떻게 될까? 아슬라 왕국으로 돌아간다면 나도 동행하는 게 옳을까?

병이 나은 이상 먼저 파울로와 합류하는 게 나을 것 같다.

그렇긴 해도 1년의 시간이 지났다.

대학에 다니기 시작한 뒤로 파울로에게 정기적으로 편지를 보냈다. 전부 다 도달했는지는 불확실하지만, 한 통이라도 닿았으면 답신이 오겠지.

이제 와서 이동을 시작하면 그 편지와 엇갈리게 될 가능성도 크다.

커다란 성과를 올리지 못했다고 해서 바로 방침을 바꾸는 건 풋내기.

하루에 서른 건 이상의 신규계약을 따내는 민완 샐러리맨도 그렇게 말했다.

지금은 계속 기다리기로 하자.

적어도 파울로에게서 답신이 올 때까지 이 동네에서 대기다.

"아뇨, 졸업까지 있을지는 모르겠지만, 한동안은 여기 남아있을까 합니다."

"그렇습니까, 다행이군요."

지너스 수석교사는 쓴웃음을 지었다.

기쁜 건지 기쁘지 않은 건지 잘 모를 쓴웃음이었다.

★　★　★

내 ED가 나아도 나나호시는 전혀 몰랐다.

대화도 적고, 그녀는 내가 안중에도 없는 걸지도 모르겠다.

대화 이야기가 나와서 말인데, 그녀와 말하고 있자면 세대 차이를 느끼는 일이 종종 있었다. 저번에도 당연히 알고 있을 거라고 생각하여서 '달을 대신하여 벌하는 여중생' 이야기를 꺼냈더니 "그게 뭐야?"라면시 고개를 가웃거렸다.

요즘 젊은것들은 문라이트 전설을 모르는 모양이다.

우리 세대라면 보진 않았더라도 이름 정도는 알고 있을 텐데.

하지만 오타쿠가 아니라면 그것도 어쩔 수 없다.

그렇게 생각했지만, 그녀는 나처럼 중증의 오타쿠가 아니라고 해도 만화나 라이트노벨 정도는 그럭저럭 읽은 아이인 듯했다. 그런 아이인데도 세일러의 문을 모른다. 어쩌면 일곱 개의 용 구슬을 모으는 이야기도 모르는 걸까 싶었는데, 그건 아는 모양이었다.

원래 세계에 있을 적의 나나호시의 나이는 17세. 반대로 나는 34세.

나이는 내가 두 배지만, 내가 이 세계에 온 것은 나나호시가 오기 딱 10년 전이었기 때문에 현재는 더욱 차이가 컸다.

어쩔 수 없을지도 모른다. 그야말로 세대 차이다.

방영기간을 생각하면 당연한 일일지도 모르지만, 실제로 이야기를 나누어 보니 당황스러웠다.

그런 나나호시니까 나도 입이 가벼워진 걸지도 모르겠다.

"나나호시 씨는 혹시 누군가와 사귄다면 그 상대에게 무얼 바라겠습니까?"

펜을 쥔 나나호시의 손이 주르륵 미끄러졌다.

그리고 기록하던 종이를 와지직 구겨서 버렸다.

"갑자기 무슨 소리야? 사랑 이야기?"

"비슷한 겁니다."

"잘 들어. 나는 얼른 돌아가고 싶어. 진지하게 좀 해 줄래? 항상 잡담만 하고. 조용히 손을 움직이면 그만큼 효율이 오를 거 아냐?"

이렇게 말하긴 해도, 나나호시도 딱히 잡담을 싫어하는 건 아니었다.

실제로 지금까지는 어지간히 불쾌하지 않으면 띄엄띄엄 말하면서 작업을 해 왔다.

그런데 이런 식의 대답이라니.

"나나호시 씨는 그겁니까? 연애 경험이 없는 사람입니까?"

"…칫!"

성대하게 혀를 차는 나나호시.

"나도 좋아하는 사람 정도는 있어. 싸우고 끝이었지만….."

그러고 보면 나나호시는 싸우는 도중에 소환되었던가.

그 둘 중 누군가를 좋아했는지, 한쪽을 고를 수 없는 역하렘 상태였는지는 모르겠지만, 사과하든 계속 싸우든 돌아가야만 하는 건 분명하겠지.

그러고 보면 그 두 사람도 소환되었을 가능성이 큰가.

나나호시 말고는 그럴 듯한 소문을 못 들었으니까 안 왔을 가능성도 크다.

물론 고등학생이 이 세계에 마력 없이 내던져지고 누구의 도움도 없이 살아남을 수 있냐면… 아니, 이건 말하면 안 되겠지.

어쩌면 나나호시도 그 정도는 예상했을지도 모른다.

자신이 지금까지 살아있을 수 있었던 것은 운이 좋았기 때문이라고.

그리고 운이 나쁘면 어떻게 되는지를.

나나호시는 굳은 얼굴로 작게 내뱉었다.

"좋아하는 사람은… 그냥 같이 있어 주기만 하면 충분해."

괴로운 모습이었다. 괜히 물었다 싶었다.

점심시간이 되었지만 나는 식당으로 가지 않았다.

오늘은 다른 장소에 일이 있었다.

바로 학생회실이다.

실피와 진지하게 사귀기로 했으면, 그들에게 말하지 않을 수 없겠지.

그들은 나와 실피를 짝지어 주려고 움직였다. 고로 어떤 의미로 이미 허가를 받은 거나 마찬가지다. 하지만 이것도 확실히 해 두어야 한다.

본교 건물 최상층 제일 안쪽. 다소 호화로운 그 문에는 '학생회실'이라는 글자가 새겨져 있었다.

거기를 노크했다.

"누구냐!"

루크의 목소리였다.

"루데우스 그레이랫입니다. 저번의 그 문제로 할 이야기가 있습니다."

그렇게 대답하자, 안에서 순간 고요해진 뒤에 허둥지둥 바삐 움직이는 소리가 들렸다.

약속도 하지 않고 왔기 때문일까. 미안한 짓을 한 걸지도 모르겠군.

"드, 들어와라!"

다소 허둥대는 루크의 목소리에 나는 문을 열고 입실했다.

값비싸 보이는 의자에 앉은 아리엘 왕녀는 아름다운 금발을 땋아 내린 모습이었다.

투명할 정도의 미모지만, 체형은 나이에 어울린다고 할까.

근육은 보통 여자와 비슷하고 가슴은 크지도 작지도 않다.

그 옆에는 선글라스를 낀 실피와 루크가 직립부동으로 서 있었다.

일할 때의 실피는 늠름하다. 빠릿빠릿해서 왕녀 직속 무관이라는 느낌이다.

평소 같은 울보의 모습은 없다.

내가 생각하는, 싹싹하고 조금 어린애 같은 이미지와도 또 다르다.

차가운 인상이었다. 쿨하다고 해도 좋겠지.

과연, 이 이미지를 지키고 싶다면, 확실히 실피는 입을 다물고 있어야겠군.

"처음 뵙겠습니다. 루데우스 그레이랫이라고 합니다."

나는 귀족식 인사를 하면서 아리엘의 앞에서 무릎 꿇고 고개를 조아렸다.

왕족에 대한 예의작법은 배우지 않았지만, 아마 이런 느낌이면 되겠지.

"여기는 왕궁이 아닙니다. 우리 둘 다 학생. 고개를 드세요."

아리엘 왕녀의 말에 나는 고개를 들었다. 물론 무릎은 꿇은 상태로.

실피의 체면을 망가뜨릴 수는 없으니까.

연인의 상사 앞에서 함부로 나서지 않는 편이 좋다.

"그래서 이 학교에 이름을 떨치는 루데우스 님이 오늘은 무슨 바람이 불었나요?"

아리엘의 목소리를 듣고 있으면 머릿속 깊은 곳이 찌르르 울

리는 느낌이 든다.

듣고 있으면 기분이 좋다. 이것이 카리스마라는 걸까. 아니면 이 녀석도 신의 아이일지도 모른다. 목소리를 이용한 마술도 있으니까 목소리로 상대를 매료하는 신의 아이가 있어도 이상하지 않지.

"이미 실피… 실피에트에게서 들으셨을 걸로 생각합니다만, 그 건에 대해서 잠시 이야기를 나누었으면 하고 찾아왔습니다."

아리엘의 얼굴에 진지함이 엿보였다.

실피에게서 왕녀의 생각을 조금은 들었다.

그녀는 이런 곳으로 도망쳐 와서도 왕위를 포기하지 않은 모양이었다.

그렇기 때문에 이 학교에 다니면서 유력자를 아군으로 끌어들인다고.

"저는 실피 덕분에 병이 나았습니다. 전하께서는 그런 실피에게 협력해 주셨다고 들었습니다. 고로 제가 뭔가 보탬이 될 기회가 있다면 아무쪼록 말씀해 주십시오."

아리엘은 그 말을 천천히 들었다.

그리고 루크에게 눈짓했다. 그는 고개를 끄덕이더니 입을 열었다.

"너는 아슬라 귀족의 정권다툼을 기피한다고 생각했는데?"

그 말에 나는 즉답했다.

"분명히 아슬라 왕국의 정권다툼에 고개를 들이밀고 싶지 않습니다. 저는 벌레처럼 짓밟힐지도 모르고요. 하지만 사랑하는 이가 그 한가운데에 있다면 이야기는 다릅니다."

그렇게 말하고 실피를 보았다. 얼굴이 새빨갰다.

"실피가 죽을지도 모르는 때에 저만 느긋하게 지내는 건 싫으니까요."

"헤에…."

아리엘은 놀란 얼굴을 하였다. 루크도. 뭐 이상한 소리라도 했나?

루크가 입을 열었다.

"그레이랫 가문에게 미련은 없나? 숙부… 파울로가 뛰쳐나온 노토스나 너를 홀대한 보레아스에게."

"사울로스 님이 처형당한 것은 다소 안타깝게 생각합니다만, 그 이외로는 별로."

이 대화, 뭔가 어긋나는 느낌인데….

아, 그런가. 내가 보레아스를 싫어한다는 전제로 말하는 건가. 아니, 보레아스 가문 사람들은 나한테 잘 대해주었어. 감사히 여긴다면 몰라도 원한은 없다. 에리스에게 버림받긴 했지만.

"그리고 루크 선배가 절 싫어하는 정도일까요."

그러자 루크는 미간에 주름을 잡으며 말했다.

"너는 여자의 마음을 몰라 주는 둔감한 녀석이니까."

"거기에 대해서는 뭐라 대답할 말이 없습니다."

1년 동안 실피의 성별도 알아차리지 못했으니까.

적극적으로 확인하려 들지 않았다는 건 변명에 불과하다. 저렇게 귀여운데 왜 몰랐을까. 둔감이라고 해도 할 말이 없다.

"루크는 여자 마음을 가지고 노는 녀석이야."

그렇게 중얼거린 것은 실피였다.

조금 놀랐다. 의외로 과격한 말을 하는군.

내 앞에서는 안 그런 척했다…는 것일 수도 있겠군.

하지만 생각해 보면 루크와 실피는 6년 동안 계속 동료였다.

즉, 루크는 실피와 보낸 시간이 나보다 더 길다.

고로 서로 말을 가리지 않는다. 편한 말도 나오겠지…. 하지만 조금 질투가 나는데.

나한테도 이렇게 편한 말을 해 주게 될까….

"뭐냐, 매력이라곤 손톱만큼도 없으면서 여자랍시고 행세하나?"

"매력은 분명히 있어. 루디는 고맙다고 말해 줬어…. 그치?"

그렇게 말하면서 실피는 도움을 청하듯이 나를 보았다.

이 두 사람의 만담 사이에 끼어서 그만 싸우라고 너스레를 떨어도 좋겠지만.

하지만 아리엘의 앞에서 그런 말을 하는 건 좀 꺼려졌다.

그렇게 생각하며 왕녀에게 시선을 옮기자, 그녀는 조용히 입을 열었다. 슬쩍 보니 그 입가에 빵 부스러기가 묻어 있었다.

식사 중이었나.

"두 사람 다 잠깐 조용히 해 보세요."

실피와 루크는 입을 다물었다.

항상 이렇다는 느낌이군. 연륜이 느껴진다.

"루데우스 그레이랫. 당신의 힘을 빌릴 수 있다면 아주 든든하겠어요."

"감사합니다."

"그래서…."

아리엘은 거기서 힐끗 실피를 보았다.

그리고 다소 묻기 거북스럽다는 표정을 하면서 나에게 물었다.

"당신은 어쩔 생각인가요?"

"어쩔…거냐니요?"

"예의에 어긋나겠지만, 당신이 이 학교에 온 목적에 대해서는 들었습니다. 치료를 위해 이 학교에 왔다는 것에는 놀랐지만…목적은 달성하였지요?"

"…아, 예."

즉, 내 ED는 고쳤다. 완치했다는 확신이 있다. 목적은 다했다.

그렇다면 내가 다음에 할 일은 파울로와 합류하는 것. 그렇게 말하고 싶은 거겠지.

맞는 말이지만, 적어도 지금의 나는 파울로에게서 연락이 올 때까지 기다릴 생각이다.

"그렇군요. 제게는 전이사건으로 잃어버린 가족을 찾는다는 사명이 있습니다. 그러니 지금 당장 아슬라 왕국으로 가서 정권을 쥐기 위해 조력하는 것은….”

“예, 물론 알고 있습니다. 이쪽 일은 그쪽 일이 정리된 뒤라도 좋아요.”

고마운 말이다.

아무튼 빚 하나라는 느낌이군.

때가 되면… 그러니까 아리엘이 졸업할 정도의 시기가 될까. 아무래도 그때까지는 파울로 쪽도 일단락 될 거라고 믿고 싶다.

남은 건 제니스뿐이고, 그 제니스도 엘리나리제의 말로는 문제없다고 그러고.

“그래서 당신은 어쩔 생각인가요?”

“…예?”

말의 의미를 알 수 없어서 살짝 고개를 갸웃거렸다.

어쩌고 자시고 방금 말했잖아.

혹시 시간이 되돌아갔나? 새로운 스ㅇ드술사인가?!

“어쩔…거냐니요?”

“설마 불능 치료가 끝났으니까 아버지와 합류하기 위해 이 나라를 떠나고, 실피와는 이만 안녕, 이란 것은 아니겠지요?”

“그럴 리 없잖습니까! 실피와는 함께 있을 겁니다!”

뜻하지 않은 한마디에 목소리가 커졌다.

실피와 헤어진다니 천만의 소리. 나는 그럴 생각 없어!

하지만, 그래, 그런가. 그렇군.

나 혼자뿐이라면 괜찮다. 파울로의 편지를 보고 거기에 응하여 이동을 개시해도 좋다. 비행기가 없는 세계니까 합류하는 것만으로도 몇 달, 어쩌면 몇 년이 걸리겠지. 하지만 아리엘이 정쟁을 시작할 무렵에는 돌아올 수 있다.

하지만 실피를 데려가기란 어렵다.

왜냐면 실피는 이미 취직하였다. 아리엘 왕녀의 호위로서 일하는 사회인이다.

어쩌면 실피는 따라올지도 모르지만, 내 사정 때문에 그러는 건 마음이 편치 않다.

"그럼 어쩔 생각인가요?"

"……."

"실피에게 손을 대고 책임도 지지 않겠다는 건….."

"물론 책임은 집니다."

곧바로 그렇게 말했다.

왠지 이렇게 유도된 것도 같지만, 가만히 듣고 있을 수도 없는 말이다.

실피는 나를 도와주었다. 그 괴롭고 공허한 나날에서.

"반드시."

"말뿐이라면 얼마든지 할 수 있지만… 뭘 해야 한다고 생각하나요?"

"……."

뭘 해야 할까. 아리엘은 지극히 강한 어조로 그렇게 물었다.

물론 알고 있다.

어느 세계든지 남녀간의 책임을 지는 법은 마찬가지다. 그래, 파울로도 말하지 않았나. 제니스에 대해 책임을 졌다고.

"실피와 결혼하겠습니다."

내가 분명히 말하자 실피가 입가를 눌렀다.

루크가 꼿꼿하던 자세를 허물고 쇼크를 받은 얼굴로 비틀거렸다.

아리엘도 멍한 표정을 짓는 게 보였다.

내가 이상한 소릴 했나…. 조금 성급한 걸로 보였나.

"실피와, 결혼한다고요?"

"예."

물론 이르다는 감각은 있다.

피츠 선배를 실피라고 안 지 그리 오래 되지도 않았다. 서로에 대해 더 알고 몇 달 교제를 하는 편이 좋을 것도 같다.

또 결혼을 하면 이 지방에 머물게 되겠지.

그러면 파울로와의 합류는 더욱 어려워진다. 시급한 내용이 담긴 편지가 오더라도 곧바로 움직일 수 없을지도 모른다.

엘리나리제의 말로는 내가 서두를 필요가 없다고 하지만, 아무래도 미안한 심정이다.

하지만, 하지만… 에리스 생각이 났다.

확실히 하지 않고 우물쭈물거렸다간 실피도 내 옆에서 사라질지도 모른다.

그러면 다음에는 도저히 다시 일어날 수 없지 않을까.

그러니까 조금만 내 고집을 부려보자.

혹시 시급한 내용의 편지가 온다면… 그때는 그때다.

"결혼. 상상 이상으로 멋진 결단이군요."

아리엘은 만족스럽게 끄덕이더니 실피를 보았다.

"실피에트 그레이랫."

"예?! 어?! 그레이랫이라니, 어어?!"

실피에트 그레이랫.

그렇게 불리자 실피는 허둥거렸다.

"그는 이렇게 말하는데, 당신은 어쩌겠나요?"

"아, 예! 나는, 아, 아니, 저는, 그게, 지금까지처럼 아리엘 님을 모시고, 루, 루디… 아니, 루데우스의 아내로 노력하겠습니다!"

"…루데우스는 당신을 데려갈 생각이니, 이미 내 비호 밑에 있을 필요는 없는데요?"

"아리엘 님, 그런 말씀 하지 말아주세요."

"…고마워요."

아리엘은 살짝 의미가 담긴 침묵 후에 실피의 등을 가볍게 두드리며 감사의 말을 했다.

실피가 내게 다가와서 부끄러운 듯이 귀 뒤를 긁적였다.

귀엽다. 핥고 싶다. 아니, 여기선 참아야지. 아리엘의 앞이고.

"저, 저기… 어어… 루, 루디… 그러니까, 잘 부탁합니다."

"어, 어어. 이쪽이야말로."

우리는 어색하게 서로 고개를 숙였다.

실피는 잠시 머뭇거렸지만, 문득 뒤를 돌아보았다.

그대로 아리엘과 마주보는 실피. 그때 아리엘이 입을 열었다.

"실피, 루데우스의 아내가 되겠다면 앞으로 남장을 할 필요는 없습니다. 여자로 사세요."

"어, 하지만… 변장하지 않으면 아리엘 님이…."

"대신 루데우스. 당신의 '이름'을 쓰도록 하겠습니다. 지금 이 부근에서 당신을 모르는 사람은 없으니까요. 그런 당신에게 심복인 피츠를 내준다면 멋대로 착각하는 사람도 나오겠지요. 피츠가 여자였다고 알려지는 건 마이너스지만…. 뭐, 플러스가 더 크겠죠."

내가 실피와 맺어지면 아리엘과 나 사이에 연줄이 생겼다고 생각하는 사람도 있다는 소린가.

힘은 빌리지 않지만 위세는 빌린다.

내용은 거의 같지만, 재미있는 말을 하는군.

"…저로서는 정식으로 산하에 들어가도 좋습니다만."

파울로와의 합류가 있지만, 그건 그거로 치고 명확하게 아리엘의 밑에 들어갔다고 명언해도 좋다.

아리엘의 동조자인 것도 아니기 때문에 실피를 사이에 둔 관계로. 하지만.

"됐습니다. 당신의 힘은 너무 강해서 제 힘에 부치는군요."

그렇게나 센가.

그렇게 생각했지만, 나에게도 유리한 전개다.

아리엘 왕녀 밑에서 이래저래 움직이는 것도 귀찮고.

순순히 받아들이기로 하자.

"물론 혹시 당신에게 무슨 일이 있을 때에는 제 이름을 쓰는 것도 허락합니다. 이러한 입장이지만 아슬라 왕국 제2왕녀의 이름이니 어디에 도움이 되기도 하겠죠."

"고마운 말씀."

높으신 분이 뒷심으로 있어 준다니, 많을수록 좋지.

하지만 정말이지 내게 유리한 전개로군.

실피는 받아가지만, 나는 아무것도 안 해도 된다.

뿐만 아니라 뭔가 문제가 생겼을 때에는 아리엘을 뒷심으로 쓸 수도 있다.

종종 문제를 일으키는 내게 아리엘이라는 이름은 대단히 고맙다.

뭐, 아무 대가도 없는 건 아니고, 아리엘이 본격적으로 움직일 때에는 꽤나 도움을 줘야겠지만.

일단 지금은 그 생각을 하지 말자.

"…아리엘 님, 루크, 지금까지 고마웠습니다."

실피는 선글라스를 벗더니 그렇게 말하며 고개를 숙였다.

나도 그 옆에서 고개를 숙였다.

이렇게 나는 아리엘 일행과의 연줄을 얻었다.

그리고 실피와 결혼하게 되었다.

제2화   결혼 전에 준비할 것 전편

결혼.

전생에서는 들어가 본 적 없는 영역이다. 고로 불안한 마음
도 컸나.

내게 중요한 문제라지만, 가족을 내버려두고 한가하게 결혼
이나 해도 되는 걸까 하는 마음도 있었다.

하지만 솔직히 말해서 부부 사이라면 허락될 이런저런 것에
대한 기대가 컸다. 저렇게 귀여운 소녀가 내 독니에 걸린다고
생각하니 벌써 침이 흘렀다. 아니, 물론 실피가 싫어하는 짓을
할 생각은 없지만.

하지만 난처하군.

생각해 보면 나는 이 세계의 결혼 시스템을 잘 모른다.

적어도 지금까지 결혼식이란 걸 본 적이 없다. 파울로도 리
랴와 결혼식을 치르지 않았다. 뭐, 기껏해야 마을사람들을 불
러다가 축하를 받은 정도였다. 아슬라 귀족이라면 혼인 때 파
티 정도 하겠지만, 식에 대해선 들은 적이 없었다.

그렇다고 해도 혼인이나 결혼, 짝이란 개념은 있는 모양이었

다.

하지만 모르겠다.

결혼이란 뭘까. 결혼하는 남자가 뭘 해야 할까. 어쩌면 좋을까.

이 세계에 온 지 이미 16년이나 경과했는데, 그런 기본적인 상식도 모른다.

아니, 모르면 모르는 대로 좋다. 사람은 배울 수 있다.

모른다면 물어보면 된다.

"결혼 말입니까?"

일단 저녁식사 시간에 자노바(26세. 결혼 경험 있음)에게 물어보기로 했다.

장소는 기숙사 식당이었다.

"제 때는 축의의 의미로 가축이나 병사, 식량 등을 상대 가문에게 선물했습니다만."

실론에서는 혼인할 때 남자가 여자의 친족에게 축의품을 보내는 게 상식이라는 모양이다.

"너는 왕자니까 받는 쪽 아냐?"

"음? 왕자고 뭐고, 남자가 보내는 게 당연합니다."

거기에 크리프가 슬쩍 끼어들었다.

"미리스에서는 반대야. 신부 가족이 신부에게 선물을 들려서 보내지."

크리프는 우리와 함께 저녁을 먹는 경우가 많아졌다.

이 녀석도 친구가 별로 없으니까 외롭겠지.

"헤에, 하지만 그러면 신부 쪽 가족은 잃기만 하지 않습니까?"

"대신 신랑 쪽은 신부 쪽 집안에 무슨 일이 생겼을 때에 반드시 돕지."

"아하."

미리스든 실론이든 혼인은 집안끼리 관계가 생긴다는 인식이 강하군.

"뭐, 물론 종족이 다르면 혼인도 여러 가지야."

"엘프족은 어땠습니까?"

"…아직 리제와는 결혼하지 않았어. 저주가 풀린 뒤에 하자고 약속했지. 그러니까 잘은 몰라. 리제는 보통 엘프와 다르니까 그런 것에 깐깐하지 않을 것 같지만."

느긋한 이야기로군.

하지만 이렇게 이야기를 해 봐도 역시 결혼식 이야기는 나오지 않았다. 결혼식이란 게 없나? 없으면 없는 대로 좋지만.

"내가 누군가와 결혼한다면 뭐가 필요할까요?"

"그렇군…. 일단은 집이겠지?"

"음."

크리프의 말에 자노바도 고개를 끄덕였다.

집. 집인가.

"어? 갑자기 집인가요?"

"당연하지. 결혼하는데 집도 없이 어쩌려고?"

자노바를 보니 그도 당연하다는 얼굴로 끄덕였다.

이 세계에서는 결혼에 반드시 집이 따라붙는 것일까. 그러고 보면 파울로도 결혼하면서 부에나 마을에 정착하게 되었다고 했나.

그때까지는 객점 신세나 지는 모험가였기에, 필립에게 부탁해서 집과 직업을 손에 넣었다고.

"애초에 기숙사에 여자는 들어올 수 없잖아. 보통 결혼해서 기숙사를 나가든가, 졸업까지 결혼을 삼가지. 살 곳이 없으니까."

그런 말을 듣고 보니 분명히 기숙사에서 부부가 산다는 소리는 못 들었다.

기혼자용 기숙사도 없다.

하지만 이 동네에서는 '별거'란 개념은 그다지 없다. 기본적으로 부부는 함께 산다.

"상대가 좋은 집안의 규수라서 집을 가지고 있다면 모를까, 양쪽 다 집이 없다면 남자가 준비하는 편이 바람직하지."

크리프의 말에는 상당한 남존여비가 엿보였다.

하지만 그걸 차치하더라도 이 세계의 상식은 그런 느낌인가. 그렇다면 내가 준비하는 게 기본이겠지. 오히려 준비하지 않으면 환멸을 살 가능성도 있다.

"알겠습니다. 일단은 집이군요."

그렇게 말하자 크리프는 의아한 표정을 하였다.

"그보다 루데우스, 너 결혼하냐?"

"…어어, 예."

"누구랑?"

크리프의 질문.

실피의 이름은 말해도 됐나.

언젠가 들킬 건 확정적이지만, 일단은 숨겨둘까.

"내 병을 치료해 준 사람입니다."

"…아하, 그렇군. 이름은?"

"어어, 그건 지금으로선 비밀이란 걸로."

"그래…. 뭐, 혹시 상대가 미리스교도라면 말해줘. 나는 이 도시의 사제님과 아는 사이니까, 약식이라도 좋다면 축사를 해 줄 수 있을 테니까."

"예."

일단 미리스교단에는 결혼식 같은 게 있는 모양이다.

일본이라면 결혼식을 꽤나 특별하게 보지만, 이쪽은 그렇지도 않은가.

하지만 이 세계에서 다른 종파의 식을 흉내내면 분노를 사겠지.

애초에 나는 미리스교도가 아니다. 실피도 그렇겠지.

"그렇긴 해도 집이라…. 집은 비싸겠죠?"

"스승님, 돈에 여유가 없다면 제가 원조해 드릴까요?"

"아니…. 이런 일로 자노바에게 의지하는 것도 한심한 것 같아서."

그렇게 허세를 부렸지만.

이 동네의 주택 시세는 어떨까. 내 수중의 돈으로 된다면 좋겠는데.

"아무튼 내일 시내에 나가서 보고 다니죠. 혹시 무리일 것 같으면 부탁할지도 모르겠군요."

"물론입니다. 이 도시에서 가장 큰 집이라도 구입할 수 있을 만큼 넉넉하니까 안심하시길."

자노바는 그렇게 말하며 웃었다.

소국이라고 해도 왕족은 다르군.

다음날 나는 부동산을 찾아갔다.

보통은 영주가 영민에게 토지와 건물을 빌려주는 형태인 경우가 많다.

하지만 이곳, 마법도시 샤리아에서는 명확한 영주가 없다.

마법삼대국이나 마술 길드가 사람을 보내어 관리하는 것이다.

영주가 없는 상황에서 문제가 일어날 때를 위해 '부동산'을 설치하여 해결한다.

실제로 어떤 문제가 생기는지는 모르겠다.

나는 편의상 '부동산'이라고 불렀지만, 정식명칭은 '토지관리
알선소'라고 하든가 그렇다.

빈집을 매매하거나 빈 땅에 건물을 세우는 것을 허가, 지시
한다.

말하자면 관청이다.

그런 부동산의 접수처에 가서 '집이 필요하다'고 말하자, 리
스트를 건네주었다.

첫 페이지에 물건의 정보가 정리되어 있었다. 주소나 토지 면
적, 부지 크기, 건물의 방 개수, 가격, 주소…. 작은 집부터 큰
집까지 가지가지였다.

"흠."

솔직히 어느 정도 되는 집을 사면 좋을지 나로서는 잘 알 수
없었다.

역시 단독주택에 정원이 딸렸고 개를 키울 수 있는 정도의 크
기인 게 좋을까.

아니면 공동주택 같은 곳이라도 괜찮을까.

나는 좁아도 별 상관없지만… 실피는 왕녀의 호위다. 그 직책
을 빼놓고 생각하더라도 사이가 좋다.

그렇다면 아리엘 왕녀가 내방하는 일도 있겠지. 그 경우 너무
꾀죄죄한 집이면 문제다.

그렇다고 귀족용 고급주택이라면 수중의 돈으로 부족하다.

자노바에게 원조를 부탁할까.

아니, 녀석을 지갑처럼 써먹는 건 내키지 않는다. 어지간한 집이라면 수중의 돈으로 살 수도 있고.

"으음."

실피와 함께 오는 게 좋았을지도 모르겠군.

이렇게 큰 돈이 드는 쇼핑은 아내와 의논해야 하지 않을까?

아니, 이 세계에서는 남자가 집을 사서 여자를 맞아들이는 모양이니까.

실피와 의논하면 한심한 남자로 여겨질지도 모른다.

든든한 모습을 보여줘야지.

"넓고 방도 많고, 그러면서 싼 집은….."

나는 리스트를 보면서 쓸 만한 것을 뒤졌다.

어느 세계든 당연히 집은 비싸다. 신혼용 아파트 같은 거라면 싸겠지만….

"음?"

그때 나는 문득 한 물건을 발견했다.

리스트의 제일 끝.

낡은 페이지에 실린 단독주택. 크기를 보면 저택이라고 해도 좋을지 모르겠다.

거주지구 구석에 있는 집으로, 위치를 보면 마법대학과 그리 멀지 않았다. 2층짜리 주택에 정원이나 지하실도 있었다.

가격은 놀랄 만큼 싸서, 비슷한 물건의 절반 이하. 이 정도 물건이라면 내 수중의 돈으로 사도 거스름이 남는다.

난점이 있다면 지은 지 오래되었다는 걸까.

"이건? 왜 이렇게 쌉니까?"

직원에게 그렇게 묻자, 쓴웃음이 돌아왔다.

"실은… 그 저택에는 저주가 있어서."

"호오, 저주입니까?"

"예, 밤중이 되면 끼릭끼릭 소리가 나서 말이죠. 하지만 아무리 찾아도 이유를 알 수 없거든요. 건물의 목재가 우는 건가 싶어서 그냥 놔두면 다음날에 집안사람이 죽는 겁니다."

진짜냐…. 아니, 하지만 흔히 있는 이야기이긴 하군.

저주의 저택. 악령이라도 씐 걸까. 이 세계에는 그런 마물도 있고.

"제령 같은 건 안 했습니까?"

"그게 말이죠, 모험가 길드 쪽에 의뢰를 했습니다만 좀처럼 받아주질 않아요. 받아준다고 해도 그 모험가도 죽어 버리는 판이라서."

말하자면 이런저런 일이 있어서 아무도 제령에 성공하지 못한 모양이다.

참고로 의뢰의 토벌 랭크는 E라나.

랭크를 올리고 싶지만, 예산이 부족하기도 하고 모험가 길드와의 충돌도 있어서 어렵다는 모양이다.

"마술 길드 쪽에는?"

"그들은 토지에 대해 뭐라고 하기 어려운 입장이라서, 우리

보고 알아서 하라고."

저주의 저택, 두 손 든 부동산.

그러고 보면 마대륙을 여행하던 때에도 비슷한 일이 있었다.

이 세계에서는 흔히 있는 일이겠지.

"혹시 내가 그 집의 제령에 성공하면 공짜로 받아간다…라는 걸로 안 되겠습니까?"

이 녀석, 무슨 소릴 하는 거야? 라는 표정이 돌아왔다.

그도 그런가. 안 팔려도 큰 문제인 것도 아닌 모양이고.

"죄송합니다. 그럼 일단 가계약으로. 나중에 물건을 보러 갈 테니까, 살펴보고 마음에 들면 계약을 진행하는 형태가 어떨까 요?"

"…그럼 이쪽에 이름을 부탁합니다."

에누리에는 실패했지만, 나는 개의치 않고 용지에 이름을 적 었다.

보증인 같은 부분도 있길래 내친김에 아리엘과 바디가디의 이름도 적어두었다.

제출. 용지를 본 직원은 안색을 바꾸며 안으로 들어갔다.

곧바로 책임자인 듯한 사람이 손을 싹싹 비비면서 나타났다.

이름만 대도 이 정도라니, 나도 유명해졌군.

아니, 아리엘과 바디가디의 이름이 먹힌 걸지도 모르지.

양쪽 다든가.

조금 이야기한 끝에 에누리에 성공하여서 또 반값이 되었다.

아니, 애초에 종기 다루는 듯한 태도였다. 클레임을 걸 생각은 없는데.

며칠 뒤.

나는 그 유령저택을 찾아갔다.

지은 지 백년 이상 되었다는데, 건물 자체는 튼튼해 보였다. 이 세계에서는 모든 것에 마력이 깃드는 탓인지, 썩기까지 더 오래 걸리는 걸지도 모르겠다.

전체적인 틀은 돌이나 흙으로 만들었고, 바닥 등에 나무를 깐 느낌이었다.

목재와 석재의 복합건축. 벽면에는 넝쿨이나 이끼가 잔뜩 붙어 있었지만, 그걸 제외하면 깨끗한 편이었다. 더 낡았을 거라고만 상상했다.

"자, 자노바 씨, 크리프 씨, 갈까요."

내 뒤에는 자노바와 크리프가 서 있었다.

나는 A급 모험가지만, 혼자서 모르는 곳에 갈 만큼 자의식 과잉은 아니다.

고로 든든한 방패로 자노바에게 동행을 부탁했다.

혹시 식칼을 든 서양인형 같은 게 튀어나와도 자노바라면 어떻게든 해준다.

크리프는 동료가 되고 싶어 하는 눈을 하고 있기에 데려왔다.

그렇다고 해도 그는 신격 상급의 실력을 가진 천재다. 상대가 악령 계열의 마물이라면 분명히 힘이 되겠지.

"제법 괜찮은 집이로군요. 조금 비좁아 보이지만… 이 정도가 적당할까요."

"아니, 둘이서 살기에는 너무 크지 않아? 처음에는 작은 집을 샀다가, 좁아지거든 돈을 모아서 이사해도 좋잖아?"

두 사람의 의견은 대조적이었다.

그렇다면 그 중간을 택해서 이 정도가 딱 좋은 거겠지.

"연유가 있는 물건이라서 가격은 그렇게 비싸지 않습니다. 자, 가죠."

"스승님이 그렇게 말씀하신다면 저는 아무 말 않겠습니다."

자노바는 그렇게 말하면서 느긋하게 선두로 걸어갔다.

그는 손에 몽둥이 하나를 들고 있었다. 내가 준비한 무기였다.

토벌하러 가는데 설마 맨손으로 갈 수는 없다고 생각했지만, 자노바는 그 괴력 탓에 손에 든 무기를 망가뜨릴 것만 같았다. 그래서 내가 마술로 곤봉을 만들어 주었다. 이거라면 망가뜨려도 공짜다.

크리프는 가운데에 섰다.

비싸 보이는 지팡이를 들고 주위를 둘러보는 모습이었다. 본인은 경계한다고 그러는 거겠지만, 겁에 질린 걸로밖에 보이지 않았다.

나는 제일 뒤에 서서 등 뒤에서의 공격에 대비했다.

이 파티라면 치유 술사이자 화력도 담당하는 크리프를 지키는 게 가장 중요하다.

경험자인 나는 뒤에서 눈을 번뜩이는 게 안전하겠지.

깨진 석판이 깔린 길을 걸어서 입구에 도달했다.

금이 간 나무문. 경첩 한쪽이 박살났다. 이것도 고치는 편이 낫겠군.

"덫일 위험성은 없다고 생각하지만, 충분히 주의하세요."

"예, 스승님."

주의를 촉구하면서 나도 예견안을 개안하였다.

자노바는 손잡이에 손을 대고 그대로 문을 확 떼어냈다. 아무런 주저도 없이.

"너 말이지, 시작부터 부수진 마라."

"죄송합니다. 문이 일그러져서 안 열렸습니다. 어차피 수리할 필요가 있겠죠."

아무래도 언뜻 봐선 멀쩡해보이던 한쪽 문도 망가져서 안 열린 모양이었다.

"그래, 그럼 다음부터는 한마디 말이라도."

"예, 스승님."

대답만큼은 잘하는 자노바다.

아무튼 우리는 집으로 들어갔다.

들어가면 바로 로비가 나왔다. 정면에는 2층으로 올라가는 계단이 있고 좌우로는 문.

계단 옆에는 안쪽으로 이어지는 복도가 있었다.

부동산에서 정기적으로 청소라도 하는 건지, 먼지도 별로 쌓이지 않았다.

밖에서 보면 유령저택이지만, 안은 밝았다. 볕도 제법 잘 들고, 좋은 집이다.

"스승님, 어쩌시겠습니까?"

"일단은 1층 오른쪽부터. 모든 방을 보고 다니겠습니다. 덫은 없으리라 생각하지만, 천장이나 바닥이 썩었을 가능성도 있으니까 머리 위나 발밑을 조심하세요."

"알겠습니다."

자노바가 고개를 끄덕이고, 크리프가 돌아보았다.

"뭐, 뭔가 너 본격적이다?"

"…일단 나도 A급 모험가니까요."

"어, 어어, 그랬지."

크리프는 왠지 긴장한 눈치다.

그러고 보면 저번에 엘리나리제와 즐겁게 모험하고 온 모양인데, 그 이후의 이야기를 못 들었다.

무슨 일이라도 있었나?

"그러고 보면 저번 모험은 어땠습니까?"

"…잔소리 좀 들었어."

"뭐, 그들은 S급이니까요."

스텝트 리더의 멤버들도 그렇게 심한 소리를 하진 않았겠지.

상대가 루키라는 건 알고 있었으니까, 악의도 없이 이것저것 가르쳐 줄 생각으로 말했을 것이다. 다만 받아들이는 쪽이 어떻게 생각했는지는 다른 문제다.

크리프는 자칭 천재다. 단점만 지적받는 일은 지금까지 없었겠지.

"나는 뭘 하면 되지?"

"적을 보거든 초급 신격 마술로 공격해 주세요."

"아, 알았어…. 유령이 아니면 어쩌지?"

"그때는 자노바나 내가 처리할 테니까 물러나 주세요."

그렇게 말하자 크리프는 다소 울컥한 얼굴을 하였다.

그래서 한마디 덧붙였다.

"크리프 선배가 마술을 쓰면 위력이 너무 세서 집이 무너질지도 모르니까요."

그렇게 말하자 크리프도 납득한 기색이었다.

초심자에게는 일을 하나만 시키는 편이 좋다. 적을 발견하면 신격 마술을 쓴다.

일단은 그것뿐이다. 안 그러면 실수를 하니까.

"자노바. 아마도 괜찮겠지만, 마술을 쓰는 마물이 숨어 있을 가능성도 있으니까 충분히 주의하세요."

"맡겨주십시오."

자노바는 의외로 무인의 기질이 있는 건지 전혀 겁먹은 기색이 아니었다. 든든하다.

로비 오른쪽의 문을 열자, 넓은 방이 나왔다.

열두 평 이상 가는 크기다. 볕도 잘 들고, 안쪽에는 커다란 난로가 설치되어 있었다. 거실이나 식당 정도 될까. 난로에 마음이 가는군.

"크리프 선배. 이 난로, 마도구입니까?"

"…그, 글쎄, 어디 한 번 조사해 보지."

크리프가 그대로 난로 안쪽을 들여다보려고 했다.

"스톱. 뭔가 있을지도 모릅니다."

그걸 막고 내가 난로를 살피기로 했다.

뭔가 위화감이 드는데 뭘까?

"흠."

이 부근의 겨울은 추우니까 난방은 중요하다. 마도구 난로라면 집 전체가 데워진다.

혹시 그렇지 않다면 개조도 생각해두자.

추위 속에서 실피와 알몸으로 껴안으며 온기를 얻는 것도 버리기 아깝지만….

"바람을 일으키겠습니다. 안에 마물이 있으면 튀어나올지도 모르니까 주의하시길."

주의를 환기시키고 난로 굴뚝 안을 향해 마술을 써서 강풍을 보냈다.

아무 일도 일어나지 않았다. 귀를 기울였지만, 뭔가 움직이는 기색은 없었다. 그을음이 위에서 떨어졌을 뿐이었다.

일단 불도 피워보는 편이 좋겠지만, 위쪽에 구멍이라도 있어서 화재가 나는 건 싫은데.

아무튼 고개를 들이밀고 밑에서 살펴보았다.

굴뚝 안으로 하늘이 보였다. 일단 불을 켜서 비춰보았다.

뭔가가 숨어있는 기척은 없었다. 괜찮겠지.

"크리프 선배, 부탁합니다."

"알았어."

크리프는 난로 안을 잠시 살피다가 곧바로 마법진을 발견했다.

최근 마도구나 저주에 대해 열심히 조사한 만큼 역시나 빠르군.

"쓸 수 있을까요?"

"불을 피워보기 전까지는 모르겠지만, 마법진 쪽은 문제없어 보이는군."

"그렇습니까. 감사합니다."

좋아. 나는 고개를 끄덕이고 다음 방으로 이동했다.

입구에서 볼 때 오른쪽 안의 방. 여기는 돌바닥이었고, 화덕 같은 게 있었다.

아마도 부엌이겠지.

화덕 옆에 천조각이 떨어져 있길래 주워보니 낡은 앞치마였다.

여기서 실피가 알몸 에이프런으로 나를 위해 요리를 만들어 줄지도 모른다.

그렇게 생각하니 왠지 흥분되었다.

아차, 이런, 이런. 오늘은 악령인 듯한 뭔가를 퇴치하러 왔지.

거기를 세우고 있을 때가 아니다.

나는 화덕 안처럼 생물이 숨어있을 만한 장소를 샅샅이 뒤졌다.

"좋아, 이상 없음. 다음."

그렇게 차례로 방을 살폈다.

계단 뒤에 지하실로 내려가는 문도 발견했지만, 그건 나중으로 미루자.

반시계 방향으로 1층의 방을 순서대로 훑었다.

이상은 없다. 약간 먼지가 쌓인 장소도 있었지만, 지은 지 백 년 되었다고 여겨지지 않을 만큼 깨끗했다.

전에 살던 사람이 손을 좀 본 걸까.

"이걸로 끝인가."

일단 1층은 다 봤다.

배치를 보고 안 건데, 이 저택은 좌우 대칭의 구조였다.

다만 반대쪽 부엌에는 화덕이 없었다. 요리가 아니라 다른 용도로 쓴 걸지도 모르겠다.

세탁이라든가…. 하지만 일단 부엌이라고 부르자.

부엌 둘.

큰 방 둘.

작은 방 넷.

화장실 둘.

보통 단독주택을 두 개 붙여놓은 듯한 인상이었다.

계단은 입구 정면에 있는 것뿐이었다.

"지하와 2층. 악령이 있을 만한 곳은 어딜까?"

"지하겠죠."

"지하겠지."

만장일치로 일단 지하실로 가기로 했다.

지하실로 가는 문은 2층으로 통하는 계단 뒤에 있었다.

창고인 듯한 느낌으로 자물쇠 달린 문을 열자 계단이 모습을 보였다.

나는 미리 가져온 램프에 불을 붙이고 자노바와 크리프에게 넘겼다.

"대열 중앙에서 마안으로 보겠습니다. 위험하다고 생각해도 램프는 떼어놓지 마세요. 암흑이면 원호할 수가 없으니까요."

"하하하, 저는 신의 아이입니다. 두려워 할 것 없습니다."

자노바는 든든하게 사망 플래그를 말하면서 계단을 내려갔다.

더 신중하게 하란 말이야. 문을 열면 느닷없이 화살이 날아오는 일도 있어.

뭐, 자노바는 화살 정도야 키잉 소리를 내며 튕겨낼 것 같지만.

그런 생각을 하면서 지하실로 이어지는 문에 도달했다.

"흠, 아무것도 없습니다."

문 앞의 공간은 텅 비었다.

나무선반이 몇 개 있을 뿐이지, 아무것도 없는 창고란 느낌이었다.

어둠에 불빛을 비춰보았지만, 뭔가가 숨어있는 기척은 없었다. 벽에 살짝 얼룩이 있지만, 딱히 인간 모습인 것도 아니었다. 벽 구석의 판자가 조금 썩은 정도일까. 일단 벽의 판자는 교환하기로 하고….

마물은 없었다. 김이 새는군.

"좋아, 그럼 2층이다."

지하실에서 나와서 입구로 돌아가고 그대로 2층으로 올라갔다.

나무 바닥은 삐걱 소리도 내지 않고 튼튼했다.

2층으로 들어가서 방을 하나씩 보고 다녔다. 2층도 대칭구조였다.

구석에는 각각 큰 방이 있고, 안쪽에서 침실과 이어져 있었다.

그 이외에는 네 평 정도 크기의 방이 줄줄이 있을 뿐이었다.

방은 총 여덟 개.

세 평 정도의 작은 방이 넷.

여섯 평 정도의 중간 방이 둘.

중간 방은 안에서 세 평 정도 크기의 침실로 이어졌고, 또 베란다도 있었다.

"흠."

침실에는 큼직한 침대를 두자.

세 명 정도가 뒹굴거려도 넉넉할 만한 걸로. 보통 침대를 두개 붙여도 좋겠지.

아니, 작은 침대로 바짝 몸을 붙이고 자는 것도 나쁘지 않아.

눈을 뜨면 바로 옆에 온기. 손이 닿는 곳에 만지작거릴 가슴이 있는 생활. 그런 것도 나쁘지 않다.

아무튼 침대는 중요하다. 매일 쓰는 거니까.

어차, 물론 야한 목적만이 아냐.

수면은 매일 취하는 거지.

"크리프 선배."

"뭐, 뭐야, 뭐 좀 찾았어?"

"역시 부부가 쓸 경우, 침대는 큰 편이 좋을까요?"

"…뭐?"

크리프는 몇 초 동안 묵묵히 생각했다. 퍼뜩 숨을 삼키더니 한숨을 내쉬었다.

"너 말이지. 분명히 그런 건 중요하지만, 그 생각만 하면 상대한테 실례야."

"…예. 뭐, 그렇지만요."

어째서인지 설득력 있는 말이다. 역시 엘리나리제는 그것뿐인 걸까.

방에서 단둘이 된 순간 핏발이 서서 크리프를 덮치는 엘리나리제.

쉽사리 상상이 가는군. 명심하자.

뭐, 그건 그렇다고 치고 침대는 큰 걸로 할까.

"휴우, 없군요."

나는 마지막 방을 둘러본 뒤, 한숨을 돌리는 동시에 그렇게 말했다.

"그럼 예정대로 여기서 하룻밤을 보내는 겁니까?"

"예, 잘 부탁합니다."

일단 뒤져보긴 했지만 기대하진 않았다.

애초에 그건 밤중에 나타난다는 이야기였다. 끼릭끼릭 소리와 함께.

으스스한 이야기다.

하지만 아마도 무슨 마물이 사는 거겠지.

유령 계열의 마물인지, 아니면 또 다른 마물인지는 알 수 없다.

시내에 있는 시점에서 그리 강력한 마물은 아니라고 생각하지만, 낮은 랭크의 모험가가 의뢰에 실패하고 죽었다니까 방심은 금물이다.

의외로 도적떼가 여기를 근거지로 삼았을 뿐일지도 모른다.

문을 따고 들어오느라고 끼릭끼릭 소리가 난다든가. 아니, 정문은 망가졌던가. 그럼 뒷문인가. 하지만 그렇더라고 생활감이 전혀 없으니까 그건 아니겠지.

음, 모르겠다.

만일을 위해 셋이서 왔는데…. 엘리나리제 정도를 더 데려와야 했나.

쌓인 연륜으로 뭔가 지혜를 줄지도 모르고.

하지만 솔직히 지금 그 여자와 만나면 성적인 의미로 못 참을 것 같다.

밤중에 불침번을 서는데 다가오는 그림자. 귓가에 속삭이는 유혹.

'크리프가 옆에서 자고 있어요.'

'그게 좋지 않나요?'

그게 좋다는 건 나도 안다. 그러니까 안 된다.

"오늘 밤은 여기서 대기합니다."

나는 2층 구석의 침실에서 선언했다.

"하루 만에 나타날지도 모르지만, 일단 오늘 밤은 여기서 보내죠."

"흠. 줄리가 걱정이군요."

"나도 리제가 걱정이야."

두 사람은 각각 남기고 온 여자 걱정을 하였다.

줄리는 똑똑한 아이다. 노예라는 입장도 잘 이해한다. 귀족이 많은 기숙사에서 함부로 주위를 자극하는 짓은 않는다. 걱정하지 않아도 되겠지.

엘리나리제는 음란한 여자다. 자기가 인기 있다는 것도 잘 이해한다. 크리프가 밤에 없다면 이걸 기회삼아서 바람을 피울지도 모른다. 걱정되겠지.

반대로 나의 실피는 어떨까. 그녀는 오늘도 왕녀의 호위 임무를 수행하겠지.

평소와 같으니 아무런 걱정도 없다.

아니, 하지만 오늘은 외출한다고 말하긴 했어도 외박한다는 말은 하지 않았다.

어쩌면 자기 전에 잠깐 이야기하러 내 방에 올지도 모른다.

하지만 거기에 나는 없다. 추운 복도에 서 있는 실피.

그러면서 중얼거리는 건 "루디, 늦네…."라는 한마디.

걱정된다.

"이제 곧 해가 집니다."

자노바의 말에 창문에 비친 저녁 해를 보았다.

지금 와서 돌아가면 밤이 된다. 실피는 이미 여자기숙사로 돌아갔겠지.

아니, 직접 말하지 않더라도 문 앞에 오늘은 외박한다는 메모라도 놓고 오면 좋았을걸.

좋아, 그러자, 지금 당장 그러자.

아니, 잠깐. 내가 나간 사이에 두 사람이 당하면 어쩌지? 그건 안 된다. 나는 일단 이 파티의 리더다.

진정해, 별거 아냐.

나중에 잘 이야기하면 실피도 알아줄 거야.

아니, 하지만 예전에 어디서 들은 적이 있어. '조금 정도라면' 이 쌓여서 최종적으로 커다란 균열을 낳는다고. 제길, 안 좋은 예감이 든다.

이럴 때는 일부러 사망 플래그를 내뱉어서 안 좋은 예감을 날려버려야지.

"자노바."

"말씀하시죠."

"…나, 이 의뢰가 끝나면 결혼할 거다."

"예. 얼른 끝내고 이 저택에서 성대하게 축하하고 싶군요."

자노바는 고개를 갸웃거리면서도 끄덕였다.

이런. 말하고 보니 생각 이상으로 안 좋은 예감이 들었다.

여기서 기세를 타고 '축복해, 우리한테는 그게 필요해.'라고 말했다간 최종적으로는 결혼할 수 없어질 것 같다.

아무튼 뭐든지 단단한 걸 가슴쪽 주머니에 넣어두자….

그렇게 생각했지만 가슴에 주머니가 없었다.

이래선 갑자기 357매그넘탄이 날아와도 막아낼 수 없다.

그런 생각을 하는데, 크리프가 대화에 끼어들었다.

"그 축하, 나랑 리제도 꼭 불러라?"

"당연하잖습니까."

"당연하다면 됐어. 나는 몰라도 리제가 빠지면 가엾으니까…"

크리프는 분위기를 못 읽는 녀석이니까, 그런 모임에는 항상 따돌림 당했겠지.

불쌍한 녀석이다. 꼭 불러주자. 물론 엘리나리제도.

아, 그렇긴 해도 왠지 남자들밖에 없네.

얼른 끝내고 실피 가슴을 만지고 싶다.

아니, 지금은 꾹 참자. 나중에 얼마든지 만질 수 있으니까.

그런 생각을 하는 동안에 밤이 되었다.

한편 그 무렵 실피는 루데우스가 자신을 위해 집을 준비한 다는 정보를 듣고 망상에 빠져 베개를 껴안고 뒹굴거리는 중이었다.

제3화 결혼 전에 준비할 것 후편

밤에는 교대로 불침번을 선다.

두 사람이 자고, 이상이 있으면 깨어있는 사람이 곧바로 두 사람을 깨운다. 그런 방식이었다.

특히나 '끼릭끼릭' 하는 소리가 났을 경우는 소리를 확인하지 말고 곧바로 깨우라고 해두었다.

우리가 자는 장소는 이전에 주민이 참살당한 장소. 2층 구석

방이었다.

악령이 나오는 건 장소와 관계있을지 모른다.

도적떼라고는 생각되지 않지만, 혹시 그렇다면 편해서 좋다. 인간이 상대라면 대처하기 쉽다. 열심히 붙잡아서 결혼자금에 보탬이 되도록 해야지.

마물이 상대라면 더 간단하다. 서치 앤드 디스트로이.

실로 간단하다.

"루데우스! 일어나, 소리가 났어!"

이상이 일어난 건 크리프가 불침번을 설 때였다.

나는 곧바로 벌떡 일어나서 시간을 확인했다.

다들 얕게 자기 위해서 약 두 시간씩 눈을 붙였다. 정확한 시간을 알 수 없기 때문에, 모래시계를 이용했다.

지금은 순서가 두 바퀴 도는 중. 시각은 오전 2시경. 악령이 나오기에 딱 좋은 시간이다.

"자노바를 깨워주세요."

나는 크리프에게 짧게 말하고 문 쪽으로 이동했다.

그리고 귀를 기울였다.

끼릭…끼릭….

…덜컹…덜컹….

……끼이……끼이…….

아, 이런. 진짜로 들린다. 꽤나 뚜렷하게. 의자가 삐걱대는 듯한 소리가.

실제로 들으니까 꽤나 무섭다.

나는 입을 굳게 다물며 예견안을 개안했다.

"후아아…."

자노바가 눈을 비비면서 크게 하품을 하였다.

그걸 확인하고 문 손잡이에 손을 댔다. 그리고 천천히, 소리가 나지 않도록 문을 열었다.

복도를 보았다. 아무것도 없었다.

만일을 위해 반대쪽도 보았다. 없었다.

위, 아래. 없었다.

귀를 기울였지만, 아무런 소리도 안 들렸다. 소리는 이미 사라졌다.

자노바가 일어서서 내 뒤까지 다가왔다.

"어떻습니까?"

"눈에 보이는 범위로는 없군요."

저택 안을 뒤질까, 아니면 뭔가 이변이 있을 때까지 방에서 기다릴까.

이전의 주민은 잘못 들은 거라고 생각하고 방치했다가 죽었다.

그렇다면 여기서 기다리면 뭔가 액션이 있다….

아니, 이전의 주민도 그렇게 또렷한 소리가 나면 조사하러 갔겠지.

그걸 따를까.

"수색하겠습니다."

"알겠습니다. 포메이션은 저번처럼?"

"예, 조심해요."

"스승님이 뒤를 지켜주신다면 저는 안심입니다."

자노바가 곤봉을 들었다.

크리프가 긴장한 얼굴로 그 뒤를 따랐다.

"크리프 선배, 뭘 해야 할지 기억하나요?"

"시, 신격 마술이지."

"그렇습니다. 부탁합니다."

괜찮은 모양이다.

자노바가 방패가 되고 크리프가 신격 마술을 쓰고, 그게 안 통하면 내가 스톤 캐논. 좋아.

"자노바, 가자."

밤의 수색이 시작되었다.

낮에 대충 조사했기에 집의 어디에 뭐가 있는지는 파악하였다.

수색은 문제없이 진행되었다.

일단은 2층의 방을 모두 조사했다. 이상 없음.

그 뒤에 신중하게 1층으로 내려갔다. 방을 하나씩 돌면서 난로나 화덕 등, 숨어있을 만한 장소를 체크하였다. 이상 없음.

어느 방이고 문제없었다.

"스승님, 이제 지하실만 남았습니다."

"음."

우리는 지하실로 이동했다.

계단 뒤의 문. 지하로 이어지는 계단.

어둡다. 낮에 조사했을 때에는 아무것도 없었는데, 기분 탓인지 지하에서 뭔가 이상한 감각이 풍기는 것처럼 느껴졌다.

나도 긴장한 모양인지 심장이 벌렁대는 소리가 들렸다. 심호흡을 한 번.

뒤를 조심하면서 계단을 내려갔다. 지옥으로 내려가는 듯한 기분이었다.

지하실에 도달했다.

"어떤가요?"

"아무것도 없군요."

자노바는 그렇게 대답했다.

나도 램프로 주위를 비춰보았다. 구석구석까지 샅샅이 보았지만 역시나 아무것도 없었다.

물론 이전 주민도 지하실 정도는 조사했겠지. 여기가 제일 수상하고.

그렇긴 해도 딱 보면 아무것도 없는 걸 안다.

"일단 방으로 돌아가서 습격에 대비하죠."

소리는 났다. 그럼 적은 온다.

어쩌면 이쪽이 잠들 때까지 상황을 지켜볼 가능성도 있는데….

그렇다면 내일은 자는 척이라도 해볼까.

신중하게 지하실을 나갔다. 그리고 2층으로 올라갔다.

복도를 걸어서 아까까지 대기했던 방으로 돌아갔다.

"자노바. 자던 방에 숨어있을 가능성도 있으니 문을 열 때는 조심하세요."

"알고 있습니다."

자노바는 곤봉을 움켜쥐면서 천천히 손잡이에 손을 대고… 열었다.

"……."

아무 일도 일어나지 않았다.

"…괜찮은 모양이군요."

없다. 습격도 없다.

"휴우…."

한숨 한 번.

역시 자고 있을 때 습격해 온다고 봐야 할까. 아니면 화장실 갔을 때 습격한다든가.

그러고 보면 정원은 조사하지 않았지. 날이 밝으면 정원도 잘

조사해 볼까.

그러면서 나는 문득 뒤를 돌아보았다.

있었다.

복도 끝.

기는 것처럼 자세를 낮추고. 계단에서 상반신을 내밀고. 고개를 갸웃거리는 모습으로 이쪽을 보고 있었다.

인간, 일까?

눈이 있었다. 코가 있었다. 입이 있었다. 머리칼은 없었다. 귀는 없었다.

그리고 생기도 느껴지지 않았다.

"⋯⋯."

그 녀석은 어둠 속에서 창백한 실루엣을 드러내면서 이쪽을 보고 있었다.

그대로 몇 초 동안 나는 그 녀석과 시선을 주고받았다.

"오."

내가 뭐라고 말하려던 순간.

그 녀석은 움직였다.

튕기듯이 상반신을 일으키고 2층으로 뛰어올라왔다.

사람과 비슷한 크기⋯. 하지만 사람은 아니다.

손이 네 개 있었다. 다리도 네 개 있었다.

어둠 속에서 그 녀석은 손에 든 말뚝 같은 것을 휘두르면서 네 개의 다리를 소리도 없이 움직여 엄청난 속도로 이쪽으로 ──.

"우와아아앗?!"

다리가 풀렸다.

엉덩방아를 찧으면서 얼른 스톤 캐논을 쏘았다. 머리에 스친 것은 집이 무너질지도 모른다는 걱정.

망설임이 스톤 캐논의 위력을 죽였다. 스톤 캐논은 녀석의 어깨를 깨뜨렸지만, 주춤거리게 하는 것에 머물렀다.

녀석은 멈추지 않았다.

그 녀석은 나를 향해 말뚝을 쳐들었다. 나는 마안을 사용하여 그걸 회피하려고….

"스승님!"

자노바가 눈앞으로 뛰어들었다.

말뚝이 자노바를 향해 기세 좋게 떨어졌다.

한 치의 어긋남도 없이 심장에 말뚝이.

"자노바!"

꽂히지 않았다.

신의 아이인 자노바의 피부는 녀석의 말뚝을 막아냈다.

여, 역시나 자노바야! 아무렇지도 않군!

자노바는 녀석의 얼굴을 한손으로 틀어쥐었다.

녀석은 여덟 개의 팔다리를 버둥버둥 움직이면서 자노바를 퍽퍽 때려댔다.

"어머니 되시는 대지에게 은총을 내리신 우리의 신이여! 섭리에 등을 돌린 어리석은 자에게 신벌을 내리소서! '엑소시스트레이트'!"

크리프가 방에서 상반신만 내밀고 주문을 외웠다.

지팡이에서 하얀 빛이 날아가서 녀석에게 명중했다.

하지만 녀석의 움직임은 멎지 않았다. 유령이 아닌가.

다음에는 내가 녀석에게 손을 뻗었다.

스톤 캐논. 이번에는 얼굴에 꽂아주지. 하지만 이 위치면 자노바에게 맞는다.

"자노바, 비켜. 스톤 캐논을 쓸게!"

"기다려 주십시오, 스승님!"

자노바는 비키지 않았다. 옷이 말뚝에 마구 찢어져도 비키지 않았다. 왜지?

"됐으니까 비켜! 내가 끝낼게!"

"기다려 주십시오! 스승님! 부탁드립니다!"

자노바는 녀석을 끌어안았다.

마치 내게서 지키듯이.

녀석은 계속해서 버둥거렸다. 자노바의 옷이 계속해서 찢어졌다.

괴력을 가진 것으로 보이지 않는 마른 뒷모습이 보였다.

몇 초, 몇 분, 그대로 시간이 흘렀다.

녀석은 거세게 움직였지만 차츰 움직임이 둔해지고… 이윽고 움직임이 멎었다.

"휴우…."

자노바는 그걸 확인하고 찢어진 옷을 벗어서 녀석의 손발을 묶었다.

"스승님, 일단 방으로."

"음."

나는 자노바의 말에 방으로 돌아갔다.

방 안에는 바들바들 떠는 크리프가 있었다.

"아, 아니, 도망친 거 아냐. 그렇게 좁은 복도에선 방해될 것 같아서."

"…그렇군요. 좋은 판단입니다."

"그, 그렇지?"

설득력은 없지만.

뭐, 나도 갑작스러워서 쫄았으니 뭐라고 말할 처지는 아니다.

"스승님."

"자노바, 고마워. 하지만 위험하잖아. 너는 어디의 마왕처럼 불사신이 아니니까…."

"대단합니다, 스승님. 이걸 보시지요."

자노바는 크게 흥분한 기색이었다.

내 말을 완전히 무시하면서, 껴안고 있던 녀석을 지면에 내려놓았다. 달그락 하고 의외로 가벼운 소리가 났다.

자노바는 거기에 램프를 비추었다.

"이, 이건… 인형?"

거기에는 푸르스름하게 칠해진 나무 인형이 뉘어져 있었다.

손과 발이 네 개. 이상한 모습이지만 인형이었다.

발소리가 없다 싶었는데, 발에 천이 감겨 있었다. 시커먼 천이었다.

말뚝이라고 생각했던 것은 부러진 손이었다. 네 개의 손 중 두 개가 부러져 있었다.

얼굴은 간신히 코와 입이 있는 정도고, 눈에는 유리구슬 같은 게 끼워져 있었다.

너무나도 무기질한 눈이었다. 난 이런 것과 눈을 마주쳤던가.

솔직히 말해 너무 불쾌해서 보고 싶지도 않다. 언제 또 움직일지….

크리프를 보니 그도 나와 같은 의견인 듯했다.

지팡이를 들고 빈틈없이 인형을 응시하고 있었다.

"스승님, 이건 대단합니다!"

자노바만이 달랐다.

그는 흥분을 감추지 못하는 듯했다. 진기한 인형을 보면 금방 이렇다니까.

"자노바, 아무리 네가 인형을 좋아한다고 해도."

"스승님! 이 인형은 움직였습니다! 움직이는 인형입니다!"

그 말에 나도 깨달았다.

그래. 이 인형은 우리를 공격했다.

"움직이는 인형…."

움직이는 인형. 자동인형. 오토마타. 메이드 로봇. 우와와.

그런 단어가 내 머리를 스치자 공포심이 순식간에 흐려졌다.

"분명히 대단하네."

"스승님, 이제야 깨달으셨습니까?"

자노바는 '스승님 정도 되시는 분이 모르실 리 없지 않습니까?'라는 느낌으로 물었다.

자존심을 자극하는 말투였다.

"그래. 부수지 않길 잘했어. 자노바, 네 판단은 틀림없어."

"후후, 저는 한눈에 이게 인형이라고 알았습니다."

"역시나. 인형을 보는 눈은 이미 날 뛰어넘었군."

자랑스럽게 말하는 자노바를 적당히 칭찬해 주었다.

하지만 움직이는 인형이라. 생각해 보면 이 세계에는 움직이는 갑옷처럼 움직이는 무기질이 있다.

이 인형은 나무로 만든 것이지만, 돌로 된 피겨를 움직이는 것도 가능할지 모른다.

피겨 자체를 움직일 수 있으면.

실리콘 같은 소재를 개발하면, 인간의 피부를 가진 인형이 가능하면.

그리고 그것이 움직이면.

꿈이 넓어진다.

"자노바, 어쩌죠? 가슴이 두근거리기 시작하는군요."

"스승님, 저도 그렇습니다. 눈물이 나올 것 같습니다!"

일단 이 인형을 가지고 돌아가자.

그리고 어떻게 움직인 건지 조사하자.

"어이, 너희들, 적당히 좀 해라!"

갑자기 꾸중을 들었다.

돌아보니 크리프가 지팡이를 움켜쥔 채로 노려보고 있었다.

"그런 소리나 할 때가 아니잖아!"

"그런 소리란 게 뭐냐!"

자노바가 크리프의 얼굴을 붙잡고 들어올렸다.

"으갸갸갸갸!!"

크리프는 허공에 들려진 채로 자노바의 팔을 붙잡았지만 꿈쩍도 하지 않았다.

오래간만에 보네.

"인형이 움직였다! 그 중대함을 왜 모르는 거냐!"

"아야야야! 마, 마물 중에는 움직이는 갑옷 같은 것도 있잖아!"

마물.

그 단어를 듣고 나는 목적을 떠올렸다. 여기에 온 건 움직이는 인형을 붙잡기 위한 게 아니다. 이 집을 손에 넣기 위해 왔다.

아니, 이 집을 손에 넣는다, 움직이는 인형의 정체를 밝힌다. 양립할 수 있잖아.

"자노바, 손을 놓으세요."

"음, 하지만 스승님."

"크리프 선배의 말은 옳습니다."

자노바가 손을 놓자, 크리프는 즉각 치유 마술을 외웠다.

아픈 걸 못 참는군.

"아마도 이 인형이 악령의 정체겠죠."

"흠."

"하나로 끝이 아닐 수 있습니다. 찾아서 붙잡죠. 어쩌면 인형의 설계도 같은 게 나올지도 모르고요."

"오오, 분명히 그렇군요!"

자노바는 이해했다는 얼굴로 끄덕였다.

"오늘밤은 잘 시간이 없습니다. 이 인형이 어디에 있었는지 철저하게 찾아보죠."

이렇게 세 번째 수색이 시작되었다.

이만큼 커다란 인형이 숨어있을 만한 장소.

두 차례 저택을 뒤지고 다닌 바로는 그런 장소가 없었다. 찾아보지 않은 정원에 뭔가가 있을까 싶었지만, 그렇지도 않았다.

그 인형의 발자국이 눈 위에 선명하게 남아있지만, 그것뿐이었다.

고로 어딘가에 비밀 방이라도 있을 거란 생각이 떠올랐다.

모든 것이 대칭으로 만들어진 집. 대칭이 아닌 부분을 찾으면 뭔가 나올지도 모른다.

그런 생각에 1층이나 2층의 구조를 확인하며 수상쩍은 장소를 찾아보았는데, 도저히 나오지 않았다.

그보다 집 안이 어두워서 찾기 힘들었다. 혹시 뭔가 이상이 있어도 이래선 알아보기 어려울지 모르겠다.

"내일 낮에 다시 조사하는 게 좋을지도 모르겠어."

크리프의 의견을 수렴하여 다음날에 다시 찾아보기로 했다.

수색에 앞서서 인형을 마법대학으로 가지고 돌아갔다.

두 손 두 발을 로프로 묶어서 움직이지 못하게 한 뒤에 자노바의 방에 두기로 했다.

밝은 곳에서 보니, 꽤나 낡은 인형임을 알 수 있었다. 푸르스름하게 보인 것은 원래부터 하얗게 칠했던 염료가 벗겨지고 곰팡이가 슬었기 때문이었다.

"마스터, 새 인형, 입니까?"

줄리는 무서워할 줄 알았는데, 그렇지도 않았다.

뿐만 아니라 그녀는 흥미진진한 기색으로 그걸 구경하였다.

"깨끗하게, 할까요?"

그녀는 그렇게 물었다. 그녀는 이따금 자노바가 시장에서 사오는 정체 모를 인형을 청소하는 작업도 하였다. 자노바의 말로는 인형에 관한 교양을 기르려면 사랑을 가지고 씻고 닦아서 깨끗하게 하는 게 제일이라는 모양이다. 교육이 잘 되었군.

"어떻게 하면 또 움직일까요?"

"그 문제는 저택 조사가 끝나면 하자."

자노바는 인형을 조사하고 싶어서 근질거리는 모양이었다.

그 마음은 알겠다. 알겠지만 좀 진정했으면 좋겠다.

아무튼 인형은 흙 마술로 만든 상자에 봉인해두었다.

우리가 없을 때 줄리를 공격하기라도 하면 큰일이니까.

저택으로 돌아왔다.

도중에 램프를 대량으로 구입해서 저택 안에 불을 밝혔다. 지난번 조사에서 빛이 부족하여 못 보았을 가능성을 없애려는 것이다.

난로 안도 조사했다. 안으로 기어들어가서 철저하게.

"흠, 아닌가."

검댕과 거미집을 털어내면서 난로 수색을 마쳤다.

그때 나는 어제 느낀 위화감의 정체를 깨달았다.

바닥이 검댕으로 더러워지지 않았다. 마치 청소라도 한 것처럼 깨끗했다.

생각해 보면 그 인형의 발에 감긴 천은 검정색이었다.

매일 밤낮 그 천으로 저택을 청소한 걸지도 모르겠다. 아니, 천도 계속 쓰면 더러워진다. 그만큼 시커멓다면 오히려….

아, 혹시 그 천, 마력부여품인가?

아니, 그건 일단 뒤로 미루고.

자, 2층, 1층, 지하.

…역시 수상한 건 지하인가.

지하에 불을 가져갔다가 산소결핍을 일으키면 안 되니까, 문은 활짝 열어두었다.

계단 도중에 뭔가가 있을 가능성도 생각해서 거기도 잘 조사했다.

지하실의 텅 빈 공간에 램프를 늘어놓았다.

이거 봐, 우와아, 대낮처럼 밝아. 동화 속 사람이라면 그렇게 말했을지도 모른다.

"밝게 하고 보니 일목요연하군."

지하실 구석. 나무판자로 만든 벽.

암흑 속에서 램프 한두 개로 비춘 걸로는 알 수 없었지만, 이렇게 밝게 하고 보니 금방 눈에 들어왔다.

벽 구석이 사각형으로 더러워져 있었다.

비밀 문이다.

처음 만들었을 때라면 밝게 한 정도로는 알 수 없었겠지만, 시간의 경과에 따라서 열고 닫는 부분이 더러워져서 눈에 띄었다. 지면에도 여닫은 흔적이 새겨졌다.

"좋아, 얼른 들어갈까."

크리프가 기쁘게 그 문을 열려고 했다.

나는 습격에 대비하여 마안으로 문을 지켜보았다.

하지만 크리프는 곧 움직임을 멈추었다.

"왜 그러나요?"

"어떻게 여는지 모르겠어."

그 말에 나도 살펴보니 분명히 손잡이 같은 거나 미닫이문에 있을 만한 파인 곳이 없었다. 그렇다고 들어올릴 수도 없겠지.

"스승님, 부숴버릴까요?"

자노바의 제안에 나는 고개를 내저었다.

전면적으로 수리한다고 해도, 되도록 부수고 싶진 않다.

"흠…."

지면을 살펴보았다.

거기에는 문을 여닫은 흔적이 남아있었다. 이게 열리는 건 틀림없다. 문이 이쪽으로 열린다.

"음."

그러다가 나는 그 흔적이 살짝 이상한 것을 깨달았다.

문이 열린 흔적이 왼쪽에서 세 번째 판자부터 시작되었다. 문의 얼룩 위치가 어긋나 있었다.

그때 기억의 서랍이 열렸다.

전생에서 초등학생 때 수학여행으로 갔던 닌자 마을. 거기에 있던 비밀 문의 기억이었다.

그걸 떠올리고 왼쪽 끝을 눌러보았다.

끼익 하는 소리가 났다. 하지만 열리는 정도는 아니었다. 무거웠다.

"자노바, 여기를 눌러봐."

"흠."

자노바더러 누르게 했다.

그러자 문은 끼릭끼릭끼익끼익 하고 삐걱대는 소리를 내면서 열렸다. 밤중에 울린 소리는 이 소리였나.

비밀 문 안쪽에는 손잡이가 있었다. 안쪽에서는 닫기 쉬운가.

"덫은… 없을 것 같지만, 달리 뭔가 있을지도 모릅니다. 조심하세요."

그렇게 말하면서 나는 안으로 들어가서 방을 램프로 비추었다.

덫이나 습격의 가능성은 기우로 끝났다.

거기는 좁은 방이었다.

책상이 하나에 나무 받침대가 하나. 그것뿐이었다.

책상 위에는 책 몇 권과 잉크병이 있었다. 잉크병은 뚜껑이 깨져서, 내용물은 모두 증발해 버린 채였다.

받침대 쪽은 뭐라고 형용하면 좋을까. 관에 가까울까. 그 정도 크기의 나무덩어리. 그 표면이 인형의 형태로 움푹 파인 느낌일까. 잘 보니 머리가 놓이는 장소… 눈이 가는 부분에 투명

한 돌이 박혀 있었다.

나는 여기가 그 인형이 잠들었던 곳이라고 직감했다.

아마도 그 인형은 여기에 누워서 충전…, 아니, 충마하는 거겠지.

"크리프 선배, 이 받침대가 뭔지 알겠습니까?"

"아니, 처음 보는데."

크리프는 고개를 내젓고 조심조심 받침대를 만져보았다.

갑자기 빠지직 하는 일은 없겠지만….

나는 거기서 눈을 떼어 책상 위에 있는 책으로 손을 뻗었다. 꽤나 오래 방치된 건 알겠는데, 다행스럽게도 벌레 먹은 자국은 없었다. 그 인형이 청소라도 한 걸까.

표지에는 제목과 문장紋章이 하나. 제목은 읽을 수 없었다.

내용을 살펴보니 글자도 역시나 읽을 수 없었다. 내가 모르는 글자라는 소리면 천신어나 해신어. 어쩌면 그 이외의 마이너한 언어로 기록되었을까.

하지만 문장도 글자도 어디선가 본 듯하였다.

어디였더라. 마법대학의 도서관이었을까?

페이지를 넘겨보니 그림이 몇 개 실려 있었다.

인체도와 마법진이었다. 페이지를 더 넘겨보니 팔다리가 네 개인 인형의 그림이 실려 있었다.

"…자노바."

"예."

입구에서 대기하던 자노바가 내 쪽으로 다가왔다.

"이거, 그 인형에 대해 적힌 것 같은데 어떻게 생각해?"

"못 읽겠군요. 하지만 아마도 틀림없을 것 같습니다."

"어디. 한 번 보여줘."

그런 대화에 크리프도 끼어들었다.

훌훌 페이지를 넘기면서 셋이서 살펴보았다.

종이는 몰라도 그 종이를 묶은 끈이 꽤나 오래된 것이라서 당장이라도 풀어질 것만 같았다.

그림과 화살표, 글자. 아마도 해설이나 주석이 적혀있겠지만, 전혀 읽을 수 없었다.

팔의 설계도와 마법진과 화살표, 그리고 주석.

여백 부분에는 꼼꼼하게 뭐라고 적혀있었다.

"그림만 보면 마도구의 마법진과 비슷한 것도 같군."

크리프가 조용히 말했다.

"그렇습니까?"

"그래. 요즘 조사해서 아는 건데, 비슷한 마법진을 본 적이 있어. 아마도 그 인형은 마도구겠지."

"그렇군요."

가설을 세워보았다.

전의 전 주민, 아니, 아마도 여기의 최초 주민은 그 인형을 연구했겠지.

이 마법진이 어떤 금기를 건드리기라도 했는지 몰래 연구하였다.

인형에게 이 집을 지키는 역할을 맡기려 했을 것이다.

그리고 최초 주민은 그걸 반쯤 완성시켰다.

그 인형을 보기론 아직 문제가 남아있는 듯하지만, 저택 안을 돌아다니면서 침입자와 싸우는 것까지 성공했다.

하지만 최초의 주민은 없어졌다.

도중에 포기하고 이사했는지, 들켜서 잡혀갔는지는 알 수 없다.

연구 성과가 남아있다는 소리는 뜻하지 않은 사고로 죽었을 가능성도 크다.

인형은… 아마도 처음에는 계속 이 받침대에 잠들어 있었겠지.

하지만 어떤 이유로 기동. 저택 안을 청소하면서 움직이고 침입자를 격퇴하는 행동을 개시.

아마도 한바탕 청소를 마치면 이 받침대로 돌아와서 충전하도록 프로그램된 것이다.

참살된 이들은 운 나쁘게 인형에게 '침입자'로 인식되었다. 그렇게 생각하는 게 자연스럽다.

하지만 정원까지 나갔다면 누군가 목격자가 있어도 좋을 텐데….

아, 그렇지, 입구의 문은 망가져 있었지.

그러고 보면 건물 중에서 그 문만 망가졌다.

전 주민이 방범이나 어떤 이유로 바꿔단 걸지도 모르겠다.

문의 형태가 변했기 때문에 열 수 없어졌다.

원래는 정원까지 순회하는 프로그램이었는데, 문을 열 수 없어졌기 때문에 단념.

하지만 우리가 들어올 때에 문을 부쉈다.

그렇기 때문에 프로그램에 따라 정원도 순회했다. 우리와는 딱 그때 엇갈렸고, 우리가 2층으로 돌아갔기에 따라온 것이다.

그렇게 생각하면 이상할 것도 없나.

"어찌 되었던 이런 걸 보면 더 있진 않을 듯하네요."

이걸로 한 건 해결이란 소리다.

만일을 위해 저택 안을 구석구석까지 더 뒤지고 며칠 동안 지켜보았다. 밤중에 아무 소리도 나지 않았다.

안전하다고 확인한 뒤 부동산에 가서 정식으로 계약을 마쳤다.

악령의 정체는 지하의 비밀 방에 살던 흉악한 마물이란 걸로 했다.

다음날부터 업자가 와서 청소나 수리 등을 해 주는 걸로 이야기를 마쳤다.

가구도 모두 새로 구입하겠냐고 물었지만, 최소한의 것만 장만하기로 했다.

그런 걸 실피와 함께 보고 다니는 편이 낫겠다는 건 일본인의 감각일까.

나도 조금 손대고 싶은 부분이 있으니까, 실제로 살게 되는 건 한 달 정도 뒤일까.

벌써부터 실피가 기뻐하는 얼굴이 눈에 선하다.

'자, 이게 우리의 마이홈이야!'

'꺄아, 루디 멋져!'

'방도 많으니까, 아이가 얼마나 태어나든 괜찮아!'

'미래도 생각하다니 멋져, 안아줘!'

'물론이지, 허니, 침대는 이미 준비했어.'

'루디, 마음대로 해줘!'

이렇게 되진 않겠지만, 그래도 얼굴이 풀어졌다.

…미묘한 얼굴을 하진 않겠지? "하아, 루디. 이 정도 집밖에 못 구했어?"라든가.

응, 실피는 그런 식으로 굴지 않을 거야.

그렇긴 해도 수익이 많은 일이었다.

고작 며칠 만에 집이 손에 들어오고, 덤으로 집에 남아있던 유산도 입수했다.

그 인형, 틀림없이 마도구일 거다.

원래 그런 건 마술 길드 같은 곳에 제공해야 할지도 모르지만… 하지만 나는 마술 길드에 아직 소속된 게 아니니까 관계

없어. 이 집에 덤으로 따라온 거니까 챙겼습니다, 란 거지.

얼추 수속이 끝났을 때, 지하실에 있던 연구 자료를 꺼내기로 했다.

받침대는 자노바가 옮기고 책 같은 건 내가 옮겼다.

그 움직이는 인형을 연구할 때 쓰려는 것이다.

"스승님."

마법대학으로 돌아가는 길.

자노바가 진지한 얼굴로 내게 말을 걸어왔다.

그의 어깨에는 거대한 받침대가 있었다. 운반할 것을 고려해서 만들지 않은 무게일 텐데, 자노바라면 거뜬했다. 일단 천으로 싸긴 했지만, 멀리서 보면 무슨 관이라도 옮기는 걸로 보일지도 모르겠다.

"뭔가요?"

"이 움직이는 인형의 연구, 제게 일임해 주실 수 없겠습니까?"

뜻하지 않게 그의 눈을 보았다.

둥근 안경의 안에서는 지금까지 본 적 없는 결의가 보였다.

"저는 마력 총량도 적고 손재주도 별로입니다. 줄리를 위해 만들기 시작한 적룡도 스승님에게 방해만 될 뿐이지 도무지 작업의 진척이 없습니다."

그렇지 않다…라고 말하는 건 간단했지만, 그 사실로 그가 고민하는 건 알고 있었다.

내가 쉽사리 할 수 있는 말이 아니다.

"하지만 이런 방면이라면 어쩌면 저도 할 수 있지 않을까 싶습니다. 사실은 책을 보면서 저는 책의 저자가 뭘 하고 싶은 건지 왠지 모르게 읽어낼 수 있었습니다."

흠, 그런가. 인형애호가 사이에 통하는 게 있으니까 언어를 모르더라도 뭔가를 느낀 걸지도 모르겠다.

"언어 해석에는 다소 시간이 걸릴지도 모릅니다. 스승님이 전부 하시는 편이 연구의 진척도 빠를지 모릅니다."

글쎄. 나는 인형 쪽에만 시간을 쪼갤 수도 없다. 자노바에게 맡기는 편이 잘 될지도 모른다.

하지만….

"혹시 또 인형이 날뛰면 어쩔 거야?"

"가령 인형이 폭주하더라도 저라면 다치지 않고 붙잡을 수 있습니다. 스승님도 보셨지요?"

뭐, 그 점으로는 문제없나.

밤중에 움직이는 건 좀 무섭지만, 아마도 이 받침대에서 충전하지 않으면 움직일 수 없겠고.

역시나 자노바의 방에 두는 건 문제니까, 마법대학에 연구실을 하나 늘리는 편이 낫겠군.

문이 튼튼한 놈으로.

아니, 어쩌면 금기인 마술을 썼을지도 모르니까, 연구는 다른 곳에서 하는 편이 좋을까?

나나호시도 전이 마법진 연구에 가까운 걸 하고 있으니 괜찮을 것 같지만.

만일을 위해 나나호시에게 한마디 거들어달랠까. 그 녀석은 분명히 A급 길드원이고.

"부탁드립니다, 스승님! 스승님의 계획이 성취되었을 때 저는 돈을 냈을 뿐이라는 결과로 끝내고 싶지 않습니다!"

"……."

하지만 자노바도 여러모로 생각하는구나.

인형 문제라면 정신줄을 놓는 게 조금 걱정이지만… 그런 거라면 맡기는 편이 좋을까.

"부디! 이 연구를 제게 맡겨 주십시오!"

내가 묵묵히 있자, 자노바는 착각한 모양이었다.

그 자리에 무릎을 꿇었다. 받침대를 내려놓더니 두 팔을 펼쳐서 그 자리에 엎드리려고 했다.

눈 속에서 오체투지를 하려는 것이다.

"알았어. 자노바, 일어서! 너한테 맡길게."

"정말입니까!"

그렇게 말하자 자노바는 벌떡 일어났다.

그 표정은 희색만연. 이 녀석도 참 감정이 쉽게 변한다.

"하지만 어쩌면 금기의 영역에 손을 내밀 가능성도 있어."

"금기입니까?"

"그래. 아무튼 마법대학의 연구실을 빌릴 테니까 거기서 연구해 줘."

"…감사합니다!"

자노바는 또 크게 고개를 숙였다.

그러는 바람에 받침대가 부응 소리를 내면서 내 코앞을 통과했다.

위험하네. 이걸로 정수리를 직격하면 어떻게 될까.

"너희들, 길에서는 좀 눈에 띄지 않게 해라…."

마지막에 크리프가 한소리 했다.

이렇게 자노바는 자동인형 연구를 시작하고, 나는 집을 손에 넣었다.

다음은 리폼이다.

제4화   극적

라노아 왕국, 마법도시 샤리아.

학생이 많이 사는 이 도시의 한곳에 문제가 있는 집이 한 채 있었습니다.

지은 지 백 년. 루데우스 저택. 이 집의 문제, 그것은….

'유령저택.'

낡은 외견은 서양식 저택처럼도 보입니다만, 이끼가 끼고 말라붙은 덩굴이 엉킨 그 모습은 불길하다고 할 수밖에 없지요.

이 집에 살려는 것이 의뢰인인 루데우스 그레이랫 씨.

A급 모험가였고, 현재는 마법대학의 학생. 결혼하려고 집을 샀는데, 그 주거성에 불만이 터진 모양입니다.

이 집에는 어떤 문제가 있을까요.

부지 밖으로 한 걸음만 들어가면 전혀 손질되지 않은 정원. 망가진 입구. 곳곳에 얼룩이 남은 벽이나 천장. 비가 새는 지붕. 써먹을 수 있는지 알 수 없는 난로….

폐가라는 단어가 떠오르는 모습입니다.

"마력적인 요소로 오래 가게 한 모양입니다만, 역시 낡았다는 느낌을 부정할 수 없습니다. 신혼집치고 너무 풍취가 세네요."

신혼과 어울리는 깔끔한 집으로 해 달라.

그런 의뢰인의 부탁을 받아서 한 명의 남자가 일어섰습니다.

리폼 장인. 대공동의 발더.

바쉐란트 공국 마술 길드에 소속된 일류 건축가.

건물 설계부터 건축까지 해내는, 이 바닥 30년의 베테랑.

미리스 신성국에서 배운 건축 기술을 토대로 마법대학의 별동 건물을 세우는 등, 수많은 실적을 가졌습니다.

살짝 완고한 점도 있습니다만, 성격 좋고 실력은 확실.

항상 망치를 허리에 늘어뜨리고 다니면서, 남의 집이라도 마음에 안 드는 부분이 있으면 두들겨서 고치는 장인 기질.

건물도 제자도 망치 하나로 두들겨 고친다. 그런 그를 두고 사람들은 '쇠망치 발더'라고 부릅니다.

"음, 내가 왔다. 네가 진흙탕인가! 결혼한다고!"

그런 기술자를 맞아들이는 것이 이번 의뢰인.

항간에서는 '진흙탕 루데우스'라고 불리는 그를 기술자도 서슴없이 진흙탕이라고 불렀습니다.

"예. 발더 씨, 잘 부탁드립니다."

발더는 루데우스라는 이름을 알고 있었습니다.

옛 친구인 탈핸드. 그의 동료였던 엘리나리제에게서 들었던 겁니다.

"결혼에 앞서서 집을 구입한 건 좋은데, 보시다시피 이래서요."

"일단 안을 한 번 둘러봐도 될까?"

"물론이죠."

집 안에 들어가려던 발더는 곧 눈썹을 찌푸렸습니다.

"어이, 이건 뭐야? 입구부터 장난 아니군. 그냥 잡아 뜯은 것 같은데?"

"문 상태가 안 좋았는지 안 열리길래 어쩔 수 없이 파괴했습니다."

"참나, 요즘 젊은 녀석들은 뭐든지 펑펑 박살내지. 물건에 대한 경의란 게 부족해."

"맞는 말씀입니다."

분노를 드러내는 발더의 말을 의뢰인은 공손한 태도로 받아

넘겼습니다.

　마치 자기가 부수지 않았다고 말하는 듯한 태도입니다.

　발더는 그 태도가 마음에 들지 않습니다. 하지만 여기선 자제합니다.

　'진흙탕 루데우스'는 분노하면 무서운 사람이라고 들었기 때문입니다.

　"문은 어떻게 하지?"

　"어떻게, 라뇨?"

　"재질이나 모양이나. 딱히 주문이 없으면 내가 독자적으로 판단해서 하지."

　"재질 같은 것은 딱히 희망하는 바가 없지만, 튼튼한 걸로 부탁드립니다. 또 일단 도어 노커도 달아주세요."

　"그거야 입구니까 당연하지."

　그 뒤로 발더는 안에 들어가서 또 복잡한 표정을 하였습니다.

　"꽤 낡았군."

　"그, 그렇습니까?"

　"바닥은 꽤 공들여 만들었는데, 그와 비교해서 벽이랑 천장이 대충이야. 마치 지하실이 제일 중요하고 그 이외는 덤이라는 것 같군."

　"그런 걸 아실 수 있습니까?"

　"당연하지."

　발더의 눈에는 어디가 좋고 어디가 나쁜지 금방 보였습니다.

바닥, 계단, 2층, 식당, 주방, 난로.

이런 곳은 아주 잘 만들어진 듯합니다.

천재적인 실력을 가진 목수가 백 년 전의 건축기술과 마법기술을 구사한 것이 보였습니다.

하지만 벽이나 천장 등, 일부에 손을 대어서 그게 이상해진 것입니다.

"뭐, 이런 거야 금방 고치지."

발더의 든든한 말. 거기에 안심한 의뢰인은 커다란 식당으로 들어갑니다.

"큰 방이군. 볕은 나쁘지 않게 들겠어."

"난로는 어떨까요?"

"어디 보자."

쓸 수 있을지 모르는 난로. 발더의 눈이 빛납니다.

"이거 좋은 난로군. 조금 오래되었지만, 괜히 손대지 않는 게 낫겠어."

"그렇습니까?"

"자, 여기 새겨진 사인을 보라고."

발더가 가리킨 곳에는 어딘가에서 본 듯한 문장이.

"이건 백 년 정도 전에 살았던 천재 마도구 제작사의 사인이야. 이름도 남아있지 않지만, 아슬라 왕국에서 이 사인이 붙은 마도구는 아주 비싸게 거래되지. 그래도 기본적으로는 자잘한 것만 만들었는데, 설마 이런 집에 커다란 난로를 만들었다니….”

“…….”

의뢰인의 뇌리에 떠오른 것은 저번에 이 집에서 발견한 일기에 적힌 무늬.

그것과 이 난로에 새겨진 무늬는 아주 비슷했습니다.

아무래도 이 집의 첫 주인의 작품인 모양입니다.

“그래서 이 방은 어쩌지?”

“그렇군요. 보통은 어떻게 하나요?”

“큰 방이니까 커다란 테이블을 놓고 파티할 때에 쓰지. 하나 더 있는 방은 예비용이야. 무슨 이유로 방을 못 쓰게 되었을 때에 대신 쓰지.”

“보통은 안 씁니까?”

“보통은. 하지만 나처럼 평범하게 생활하는 이들에게 큰 방은 하나면 족하니까.”

“그렇군요…. 그럼 다른 쪽은 편히 쉴 수 있는 공간이란 느낌으로.”

“알았다.”

편히 쉴 수 있는 공간.

그런 이야기를 하면서 발더와 의뢰인은 다음 방으로 이동합니다.

“주방도 두 개 있다고 했지. 그리고 한쪽에는 화덕이 없다고.”

“화덕이 없다면 쓰지 않았다는 걸까요?”

"배수구가 있는 걸 보면 세탁과 목욕을 하는 데에 썼겠지."

"…호오, 목욕입니까!"

발더는 주방과 세탁장을 순서대로 보고 다녔습니다.

배수구가 막히거나 열화된 것을 확인하고 끄덕였습니다.

"여기도 딱히 손볼 것 없어. 오래된 것치고 깨끗한 편이야. 원래부터 그리 안 썼을지도."

"어르신, 한 가지 의논할 게 하나 있는데요…."

의뢰인의 입에서 나온 제안. 그걸 들은 발더의 눈이 빛납니다.

"재미있는 생각을 하는군. 하지만 재료가 없으니까 비싸지지 않을까?"

"재료는 제가 마술로 만들겠습니다."

"어떻게든 되나…. 그거 좋군. 좋아, 한 번 해보지."

의뢰인의 마음이 발더에게 전해졌습니다.

다음날.

발더의 부하 열 명이 모여서 리폼을 시작합니다.

● 제1장 '문'

아침 일찍 커다란 문이 운반되어 왔습니다.

고급 나무를 깎아서 만든 문.

튼튼한 판자의 바깥쪽에는 사자 모양의 도어 노커가 붙고, 방범 대책으로 가장자리에 작은 마법진을 집어넣었습니다.

"대단한 마법진은 아냐. 억지로 열려고 하면 저택 안에 커다란 소리가 울리는 거지."

"자명종 대용도 되겠군요."

발더의 아이디어에 의뢰인은 자신만만하게 웃습니다.

● 제2장 '세탁장'

이곳은 발더의 손으로 크게 탈바꿈을 하려고 합니다.

일단 방을 둘로 나누듯이 칸막이가 만들어집니다.

칸막이 저쪽의 돌바닥에는 타일이 깔리고, 구석에는 경사를 넣은 홈이 만들어졌습니다.

그리고 구석에는 사각형 돌상자가 놓입니다. 사람이 세 명 정도 누울 수 있는 커다란 상자입니다. 그것이 살짝 파인 지면에 들어갔습니다.

그리고 천장 부근에는 작은 창을 냈습니다.

이것은 대체 무엇일까요?

● 제3장 '지하실'

어두운 지하실에 발더와 의뢰인의 모습이 있었습니다.

"좋은 지하실이군. 이거라면 쥐도 안 들어오겠어."

"예, 그리고 여기 비밀 문 말인데…. 이 문 안에 말이죠, 이런 걸 만들어 주셨으면 합니다."

"뭐지, 이 수상한… 아, 아니, 아무 말 안 하마. 나는 미리스 교도지만, 너는 다른 모양이군."

의뢰인의 부탁으로 지하실에 기재가 반입되고, 비밀 문 구석의 얼룩은 깨끗하게 지워집니다.

2주 뒤. 리폼 공개 당일.

의뢰인이 아내를 데려왔습니다.

"보여주고싶다는게뭐야? 엄청기대돼."

"말이 딱딱해, 실피. 혹시 너 몰래 정보를 모아서 사전에 알고 있던 거 아냐?"

"어, 나는아무것도몰라."

완전히 국어책 읽기를 하는 소녀와 그런 말을 나누면서 의뢰인이 눈 속을 걸어옵니다.

"내가 모르는 사이에 그 솔직하고 순종적이던 실피가 거짓말을 하게 되었다. 그렇게 생각하니 기쁜 일일지도 몰라. 하지만 이렇게 당당히 거짓말을 하는 걸 보니 앞으로 또 거짓말을 하는 게 아닐까 걱정이 듭니다."

"우우…. 하지만 루디도 잘못했어. 아리엘 님의 이름을 쓰면 내 귀에 들어오는데 끝까지 나한테 아무 말도 안 해 주고."

"그건 미안해."

의뢰인과 아내의 알콩달콩한 모습은 끝을 모르는 모양입니다.

"아무 말도 안 해 주니까 나도 불안해지잖아. 저기, 루디는 멋지고…."

"바람이라도 피울 거라고? 뜻밖이네."

"아니, 저기, 나는, 그게, 작고."

아내의 불안해하는 얼굴을 본 순간 의뢰인의 표정이 끈적하게 바뀌었습니다.

"뭐야, 가슴 걱정이야? 안심해. 아저씨는 말이지 평등주의자니까. 차별하는 놈들하곤 달라. 우헤헤."

"아저씨라니…. 아, 갑자기 만지지 마, 안 된다니까…. 사람들이 봐!"

"예, 죄송합니다."

집 앞에 올 무렵에는 야단맞고 꼬리를 만 개처럼 얌전해진 의뢰인이었습니다.

아내는 비뚤어진 선글라스를 고쳐 쓰면서 살짝 화난 모습입니다.

"때와 경우를 생각해. 그런 건 밤에, 침대 안에서! 알았지?"

"예, 실피에트 씨. 두 번 다시 안 하겠습니다."

"어, 하, 하지만 도저히 못 참겠거든… 저기, 우물쭈물."

"뭐지, 안 들리는데…. 아저씨는 귀가 안 좋거든."

그런 두 사람이 집을 구경합니다.

■ Before Side ■

돌에는 이끼가 껴있고 벽에는 넝쿨이 엉켜있고, 창문은 여기저기 깨져있고 입구에는 망가진 문이 걸려 있었습니다.

마녀가 살 만한 을씨년스러운 모습을 연출하던 루데우스 저택.

■ After Side ■

이끼가 끼었던 돌은 깨끗하게 닦아내고, 벽은 새 염료로 새하얗게 칠했습니다.

원래 무슨 색인지 알 수 없을 정도로 세월의 때가 묻었던 저택은 밝은 녹색으로 새단장을 하였고, 입구에는 중후한 갈색의 쌍여닫이문을 새로 설치하였습니다.

금색으로 빛나는 경첩의 사자가 마치 문지기 같습니다.

아내는 그걸 보고 입가를 눌렀습니다.

"어때?"

"아니, 어어, 어때, 라니?"

"저택의 색깔은 실피의 예전 머리칼과 비슷한 걸로 했어. 실피는 싫어할지도 모르지만, 난 꽤 좋아했으니까."

"어? 아, 그렇구나. 헤에~…."

생각 이상으로 이상에 가까웠던 걸까요.

아내 쪽은 입가에 손을 댄 채로 감탄사를 올리며 집을 올려다보았습니다.

"자, 안쪽도 구경하시죠."

두 사람은 안으로 들어갑니다.

현관에 발 닦는 매트가 깔려 있었습니다.

흙발 문화인 이 세계를 고려한 의뢰인의 마음이 드러나는 듯합니다.

"오른쪽이 식당, 왼쪽이 거실. 어느 쪽부터 볼래?"

"어어, 그럼 식당? 쪽을."

"식당을 원하신다! 좋아. 점점 마음에 드는군요. 그럼 보시죠."

어느 나라의 자동차 딜러 같은 어조에 의뢰인의 긴장이 배어 나왔습니다.

입구에서 볼 때 왼쪽의 방으로 들어갑니다.

큰 방은 많이 변해 있었습니다.

일단 커다란 테이블을 두었습니다. 장식은 없지만, 열 명은 앉을 수 있을 만한 테이블입니다. 벽에는 하얀 벽지를 칠했고, 구석에는 작은 꽃이 꽂힌 꽃병이. 커다란 난로는 수리되어서 새 벽돌의 붉은 색이 방에 악센트를 주었습니다.

"와아, 대단하다."

"식사는 이쪽이나 혹은 거실에서 합니다."

"이렇게 긴 테이블을 어디에 쓰게?"

"사람을 초대했을 때에 쓰기도 하겠죠."

"아, 그래. 그렇구나. 손님도 오지."

선글라스를 벗고 귀 뒤쪽을 긁적이는 아내의 머리를 의뢰인은 자애 넘치는 표정으로 쓰다듬습니다.

분명 의뢰인은 속으로 손님만이 아니라 아이들도 자리를 채울 거라고 생각하겠지요.

"자, 다음은 이쪽입니다. 거실이지요."

두 사람은 거실로 이동합니다.

거기에는 따뜻하고 가정적인 공간이 펼쳐져 있었습니다.

난로를 둘러싸듯이 설치된 소파.

소파 근처에 놓은 작은 테이블에는 주전자와 컵이 있었습니다.

그 방에는 편안한 집을 원하는 의뢰인의 마음을 이해한 발더의 꼼꼼한 일솜씨가 엿보였습니다.

"왠지 이 방 멋져. 앉아 봐도 돼?"

"물론이고말고요. 으음, 무슨 말씀을 하시려는 건지 다 압니다. 시트가 조금 딱딱하지요. 하지만 사용하면 부드러워질 겁니다."

"아직 안 앉았어. …그보다 루디, 아까부터 말투가 이상해."

"조금 긴장해서."

소파에 조심조심 앉는 아내.

"별로 딱딱하지도 않아."

"그래. 다행이네."

의뢰인도 아내의 옆에 앉습니다.

그리고 그대로 아내의 어깨를 껴안고 마주보는 얼굴. 얽히는 시선. 아내가 살며시 눈을 감고….

의뢰인은 아내를 일으켜 세웠습니다.

"자, 다음 방으로 갈까. 주방입니다. 우리 루데우스 저택이 자랑하는 조리시설을 보시지요."

"으, 응!"

주방. 거기에는 이전부터 있던 돌화덕에 추가로 최신 조리기구를 갖추었습니다.

거대한 멧돼지를 놓고서도 손질할 수 있을 만큼 커다란 작업대.

어디에나 있을 법한 커다란 냄비가 걸리는 가마.

그리고 어디에나 있는 보존용 통과 항아리, 병.

"여기는 평범하지."

"평범하네."

갑자기 진지해진 의뢰인에게 아내도 진지하게 끄덕였습니다.

자, 다음은 세탁장입니다. 복도를 걸어서 입구를 통해 안으로 들어갑니다.

그러자 아내는 고개를 갸웃거렸습니다.

"어라? 좁네?"

커다란 통, 빨래판, 그리고 한 아름은 될 만한 광주리가 몇 개 놓여있는 그 방.

세탁을 하려면 이 정도로도 문제없겠지만, 약간 마음에 걸리는 게 있습니다.

특히나 안쪽으로 이어지는 문이.

"보시지요."

의뢰인이 안쪽으로 이어지는 문을 엽니다.

그러자….

이럴 수가.

거기에는 커다란 목욕탕이 만들어져 있었습니다.

■ Before Side ■

돌화덕이 없는 단순한 방.

세탁을 하기에는 너무 넓은, 살풍경한 두 번째 주방.

■ After Side ■

바닥에는 타일이 깔리고, 구석에는 뜨거운 물을 듬뿍 담은 커다란 욕조.

경사가 진 홈을 통해 졸졸 물이 흘러든다.

단순한 방이 멋들어진 목욕탕으로 탈바꿈.

"어어…. 어거 혹시 목욕탕?"

"역시나 실피. 목욕탕을 알았나."

"응. 왕궁에 있을 때 조금…. 하지만 이렇게 큰 건 처음 봐. 온천이라고 하나?"

"온천이랑은 조금 다르지만."

놀라움을 숨기지 않는 아내.

그 얼굴을 사랑스러운 눈으로 보는 의뢰인. 그의 표정에서 '혼욕이 기대되는군요'라는 시커먼 마음의 소리가 들려오는 듯합니다.

"지금은 보여주려고 뜨거운 물을 담았지만, 평소에는 물을 빼둘 생각입니다."

"응. 어어…. 나중에 쓰는 법 가르쳐줘. 왓!"

의뢰인이 아내를 껴안았습니다.

아무래도 아내의 갑작스러운 말에 감격한 모양입니다.

"어어, 왜…?"

"아니, 어떻게 하면 같이 들어갈 수 있을지 고민하다가 그만."

"어떻게라니, 목욕탕은 혼자 들어가는 게 아니잖아? 아리엘 님은 항상 종자랑 같이 들어가셔. 그러니까 나도 경험은 있어. 아리엘 님을 씻겨드린 적도 있고."

"…어느 부족의 방식으로는 부부는 서로의 몸을 씻겨줍니다. 알고 있었습니까?"

"그렇구나…. 그건 조금 부끄러워. 하지만 노력할게."

그런 대화 뒤에 계단을 통해 2층으로 올라갑니다.

비가 샐까 걱정을 했던 천장은 깨끗하게 수리되어서 밝은 목재의 색깔을 보여줍니다.

의뢰인은 그대로 안쪽 방으로 향합니다.

"일단 2층에서 준비한 건 이 방뿐이야."

"…와아, 대단해."

한 발 들어간 아내가 놀라움에 눈을 크게 뜹니다.

눈에 들어온 것은 세 명 정도가 누워도 여유가 있는 침대. 그곳에는 의뢰인이 좋아하는 베개가 하나 놓여있었습니다.

"왜 이렇게 큰 침대를?"

"그야 물론 실피를 맛있게 먹기 위해서지!"

"…아, 그래. 그렇구나, 에헤헤."

의뢰인과 그 아내의 얼굴에 부끄러움 섞인 미소가 피었습니다.

★　★　★

모 다큐멘터리풍으로 새 집을 실피에게 소개해 보았다.

실피는 침대에 앉아서 내 옆으로 다가왔다.

빙긋빙긋 웃는 게 기분 좋은 기색이다. 마음에 들어하는 모양이라 다행이었다.

이대로 쓰러뜨리고 부부생활이란 걸로 들어가고 싶다.

하지만 그 전에 이야기할 게 있다.

"실피, 결혼한다고 말한 지 약 3주. 짧긴 해도 조금 시간이 걸렸습니다."

"어, 예."

경어를 쓴 것은 진지한 이야기를 하기 위해서이다.

실피도 그걸 알았는지 자세를 바로 했다.

"결혼이라고 해도 솔직히 나는 뭘 해야 좋을지 모릅니다. 이렇게 집을 사 보았지만, 솔직히 너무 앞서가는 느낌이 자꾸만 듭니다."

"그, 그렇지 않아. 나는 기쁘고, 오히려 이렇게 멋진 집에 내가 있어도 되나 싶은 느낌이라…."

"그렇습니까. 문제가 없다면 좋지만, 지금 말하려는 건 즉, 앞날에 대해서입니다."

앞날에 대해서.

그렇게 말하자, 실피는 얼굴을 붉히고 어째서인지 꼼지락거리기 시작했다.

"어어, 루디가 원한다면 몇 명이든 좋거든? 하지만 난 엘프의 피가 꽤 진하니까 잘 안 생길지도 모르지만…."

"어, 어어."

대단히 흥분되는 말이다.

현대 일본도 아니니, 결혼했는데 경제적인 이유로 자식을 미루자는 말을 듣는 건 싫고.

음. 나는 본능에는 충실하다.

생물의 본능이란 즉 생식이다. 생식이란 즉 자식 만들기다.

"그럼 아리엘 왕녀의 호위는 어떻게 됩니까?"

하지만, 하지만 실피의 일에 대해서도 이해가 필요하다.

아리엘 왕녀가 어떻게 생각할지는 모르지만, 혹시 임신이라도 하면 호위 일을 계속할 수 없겠지.

뭐, 그것뿐이라면 나나 다른 이가 대신하면 된다. 나도 전투력만 보면 나름 높은 편이고.

하지만 호위 일은 그것만이 아니다.

"어떻게 되냐니…?"

"양립은 어렵지 않을까요?"

"그 점은 아리엘 님과도 이야기가 됐는데."

이야기가 된 모양이다. 당연한가.

"우리는 아직 2년 동안 이 나라에 있을 거고, 졸업한 뒤에도 곧바로 아슬라 왕국으로 돌아가는 건 아냐. 대략 앞으로 5년 정도로 짐작하고 있어. 그러니까 어어…."

실피는 호위를 그만둘 생각이 없는 모양이다. 간단히 호위를 그만둔다는 선택지가 나오지 않는 점에서 아리엘이나 루크와의 강한 유대를 느꼈다.

나에게 의존하던 과거의 실피였으면 뭐라고 할까.

모든 것을 내버리고 나를 따라가겠다고 했을까.

그건 그거대로 기쁘지만….

"미안…. 잘 생각해 보니까 루디한테 미안한 말이네…. 이렇게 좋은 집도 사줬는데, 아리엘 님의 호위를 해야 하니 별로 머물 수 없겠고…. 이래선 아내가 될 자격도 없어."

실피는 침통한 얼굴로 고개를 숙였다.

남자는 일을 하고 여자는 집을 지킨다. 그런 의식은 별로 강하지 않다.

남녀의 강함에 별 차이가 없는 세계이기 때문일까.

그렇긴 해도 일단 남자가 일하고 여자가 집을 지키는 게 이상적이라고 들었다.

"역시 나로는 안 될까?"

실피는 눈에 눈물이 고인 채 그런 말을 하였다.

왠지 미안한 기분이 들었다.

2년 동안의 금욕생활. 그게 성욕을 되돌려서 2년, 아니, 3년 동안의 하얀 혈조를 토해냈다.

내 머릿속에는 실피＝야한 걸 하게 해 주는 사람이라고 인풋되었다.

말하자면 실피를 향한 나의 호의는 태반이 성욕이다.

이건 이미 각인에 가깝다.

하지만 나도 그 자체는 나쁘다고 생각하지 않는다.

나에게 성욕이란 중요한 것이다. 실피는 그런 중요한 것을 되돌려주었다.

자기 몸을 써서.

나는 수족이 넌더리를 칠 정도로 밝힌다.

그런 내게 미약을 먹이고 몸을 내주었다. 실피는 처음이었고 나는 난폭했다. 정말이지 무서웠겠지. 그런데도 그런 기색을 전혀 보이지 않고 아침에 나를 보고 미소지어 주었다.

그 덕분에 나는 힘을 되찾을 수 있었다.

실피가 안 되면 누가 된단 말인가. 혹시 여기서 적당한 이유로 실피와 결혼하지 않으면, 그리고 실피를 다른 남자에게 빼앗기면 나는 평생 후회하겠지.

빼앗기면…. 그래, 이미 실피는 내 것이다.

"실피는 내 겁니다."

"어?! 어, 응. 루디 거야."

"그러니까 결혼해 주세요."

생각해 보면 실피에게 확실히 이렇게 말한 건 처음이었을지도 모른다.

"…예."

실피는 얼굴을 붉히면서 끄덕였다. 한숨 돌렸다.

"호위 일은 신경 쓰지 마세요. 집안일은 나도 할 테니까. 실피는 실피 마음대로 하면 됩니다."

"응."

"뭐, 가능하면 며칠에 한 번은 같이 자줬으면, 하는 생각 정도야 합니다만."

"응?"

입에서 욕망이 흘러나왔다.

"…잔다는 건, 어, 그런 의미야?"

"아니, 물론 강요는 하지 않습니다. 안 될 때는 실피의 가슴을 조금 주무르게 해주면 됩니다."

"어어…. 나 노력할게. 루디는 안 참아도 되는데?"

"무리하면 안 됩니다. 하루의 피로는 확실히 풀어야죠. 자기 전이나 일어났을 때 조금만 만지게 해 주면 알아서 처리할 테니까."

점점 욕망이 흘러나왔다.

아니, 실피 앞에서 괜히 잘난 척해봐야 소용없지. 나는 원래 이런 녀석이다.

"루디는 그렇게 내 가슴이 좋아?"

"좋습니다."

"루크는 내 가슴에 매력이 없다고 그랬는데…."

"그런 꼬맹이 말은 하나도 믿어선 안 됩니다."

젊은 놈일수록 크네 작네에 집착한다.

하지만 중요한 건 그게 아니다. 하트다. 그렇지요, 가슴 선인?

"하지만 루디랑 별로 다르지 않은데."

"아뇨, 나의 단련된 대흉근과 실피의 아름다운 가슴은 다릅니다. 뭣하면 만져볼래요?"

"어, 응."

그렇게 말하며 가슴을 내밀자 실피의 손이 살며시 닿았다.

"분명히 전혀 다르네…. 왠지 단단해…."

"흠!"

"…우와!"

기가 살아서 흥근을 움직이자 실피가 놀라서 손을 거두었다.

"이 흥근은 실피의 것이니까 언제 만져도 좋으니까요."

"…내, 내 건 루디 것이지만, 만질 때는 때와 장소를 가려줘."

"지금은?"

"지, 지금은, 주, 중요한 이야기를 하고 있잖아?"

어차, 그렇지. 이야기가 엇나갔다.

"즉, 무슨 말을 하고 싶냐면 말입니다. 앞으로의 결혼생활을 원활하게 해 나가기 위해서 서로 요구하는 것이라든가 불만이 있으면 분명히 대화를 나누자는 것. 그런 말을 하고 싶습니다."

그런 식으로 억지로 매듭짓자 실피는 고개를 끄덕였다.

"응, 그래."

"일단 나한테 뭔가 말해야 할 것 있습니까?"

실피는 잠시 생각한 뒤에 시선을 내렸다.

그리고 쓸쓸한 얼굴로 웃으면서 말했다.

"갑자기 없어지면 안 돼?"

"…응."

그래. 갑자기 어딘가로 사라지면 힘들지.

"알았어. 갑자기 없어지지 않을게."

약속했다.

좋아하는 상대가 없어질 때의 괴로움이라면 이해한다.

"……."

"……."

일단 중요한 이야기는 끝났다.

이야기하고 의논해야만 할 것도 더 있는 것 같지만, 그건 천천히 해도 되겠지.

"…그럼 이제 될까?"

"으, 응."

실피는 긴장한 얼굴로 작은 가슴을 내밀었다.

나는 그걸 바로 주무르려다가… 참았다.

지난번에는 야수처럼 했다. 이번에는 욕망보다 부드럽게 하는 것을 우선하자.

나는 실피를 부드럽게 껴안았다.

그대로 천천히 침대에 눕혔다.

"…마, 만지는 거 아냐?"

"그건 아침이랑 밤 이야기입니다."

"으, 응."

가까이서 바라보았다.

실피의 젖은 눈에 내 얼굴이 비쳤다.

그녀는 가만히 눈을 감았다. 나는 그녀의 머리를 쓰다듬으면서 어색하게 키스했다.

★　　★　　★

그 날 밤. 나는 나른한 몸을 끌고 지하실로 내려갔다.

사람이 들어온 지 얼마 안 되는 이 지하창고에는 현재 아무것도 없었다.

그냥 체면치레 정도로 선반이 몇 개 있을 뿐이었다.

나는 그 안쪽으로 들어가서 기술자의 손으로 수리된 비밀 문에 손을 댔다.

■ Before Side ■

여닫을 때에 끼익끼익 하고 시끄럽던 문.

비밀 문인데도 가장자리가 더러워서, 밝게 하고 보면 일목요연.

■ After Side ■

개폐부에 새로운 금속을 사용하고 기름을 듬뿍 발라서 문은 소리 없이 열리게 되었다.

지하실에 사용한 벽 자재도 일신되어서, 거기에 문이 있다고는 아무도 알 수 없다.

조용히 열린 그 공간.

그곳에 얌전히 자리 잡은 것은 신단이다.

백목으로 만든 소형 신사. 검게 빛나는 돌로 만든 제단, 그곳에 비치된 신체.

그 더러운 연구실은 깨끗이 청소하여서 신성한 공간으로 변화를 마쳤다.

모든 것이 잠든 밤, 나는 새로운 성역에서 신에게 기도를 올렸다.

제5화　피로연·준비

집의 리폼이 끝나고 1주일.

실피는 아리엘에게 7일 동안의 휴가를 얻었다.

원만한 결혼생활을 보낼 수 있도록 아리엘이 고려해 준 모양이다.

나는 그걸 고맙게 받아들여서, 7일 밤낮으로 실피와 붙어 지내며 끈적끈적하고 달콤한 밤을 보냈다.

…라는 식은 되지 않았다.

나는 한 나라, 한 성의 주인이 되었으니 해야만 할 일이 있었다.

이 세계에서는 결혼해서 집을 손에 넣었으면 친한 사람을 초대해서 식사를 베푸는 게 상식이라고 했다. 어느 나라의 상식인지는 모르지만, 적어도 실론에서는 그런 풍습이 있다는 모양이다.

그저 집을 샀을 뿐이라면 안 해도 된다는 모양인데, 결혼해서 집을 샀다면 연회를 열어야만 한다는 모양이다. 이른바 피로연이다.

"그런고로 지인을 초대해서 파티를 열겠어."

"응."

거실의 소파에 마주보고 앉아서 실피와 이마를 맞댔다.

우리가 내려다보는 곳에는 파티 초대장을 보내는 명부가 있었다.

그리고 자리배치를 정하기 위해 준비한 종이.

"하지만 우리 지인은 여러 방면으로 퍼져 있어."

내 쪽은 엘리나리제, 자노바, 줄리, 크리프, 리니아, 프루세나, 바디가디를 부른다. 그리고 지너스와 졸다트는 어쩔까 싶은 참이다.

실피 쪽은 아리엘, 루크, 기타 두 명.

다 합쳐서 열한 명에 플러스 마이너스.

가능하면 파울로도 부르고 싶었지만, 없으니 어쩔 수 없다.

결혼했다는 편지는 보내두었지만, 과연 언제야 도착할지.

"왕족, 수족, 마족, 노예, 모험가…. 그 중에는 입이 험한 녀석도 있으니 문제가 일어날 게 예상돼."

리니아, 프루세나는 아리엘에게 아직 맺힌 게 있는 모양이라서 얼굴을 맞대면 험악한 상황이 되리라고 예상된다.

이게 전생의 결혼식이라면 자리를 떼어놓아서 얼굴을 맞대지 않도록 할 수도 있겠는데, 아무리 방이 크다고 해도 결국은 민가. 댄스를 출 수 있을 만큼 넓은 것도 아니다.

"그럴까? 아리엘 님은 그런 자리에서는 문제를 일으키지 않는 사람인데….."

"그렇다고 해도 우리 집에서 열린 회식 때문에 기분 상해서 돌아가게 하고 싶진 않아. 아예 두 차례로 나눌까…. 문제아를 격리해서….."

"으음. 하지만 루디의 지인 중에는 장래에 요직에 앉을 사람도 많으니까 아리엘 님은 꽤나 기합을 넣을 거야."

내 뇌리에 기합을 넣고 화장을 한 아리엘의 모습이 떠올랐다.

결혼식 피로연에서는 평소에 밖에 안 나오는 미남이 많으니까 기회! 라고 말하면서….

아니, 그게 아니라는 건 알지만.

말하자면 특별생과의 연줄을 만들고 싶겠지. 아리엘도 타산적이다.

"그럼 아리엘 님 쪽은 자기가 책임지고 오시게 하고. 문제는 자리인가."

적당히 앉힐 수도 없을 것 같다.

그렇긴 해도 높으신 순서대로란 것도 어렵군. 어떤 순서로 해야 실례가 되지 않을가.

아무튼 바디가디는 현역 마왕이니까 제일 높겠지만, 그 밑으로는 아리엘, 자노바, 리니아, 프루세나. 왕족이나 왕족에 상당하는 이들이 득실댄다.

크리프도 너무 순번을 내리면 불평을 하겠는데….

아니, 녀석도 제법 교육을 받았다. 의외로 괜찮을지도 모르지.

게다가 엘리나리제와 붙어있으면 그녀가 잘 커버해 주겠지.

줄리는 신분상 노예니까 자리는 말석이 되지만, 자노바와 떼어놓으면 가엾겠지.

아직 말도 잘 못 하는 아이고, 내 제자니까 어떻게든 될까.

"아리엘 님의 종자는 신분상 어때?"

"어어, 중급 귀족이야."

실피의 말로는 여자라는 모양인데, 그녀들을 어디에 배치할지도 어렵다.

루크도 그렇지만, 아리엘과 너무 멀리 떼어놓지 않는 게 좋겠지.

설마 내 지인 중에 그런 녀석은 없을 거라고 생각하지만, 아리엘이 암살이라도 당하면 큰일이고.

"어라? 누군가 잊지 않았어?"

실피가 명부를 보다가 문득 그런 말을 하였다.

그 말에 나도 명부를 보았다.

잊었던 사람. 누구더라. 아무도 안 잊었을 것 같은데. 혹시 골리앗이라든가?

"아, 그래, 알았다! 나나호시 씨야! 그녀도 불러야지!"

그 말에 나는 명부를 확인했다.

분명히 거기에 사일런트 세븐스타의 이름은 없었다. 오오, 자연스럽게 잊고 있었네.

하지만….

"그 녀석… 참가할까?"

"분명 올 거야."

"일단 불러볼까."

따돌릴 생각은 없지만, 이 세계에서의 일은 완전히 시야 밖에 둔 느낌이고…. 아니, 그거랑 안 부르는 건 다른가. 명부에 이름을 기입해두자.

"이렇게 준비했는데 아무도 안 오면 어쩌지…."

떠오르는 것은 생전에 본 모 애니메이션의 크리스마스.

기합 넣고 커다란 케이크를 준비했는데 아무도 오지 않아서 대성통곡. 그런 애절한 영상.

"적어도 아리엘 님과 자노바는 꼭 와."

내 불안을 실피가 한마디로 걷어주었다.

아리엘 일행 네 명, 제자인 자노바와 줄리. 이 여섯 명은 반드시 오겠지. 자노바는 설령 부르지 않더라도 당일에 문 앞에서 오체투지를 하며 축하하게 해달라고 말할 것 같다.

"아리엘 님은 루디와 친교를 다지고 싶어 하고, 자노바는 혹시 안 오면 루디의 신뢰가 무너진다는 것 정도는 알겠고…. 루디는 그런 걸 꽤 신경 쓰니까."

시시시, 신경 안 쓰거든?

사소한 건 상관없다는 성격이고. 서글서글한 타입이고!

"리니아랑 프루세나도 오지 않을까? 수족이니까 윗사람의 말을 거절할 수 없고."

"그런 거야?"

"응. 혹시 안 오거든 다시 한번 두 사람에게 깨닫게 해 주면 돼."

그래도 부조리라고 생각하지 않는 게 수족이라는 모양이다.

돌이켜보면 대삼림에서 규에스가 엎드려 빌었던 것도 수족이 보자면 루이젤드가 화내도 이상하지 않은 상황이었기 때문일지도 모른다.

에리스에게 걷어차여도 아무 소리도 하지 않았지.

반대로 나는 순순히 용서했으니까 그 뒤에도 다소 얕보였다고. 모르는 사이에 아랫사람으로 여겨졌던 걸까. 뭐, 실제로 어떤지는 모르지만.

"뭐, 크리프도 부르라고 했으니까 오겠지."

"나로서는 엘리나리제 씨가 와줬으면 좋겠어…."

실피는 조용히 그렇게 말했다.

엘리나리제. 무슨 일이 있었을까? 두 사람이 이야기하는 모습은 별로 본 적이 없는데.

"물어보고 싶은 게 있어. 대단한 건 아니지만."

뭘까? 혹시 나와 성적인 관계가 있었냐고 묻고 싶은 걸까?

적어도 엘리나리제와의 사이에서는 켕기는 게 전혀 없는데.

일단 방향성은 굳어졌다고 말하겠다.

자, 손님이 열 명 이상 온다면 그만큼 식재료도 필요하다.

그렇기 때문에 일단 장을 보러 나가기로 했고, 실피와 둘이서 나란히 상업지구로 갔다.

"그 전에 루디의 옷을 살까 하는데."

실피의 제안.

옷, 그 말에 나는 내 복장을 다시 살폈다. 평소처럼 회색 로브 차림이었다.

낮이라면 방한구는 필요없다.

"어어, 나는 루디의 로브 차림을 좋아하지만, 역시 그렇게 닳아빠진 로브를 입고 있으면 보는 사람에 따라서는, 저기. 아, 아니면 그 로브, 좋아하는 거야?"

나는 복장에 딱히 신경 안 쓰고, 모험가 중에는 더 심한 차림을 한 사람도 있었다.

고로 신경 쓰지 않았는데…. 분명히 너무 꾀죄죄한 모습을 하고 있으면 실피의 품위가 의심받겠지. 나 혼자라면 몰라도 실피의 체면이 망가지는 건 안 된다.

"그래. 마대륙에서 처음 산 로브라서 애착은 있지만, 조금 해졌으니까."

또 내가 가진 의류라면 모피 조끼 정도다.

마술사로 보이지 않는다고 해서 한동안 안 입었는데, 그것도 실피의 옆에 서기에는 품위가 부족하다. 산적으로밖에 안 보이니까.

"그럼 옷가게로 갈까. 실피 마음대로 맞춰줘."

"응, 맡겨줘."

그렇게 간 곳은 고급스러운 느낌의 가게였다.

나 혼자서라면 결코 다가가지 않을 곳이다. 이런 로브 차림으로 올 곳이 아니다. 실피도 선글라스를 끼고 '피츠'가 되었다.

"어허, 이거 피츠 님 아니십니까. 항상 신세지고 있습니다."

실피 님은 여기를 자주 이용하시는 모양이라서, 점주가 깊이 고개를 숙였다.

그렇단 소리는 즉, 피츠 선배로 변장한 아리엘 왕녀도 이용한단 소리다.

아슬라 왕가도 이용하는 가게. 돈이 모자라지 않을까, 무섭네.

"마술사용 로브를 구경할 수 있겠습니까?"

"예. 이쪽입니다."

이런 고급 가게라도 마술사용 로브를 갖추는 모양이다. 그도 그런가. 마술사 정도야 어디든 있다. 하물며 여기는 마법도시 샤리아. 귀족 자제라도 마술사가 되는 도시다.

그렇게 안내받은 곳에서는 정말 비싸 보이는 천으로 만든 번쩍이는 옷들이….

…라고 할 정도도 아니었다. 로브는 어느 가게고 크게 다를 것 없는 모양이다.

섬세하게 수놓이긴 했지만.

"실례입니다만, 손님의 특기 계통을 여쭈어도 되겠습니까?"

"아, 예. 일단 물과 흙입니다만."

"그러면 이쪽이 어떨까요. 물에 대해 지극히 강한 내성을 가진 대삼림의 레인포스 리저드의 가죽으로 만든 것입니다. 디자인은 포그렌. 라노아 왕실 마술사단의 디자인을 담당하신 분입니다."

갑자기 파충류의 코트… 정정 로브를 권했다.

내 기억이 옳다면 레인포스 리저드는 딱히 물에 대해 강한 내성을 갖지 않았다.

도중에 싸운 적도 있는데, 얼음 마술로 간단히 얼어붙었다.

"흙이라면 이쪽도 좋겠죠. 베가리트 대륙의 거대지렁이 빅웜의 가죽이라서 모래폭풍 속에서도 흠 하나 안 납니다. 디자인은 신진기예의 플로네. 플로네는 독창성 높은 배색이 특징적이라서, 이렇게 보이지만 마물의 눈에 잘 띄지 않고 실용성이 높다고 할 수 있습니다."

그렇게 말하면서 사막 위장 무늬 같은 로브를 보여주었다.

고급 가게에서는 디자이너의 이름도 말하는 게 기본일까.

위장 무늬는 싫지 않다…. 하지만 뭔가 아닌데. 이거라면 같은 느낌이더라도 동계용 위장색이 낫다.

"실…피츠 선배는 어떤 게 좋나요?"

"그래…. 이쪽이 낫지 않을까? 루디가 지금 입은 거랑 비슷한 느낌으로."

그러면서 그녀가 손에 든 것은 현재 입은 것보다 더 검정색에 가까운 잿빛의 로브였다.

이런 색을 뭐라고 하더라. 암회색?

내가 현재 입은 것보다 파츠가 많았다. 주머니도 있고, 소매를 조이는 검은 단추도 있었다. 벨트 대신 끈도 세트로 달린 모양이었다.

"그쪽은 마대륙. 럭키랫의 가죽으로 만든 것입니다. 디자인은 카즈라. 차분한 디자인이 특징이라서 조금 연배가 있으신 분들이 즐겨 찾으십니다."

"●키마우스?"

"럭키랫입니다, 손님. 매키랫의 상위종으로 D급에 상당하는 마물입니다. 의류의 재료로도 상위에 해당하며 독이나 산에 대해 강한 내성이 있습니다."

내 뇌리에는 붉은 반바지를 입은 검은 색의 그녀석이 떠올랐다.

붕붕 고개를 흔들었다. 심야에 손님이 오겠다.

참고로 마대륙을 여행하던 때에 본 적이 있는데, 매키랫은 50센티미터 정도 되는 쥐로, 상위종인 럭키랫은 한층 더 크다.

처음 보았을 때 흠칫했다. 그렇게 커다란 쥐가 창고에 우글

거렸으니까. 럭키랫도 그 중에 한 마리 있었다.

기겁한 나를 무시하고 에리스와 루이젤드가 처리했지….

"이름이 나랑 이어지니까 이걸로 할까."

추억은 둘째 치고 로브 쪽은 마음에 들었다.

내 아내는 센스가 좋다.

하지만 문제의 가격은…라는 생각으로 가격표를 보니, 예이, 옷 가격으로 이건 아니라고 딱 하고 왔다. 아무리 그래도 너무 비싸다. 피라미라고 해도 마대륙의 소재는 비싸다. 마대륙이라면 집도 살 수 있겠군요.

"이름이…? 손님, 실례입니다만 성함을 여쭈어도?"

"아, 예. 루데우스 그레이랫이라고 합니다."

"아하, 그레이랫 가문의 분이셨습니까. 이거 실례 많았습니다. 루크 님께서 자주 이용해 주시니까, 이번에도 할인해 드리겠습니다."

이건 그건가. 루크에게 잘 부탁한다는 건가?

아니, 아니겠지. 다음에도 또 이용해달라는 소리다. 아무튼 깎아준다는 건 좋은 소리다.

"루크는 자주 와?"

"피츠 님도 같이 오시지 않습니까."

"어, 응. 어어, 나랑 올 때 말고."

"예, 항상 다른 여성분과 함께 오십니다."

실피가 점주와 이야기할 동안, 나는 치수를 재러 점원을 따라갔다.

가게에 진열된 것은 어디까지나 견본이고, 사이즈를 재서 만든다는 모양이다.

여점원이 줄자로 사이즈를 쟀다. 이 줄자, 도구점에서 파는 걸까.

실피의 스리 사이즈를 직접 재는 플레이를 하고 싶다.

"재료는 있으니까 사흘 정도면 완성됩니다. 주소를 알려주신다면 배달해드리겠습니다만."

그러기에 우리는 기쁨과 부끄러움 섞인 모습으로 새 집의 주소를 가르쳐 주었다.

그 뒤로 식료품 가게에서 물건을 샀다.

일단 향신료를 구입. 그리고 오래 보관할 수 있는 것들을 샀다.

나나호시가 개척했다는 유통 루트 덕분에 식용유도 싸게 들어왔기에 구입했다.

오래 가는 채소나 냉동 생선.

고기는 주문해놨다가 전날에 찾으러 오는 걸로 했다.

"실피는 요리 잘 해?"

"응, 엄마랑 리랴 씨에게 배웠으니까 완벽해. 아, 하지만 루디의 입에 맞으려나?"

"잿더미라도 맛있다고 말해 줄게."

"잿더미라니…. 누굴 위해 열심히 배웠다고 생각해?"

옷 센스가 좋고 요리도 완벽하고…. 그러고 보면 세탁도 청소도 잘 한다고 그랬지. 우리 마누라는 외모와 달리 꽤나 여성스러운 면이 강하군.

"실피에트 씨가 너무 이상적인 아내라서, 제가 어울릴지 불안해진답니다."

"저기, 루디는 내 이상적인 남편이거든?"

"호, 혹시 이상하고 다른 점이 있거든 말해주십쇼. 노력해서 이상에 가까워질 테니."

"그럼 더 자신감을 가지고 당당하게 행동해. 루디는 살짝 비굴해지는 면이 있으니까."

당당하게, 라고?

그런 짓을 했다가 지나가던 신의 기분을 해치면 어쩌지?

이 세상에는 상대가 마음에 안 들면 느닷없이 후려갈기고 보는 녀석도 있다고.

…아니, 하지만 자기 남편이 자신감도 없이 거실에서 옹크리고 앉아서 신문을 읽는 녀석이면 어떨까.

…싫겠지.

좋아, 더 자신감을 갖자. 오늘부터 나는 잘난 남자다.

"흠, 실피, 나를 사랑하는 노력을 게을리 하지 않도록."

"으음, 뭔가 좀 다르지만…. 응 하지만, 그래, 노력하겠습니다."

실피는 그렇게 말하고 불끈 주먹을 쥐었다.

와아, 실피 귀엽다. 뽀뽀하고 싶어.

하지만 참자. 실피는 사람들이 오가는 곳에서 염장질하는 걸 좋아하지 않는다. 여기서 만지거나 핥거나 주무르면 확실하게 꾸지람이 돌아온다. 한두 번이라면 꾸지람으로 끝나겠지만, 몇 번이나 반복하면 그 작은 짜증이 쌓여서 혐오의 원인이 된다.

여기선 참는다. 하지만 어깨를 껴안는 정도는 괜찮지? 아니, 일단은 손부터 할까?

라고 생각했지만 지금 내 양손엔 쇼핑봉투가 가득 들려 있다.

"큰 접시 같은 것도 사둬야지. 아, 하지만 그건 루디가 만들면 될까?"

"돌접시라도 괜찮아?"

"루디가 만든 거라면 돌로 안 보이니까 괜찮아."

겉보기의 문제인가.

뭐, 좋아 보이는 걸로 오케이라면 거울처럼 맨들맨들한 놈으로 만들자.

일본의 자기 같은 느낌의 접시는 평이 안 좋으니까.

소박함보다도 고급스러움.

백자도 저리 가랄 정도로 기합을 넣어서 만들까. 아무래도 색깔은 회색이나 갈색 쪽이 되겠지만.

"또 뭐가 필요할까?"

"어어, 접대용 차?"

홍차와 찻잔인가.

좋아, 내친김에 융단 같은 것도 사둬야 할까.

일단 내객용으로 객실 같은 것도 만들어두는 편이 좋으려나.

"객실용으로 침대나 옷장도 몇 개 살까?"

"아, 그래."

집이 넓은 만큼 준비할 것이 많군.

돈이 팍팍 줄어들었다. 아니, 진짜로 마도구 같은 걸 사면서 낭비하지 않길 잘했다.

집을 싸게 샀으니까 돈은 아직 여유가 있었다.

하지만 일이 있을 때마다 돈을 쓰다간 조만간 없어지겠지.

마물이라도 더 사냥하러 가면 돈이야 모이겠지만….

아니, 그런 가벼운 마음으로 토벌 의뢰에 나갔다가 죽으면 어쩌려고.

왠지 기사로 돌아와서 정기수입을 얻은 파울로의 마음이 조금 이해되는 것 같았다.

"어어, 루디, 안심해. 나도 아리엘 님에게 받은 급료를 다 모아놨으니까."

"우우, 미안해, 내가 부족해서…."

여차하면 졸다트네 파티에라도 들어갈까….

아니, 모험가는 며칠이나 집을 비우는 것치고 수입이 특별히 많지도 않아.

나도 일을 찾아야만 할까.

결혼이란 건 어렵구나.

그 날 밤.

나는 실피를 목욕탕으로 데려갔다.

표면상으로는 실피에게 목욕탕 쓰는 법을 가르쳐 주기 위해서.

속내는 실피를 마음대로 주무르기 위해서다.

사실 실피랑 목욕탕에서 놀고 싶었다.

나레이션식으로 말하자면, 지금 한 명의 가련한 소녀가 변태의 독니에 걸리려고 한다, 라는 판이다.

오늘밤에는 한다. 나는 한다. 지켜봐주세요, 아버지!

아, 아버지라고 해도 파울로인가. 그럼 안 봐도 돼.

"자, 우리 집의 목욕탕 사용법은 아슬라 왕가랑은 조금 달라."

일단 세탁장 겸 탈의실로.

거기서 벗은 옷을 광주리에 넣는 것을 가르쳤다. 내가 직접 실피의 옷을 벗기고 그걸 개서 광주리에 투하.

실피의 몸은 마르고 지방도 적으며 전체적으로 작다. 그렇다고 해도 궁상맞은 느낌은 아니다.

그건 말랐으면서도 근육이 있기 때문이다.

허리 근처는 잘록하게 들어가서 가늘고 작은 가운데에도 여성스러운 몸매를 그렸다.

가슴은 없지만, 그렇기에 남자와 여자의 몸의 차이라는 걸 알 수 있는 몸이다.

보고 있기만 해도 콧김이 가빠진다.

"저기, 어어, 루디가 날 벗길 필요가 있어?"

"필요는 없지."

"왜 콧김이 가빠?"

"흥분했으니까."

"모, 목욕하는데 흥분할 필요가 있어?"

"필요는 없지."

실피의 질문에 단적으로 대답하면서 나도 척척 옷을 벗고 목욕탕에 들어갔다.

샤워기도 거울도 없지만, 통과 의자는 두었다.

통에는 장난으로 케ㅁ린*이라는 글자를 넣었다.

"욕조에 들어가기 전에 어깨부터 물을 끼얹고, 이 의자에 앉아서 천과 비누로 몸을 씻어."

"저기, 루디, 이 의자, 왜 가운데에 홈이 있어?"

"물론 몸을 씻기 쉽도록 한 거지."

그렇게 말하면서 나는 천을 물로 적시고 비누로 거품을 내서 실피의 몸을 씻겼다.

※케로린통 : 일본의 공중목욕탕에서 쓰는 노란색 플라스틱 물통. 진통제 '케로린'의 광고용으로 제작되어 상품명이 박혀있다.

귀 뒤나 쇄골, 등, 더러워지기 쉬운 곳을 중점적으로 씻겼다.

하지만 때로는 손으로 씻기는 것도 필요하다. 부드러운 곳이나 천으로 해선 안 되는 곳은 손으로 씻긴다. 그걸 위한 홈이다.

"저기, 루디, 왠지 아까부터 천을 안 쓰는데, 그리고 야한 데만 하고, 그리고 닿았는데…."

"어차, 미안."

마음이 너무 앞서갔다.

안 되지, 안 돼. 우리 집의 목욕에서 이런 룰은 없다.

"루, 루디, 못 참겠으면… 저기… 괜찮은데?"

"그건 목욕이 끝난 뒤야."

지금은 목욕이 우선이다.

몸을 씻는 거다. 씻는다.

"몸 구석구석까지 다 씻었으면 다음은 머리야. 눈 감아봐."

"으, 응."

실피는 눈을 꼭 감았다. 귀엽다.

키스를 하고 쓰러뜨리고 싶어지지만, 참았다. 한순간의 빈틈이 목숨을 앗아간다.

휴우, 정말이지 씻는 건 지옥이군.

"머리를 뜨거운 물로 적신 뒤에 비누로 거품을 내는 거야. 머리카락보다도 머리카락이 난 머리를 씻는다는 느낌으로. 머리는 가끔 감아주면 돼. 비누로 하면 머릿결이 상하니까."

실피의 머리를 감겨주면서 말했다.

그녀는 머리가 짧아서 감겨주기 쉽다.

"다 끝났으면 뜨거운 물로 잘 씻어줘."

나는 마술로 뜨거운 물을 만들어서 실피의 머리에 흘렸다.

그러자 실피는 깔깔 웃었다.

"왠지 처음 만났을 때가 생각난다."

그러고 보면 그때도 뜨거운 물로 씻겨줬지.

그건 부에나 마을에서, 내가 마을 안을 돌아다니게 되었을 무렵의 일이다.

근처 아이들에게 괴롭힘당하던 실피는 아버지에게 도시락을 전하러 가는 도중에 동네 애들에게 진흙덩이를 맞고 흑흑 울고 있었다. 그걸 도와주고 진흙을 뜨거운 물로 씻겨주고 따뜻한 바람으로 말려주었다.

머리가 짧았던 것도 있어서 당시에는 소년으로 보였다.

으음, 그립군. 그때의 소년이 이렇게 귀여운 아내가 되다니. 인생은 생각처럼 안 되는군. 아니, 소녀라고 알고 1년 정도 지나서 내 것으로 만들자고 결심했지만. 그럼 소망이 이루어졌다는 소리다.

"자, 몸을 다 씻었으면 다음은 욕조. 발밑이 미끄러우니까 조심해."

실피는 내가 시키는 대로 욕조에 푸욱 몸을 담갔다.

혼욕을 오래 즐기기 위해서 좀 미지근하게 했는데….

"아, 왠지 팔다리가 푸근해. 기분 좋아….”

딱 좋은 모양이군. 좋아, 좋아.

그걸 지켜본 뒤에 나도 몸을 씻었다. 원래는 실피의 몸을 타월 대용으로 쓰고 싶다고 하고 싶지만, 오늘은 참는다.

전부 한 번에 할 필요는 없다.

그보다 그런 짓을 한다면 분명히 참을 수 없어진다.

실피를 소중히. 부드럽게 한다. 첫 경험인 미약을 쓴 야수 플레이는 기억에 있다. 그런 플레이 같은 짓을 해선 안 된다.

"……."

문득 알았는데 실피가 힐끔힐끔 이쪽을 보고 있었다.

씻는 법을 지켜보는 건가 싶었는데 아무래도 아닌 듯했다.

자기한테 없는 게 신경 쓰이는 모양이다. 호기심이겠지.

"후우.”

다 씻고 욕조에 들어갔다. 수건을 머리 위에 올리는 걸 잊지 않고.

물속에 들어가니 식었던 팔다리에 피가 통하는 감각이 퍼졌다.

아아…. 목욕은 좋다. 궁극의 문화다.

예전에는 몸을 씻는 게 귀찮아서 목욕을 싫어했는데, 이 감각은 좋다. 아주 좋다.

설국에 살아보면 목욕의 소중함을 안다.

"참고로 몸을 씻은 천은 욕조 안에 넣으면 안 돼.”

"왜?"

"물이 더러워지니까."

가정에서 쓸 때에는 문제없고, 이 세계에는 공중목욕탕이란 게 없어서 지킬 필요는 없지만.

그런 생각을 하는데 실피가 가만히 몸을 기대왔다.

내 손을 잡고, 젖은 머리를 어깨에 올렸다.

"이 안에 언제까지 있으면 돼?"

"뼛속까지 데워졌다 싶어질 정도까지…."

나도 그녀의 어깨에 손을 두르고 껴안았다.

그러자 실피는 몸을 돌려서 내 위에 올라타듯이 이동하였다.

그대로 서로 마주보며 밀착했다. 실피의 가슴이 내 가슴에 닿았다.

이런, 참기 힘들어진다. 남자는 인내다.

그리고 여자는 사랑이다. 뒤에 이상한 말을 붙이면 안 된다.

"후후, 왠지 재미있어."

실피를 내려다보았다. 가는 등에 작은 엉덩이, 길쭉한 다리가 수면을 참방거렸다.

내 가슴이나 어깨에 가볍게 와 닿는 감각.

실피는 내 목덜미에 파묻히듯이 안겼다.

그런 자세로 내 몸을 쓸었다.

후우, 마음대로 만져봐. 그러기 위한 근육이야.

그렇긴 해도 옛날에 실피를 보고 '이 녀석은 장래에 미남이 된다'고 생각했는데, 귀여운 미소녀로 자란 실피는 내 상상을 능가하였다. 왠지 눈에 콩깍지가 씌인 걸지도 모르지만….

그런 미소녀가 알몸으로 내게 안겨 있는 상황.

이대로는 배수구가 막히는 결과로 이어질 것 같다.

나도 손을 뻗어서 실피의 등을 쓸었다. 그대로 겨드랑이나 옆구리도 쓰윽쓰윽.

으음, 가늘군.

"루디, 간지러워."

실피는 그렇게 말하고 몸을 비틀었다.

방금 전부터 내 욕망의 상징이 닿아있었는데, 딱히 불평은 하지 않았다.

실피는 사람들 앞에서 만지면 화내지만, 이런 상황에서 만지면 몸을 바치듯이 힘을 뺀다.

가만히 있어준다. 받아들여준다.

그리고 내 눈을 바라본다. 나도 그녀의 눈을 보았다. 당연하지만 시선이 마주쳤다.

문득 실피가 에헤헤 하고 부끄러운 듯이 웃었다.

"루디… 사랑해."

그렇게 말하고 뺨에 가볍게 키스를 해왔다.

이런.

"우와!"

나는 실피를 안아들고 욕조에서 벌떡 일어났다.

목욕탕 사용법을 가르치는 도중이었지만, 끝난 뒤에 다시 하면 된다.

나는 흠뻑 젖은 채로 2층으로 뛰어가서 침실로 직행했다.

제6화   피로연·개최

며칠 뒤

루데우스 저택에서의 피로연. 일정은 휴일로, 시간은 점심때로 했다. 지너스는 사양했고, 졸다트는 회의가 바쁘다고 거절했다. 두 사람 다 바쁜 모양이군.

바디가디도 바빠서 못 올 줄 알았는데, 그 폐하도 의외로 한가한지 참가를 표명.

그 이외의 열한 명도 초대장을 받았다.

그래, 나나호시도 초대장을 받아주었다.

피로연 당일.

새벽부터 실피가 기합을 넣었다.

"이런 건 아내의 역할이니까 맡겨줘!"

그러면서 새벽부터 이것저것 준비하였다.

2층의 빈방도 이날을 위해 준비하였다. 그렇다고 해도 간소한 침대와 옷장, 테이블과 의자, 주전자 등을 들여놓았을 뿐이지만, 만에 하나 몸이 안 좋아진 사람을 위해서라도 필요하겠지.

준비가 착착 진행되는 가운데 처음에 나타난 것은 리니아와 프루세나였다.

집합시간보다 두 시간 정도 일렀다. 이 녀석들은 혹시 시간을 잘못 안 거 아닌가?

"우리 상식으로는 축하자리에 사냥감을 가지고 일찍 오는 거다냐."

"그래. 제일 좋은 걸로 가져왔어. 보스에 대한 충의의 증거야."

그녀들은 거대한 멧돼지를 눈썰매로 실어왔다.

수족이 혼인 자리에 출석할 때에는 아침부터 사냥을 하러 가서, 거기서 잡은 식재료를 가져가는 게 상식이라나 보다. 일찍 잡아서 돌아오는 것이 바로 상대에 대한 경의의 척도가 된다는 모양이다.

"대단하네…. 하지만 못 잡았으면 어쩔 생각이었습니까?"

"그때는 시장에서 사올 생각이었다냐."

"돈으로 대용이야."

그런 건가.

참고로 복장은 마법대학의 교복이었다. 이것은 내가 정했다.

초대객은 빈부의 차이가 심하고, 너무 기합이 들어간 옷을 입었다간 민족색으로 붕 뜬다.

다행스럽게도 교복이라면 참가자 전원이 가지고 있었다. 아,

아니, 줄리는 없었으니까 새로 샀지만.

아무튼 두 사람에게는 회식이 시작될 때까지 거실에서 쉬게 했다.

접대는 남편의 일이다.

두 사람은 아침부터 밖에 있어서 몸이 식었던 모양이다.

난로 앞의 제일 따뜻한 소파에서 리니아가 프루세나를 껴안고 몸을 웅크리고 있었다.

"그렇긴 해도 설마 보스랑 피츠가 결혼이라니냐…."

"피츠는 역시 여자였구나. 냄새로 그렇지 않을까 생각했는데."

"그렇다냐. 하지만 이걸로 납득했다냐."

두 사람은 그런 소리를 하면서 서로의 꼬리를 다듬고 있었다.

참고로 실피＝피츠에 대해선 초대객들에게 알렸다. 일단 소문을 내지 말라고 말해두었지만, 어느 정도 알려져도 어쩔 수 없겠지.

"뭐가 납득인가요?"

따뜻한 차를 내놓으면서 두 사람에게 물었다.

"보스는 작은 걸 좋아하는 거야."

"그렇게나 성욕 냄새를 풍기면서도 우리를 덮치지 않았던 것도 취향의 문제였다냐."

마치 내가 여자를 보면 앞뒤 없이 덮치는 변태 같잖아.

정말이지 무례하군. 주물러줄까.

그런 생각을 해도 입 밖으로는 내지 않는다.

바로 어제 실피랑 실컷 했다. 욕망은 모두 실피의 안에 두고 왔다.

오늘의 나는 현자다.

두 번째로 온 것은 의외로 자노바와 줄리였다.

시각은 개시 한 시간 정도 전.

"실례. 도중에 좋은 인형이 있어서 그만 눈을 빼앗겼습니다. 줄리가 없었으면 위험할 뻔했습니다."

그렇게 말하는 자노바.

줄리도 교복을 입고 있었다. 호빗용 사이즈다. 조그만 모습이 인형 같았다.

"그랜드마스터, 오늘은, 초대, 감사드립니다."

그렇게 말하고 줄리는 스커트 자락을 들어올려서 정중하게 인사했다. 귀엽구나.

힐끗 자노바를 보니 그도 고개를 숙이고 있었다. 그대로 긴장한 목소리로 말했다.

"루데우스 그레이랫 스승님. 축연에 초대해 주셔서 감사합니다."

오오.

자노바의 정중한 모습. 그래. 이 녀석은 인사 같은 걸 못 하지 않아.

좋아, 나도 여기선 진지하게 갈까.

"자노바 전하, 오늘은….."

"아, 스승님. 제게 예의 차리실 필요 없습니다. 결국은 형식이니까요. 스승님은 평소처럼 편하게 대해 주시면 됩니다."

"…어, 그래. 그럼 저쪽 방에서 쉬고 있어."

"하하하, 알겠습니다. 자, 줄리, 가자."

뭐야. 괜히 진지하게 하려고 했네. 그렇게 생각하면서도 차 준비는 했다.

편하게 대하더라도 나는 주인, 녀석은 손님이니까.

그렇게 생각하는데, 거실에서 리니아, 프루세나가 자랑하는 소리가 들려왔다. 아무래도 자기들이 제일 먼저 왔다고 자랑하는 모양이었다.

한발 늦게 자노바가 분개하는 소리도 들렸다. 즐거운 모양이라 다행이군.

세 번째로 온 것은 아리엘 일행이었다.

개시 30분 전 정도였을까.

아리엘과 루크, 그리고 어디서 본 적 있는 여학생이 두 명.

그녀들이 아리엘 왕녀의 종자인가. 실피의 전우. 함부로 대할 수 없군.

"오늘은 초대해 주셔서 감사합니다. 아무래도 서민의 예법에 어둡기 때문에 다소 예의에 어긋나는 점은 용서바랍니다."

그렇게 말하면서 고개를 숙인 것은 아리엘이었다.

분명히 루크나 종자 중 누가 고개를 숙일 거로만 생각했는데, 이쪽에게 맞춰준 걸지도 모르겠다.

"다수의 종족이 모였으니 예절은 신경 쓰지 마십시오. 오히려 이쪽이 부족한 데가 없을지 불안해서…."

"감사를. 여러분."

아리엘이 눈짓을 하자 종자 두 사람이 앞으로 나왔다.

"아리엘 님의 종자, 엘모어 블루울프라고 합니다."

"마찬가지로 종자인 클리네 엘론드라고 합니다."

이름은 몰라도 성은 외우기 쉽군. 푸른 늑대와 전설의 기사다.

내 성은 회색 쥐. 아슬라 왕국의 귀족은 색깔과 동물을 조합한 이름이 많은 걸까.

그렇다면 하얀 암사슴도 있겠네.

그 경우는 화이트… 사슴이 뭐였더라? 말은 호스고 바보가 풀. 그 중간을 따서 홀일까.

하얀 내일이 기다리고 있다.

"이걸 받아주십시오."

두 사람은 손에 들고 있던 것을 내게 내밀었다. 값비싼 천으로 싼 상자였다.

"결혼 축하선물입니다."

"아니, 이런 걸 또. 감사합니다."

"앞으로의 결혼생활에 도움이 될 것을 골랐습니다. 내용물을 확인해주세요.”

그 말에 안을 보고 기겁했다.

본 적이 있는 핑크색 액체가 담긴 작은 병과 나무막대였다.

직접적으로 말하자면 미약과 딜도다.

이게 뭐야….

“그레이랫 가문의 남자가 여성을 만족시킬 수 없으리라고는 생각하지 않지만, 혹시 필요하면 사용하세요.”

“어어, 예.”

아리엘은 태연한 모습이었다.

이게 보통인 걸까. 루크도 다른 두 사람도 태연했다.

문화가 달라….

네 사람을 거실로 안내했다.

그러자 리니아와 프루세나가 찌릿 하는 분위기를 띠었다.

“…….”

설마 싸우진 않겠지.

아무리 수족이라고 해도 축하자리에서 분위기를 망가뜨리진 않겠지.

그런 시선을 보내자 두 사람도 이해한 듯했다.

“오래간만이군요, 리니아 양, 프루세나 양. 전에는 폐를 끼쳤습니다.”

“오래간만입니다냐.”

“폐야 서로 주고받는 거야.”

아리엘이 부드러운 목소리로 말하고 그녀들의 근처에 앉았다.

나머지 세 사람은 선 상태였다. 일단 무슨 일이 생기면 막으라고 자노바에게도 눈짓을 해두자.

자노바는 고개를 끄덕이더니 무슨 착각을 했는지 일어서서 아리엘에게 고개를 숙였다.

"처음 뵙겠습니다, 아리엘 공주님. 실론 왕국 제3왕자이자 루데우스 그레이랫 스승님의 제자, 자노바 실론이라고 합니다."

"자노바 왕자님, 건강한 모양이라 다행이군요. 입학 하자마자 인사하러 갔었습니다만, 잊으셨습니까?"

"음. 이거 실례. 애초에 저는 괴력의 신의 아이. 힘만 넘치지 지혜는 부족하기 일쑤라서."

"어머, 흙 마술 수업에서 좋은 성적을 남긴다고 들었답니다."

"모든 것은 스승님의 가르침의 산물⋯."

자노바의 높은 사교성에 조금 놀라면서도 나는 차를 준비했다.

시작 시간 아슬아슬, 10분 정도 전에 나타난 것은 크리프와 엘리나리제.

그리고 나나호시도 함께였다.

보기 드문 조합이다. 나나호시는 혼자서 올 줄 알았다.

"문 앞에서 머뭇거리고 있더군요. 아는 사이인가요?"

"예, 물론. 그녀가 사일런트 세븐스타 씨입니다."

그렇게 말하자 크리프가 놀란 얼굴로 그녀를 보았다.

아무래도 크리프는 그녀를 처음 보는 것인 듯했다.

"그, 그래, 네가 바로 사일런트인가. 흥, 내가 크리프다. 이름 정도는 들은 적 있겠지?"

"…그래, 들은 적 있어. 대단하다는 소문이었어. 내가 사일런트야."

뻣뻣한 말도 그렇고, 그냥 아는 척한다는 느낌이 장난 아니다.

아마 크리프에 대해선 전혀 모르겠지.

크리프가 기분 좋은 눈치니까 나는 아무 말도 않지만.

"처음 뵙겠습니다. 엘리나리제 드래곤로드입니다. 멋진 가면이네요."

"고마워요, 당신 머리모양도 멋지네요."

나나호시는 억양 없는 목소리로 대답했다.

그녀를 보고 있으면 조마조마하다.

하지만 나나호시도 괜한 소동에 휘말리고 싶지 않으니 독설을 내뱉지도 않겠지.

솔직히 나나호시가 오리라곤 생각하지 않았다.

일단 초대장은 보냈고, 그녀도 그걸 받았다.

하지만 그 시점에서는 간다고 말하지 않았다. 감정이 없는 목소리로 '결혼이라니…. 당신, 진심으로 여기서 살 생각이구나.'라고 말했을 뿐이지.

그런 그녀에게 일단 작은 목소리로 말해보았다.

"어쩐 일이래? 그 방에서 나오다니?"

"…당신이 꺼낸 이야기잖아?"

"그렇지. 뭐… 오늘은 편히 있다가. 감자칩 같은 것도 준비했으니까."

"감자칩? 감자칩을 만들었어?"

"네 덕분에 식용유가 쉽게 손에 들어오니까."

"대단하네."

"대단할 건 없어."

감자를 얇게 자르고 기름으로 튀겨서 소금을 뿌렸을 뿐이다.

기름도 소금도 감자도 다르니까, 생전에 먹었던 맛과는 또 좀 다르지만.

"그럼 실례하겠습니다."

엘리나리제는 크리프와 나나호시를 데리고 거실로 돌입하였다.

그 발걸음에 주저란 없었다.

모험가인 그녀는 신분을 보면 밑에서 두 번째, 줄리 다음이지만, 그런 걸 신경 쓰는 타입이 아닌 듯했다. 종족이 다르면 신분 따윈 관계없는 모양이고.

거실에 들어간 두 사람은 평소와 같았다.

크리프가 잘난 척 떠들어서 분위기를 해쳤을 때 엘리나리제가 커버한다.

크리프도 악의가 있었던 건 아니지만, 찬물을 끼얹는 소리를 곧잘 한다.

나나호시는 기본적으로 말이 없지만, 누가 말을 붙이면 대답은 한다.

대화도 한다. 커뮤니케이션 장해인 골방지기라고만 생각했는데, 그런 건 아닌 모양이다.

잠시 뒤에 준비가 다 되었다고 실피가 보고하러 왔다.

자, 이제 바디가디만 남았나.

너무 늦으면 요리가 식는데.

그렇게 걱정하는데 엘리나리제가 입을 열었다.

"바디가디가 시간에 맞춰 올 리가 없어요. 천 년 단위로 사는 분들은 시간에 느슨하지요. 한 달 정도 뒤에 온다고 생각하는 편이 좋을걸요."

그 말에 정시에 회식을 시작하기로 했다.

미안해, 바디.

회장은 입식立食 형식이었다.

자리 순서에 고민한 끝에 의자를 치워버렸다.

다행스럽게도 테이블을 놔도 돌아다니기에 충분히 넓은 방이었다. 피곤하거든 쉴 수 있도록 구석에 의자도 준비했다. 요리는 서서 먹기 쉬운 것으로 골랐다.

일단 전원에게 술잔을 돌렸다.

나나호시는 술을 사양했기 때문에 과일주스였다.

건배사는 내가 하게 되었다.

실피와 나란히 앞으로 나서자 시선이 집중됐다.

열한 명의 시선. 결코 싫은 느낌의 시선은 아니다.

하지만 왠지 긴장되네. 컨닝 페이퍼는 준비했지만.

그때 실피가 내 손을 꼭 잡아주었다. 부끄러운 듯이 웃는 얼굴로 '힘내.'라고 작은 목소리로 말해주었다. 아아, 지금 당장 침실로 데려가고 싶다.

"어머, 루데우스의 얼굴이 빨갛군요. 킥킥."

"리제, 조용히 해."

엘리나리제가 웃고 크리프가 어쩐 일로 분위기를 읽는 말을 했다. 좋았어.

"어흠. 오늘은 바쁜 와중에 모여 주셔서 감사합니다. 다시 한 번 선언하지만, 저 루데우스와 여기…."

"푸하하하하! 거기서 이 몸이 짜잔 하고 등장이다!"

심장이 입에서 튀어나오는 줄 알았다.

돌아보니 녀석이 있었다. 검은 몸에 커다란 키. 여섯 개의 팔을 궁상스럽게 교복 안에 넣고서.

불사신 마왕 바디가디가 콰앙 하고 튀어나왔다.

주방으로 통하는 문에서.

"……!"

모두가 경악했다. 그 위풍당당한 태도에.

크리프조차도 말을 삼켰다.

나도 무슨 말을 해야 좋을지 알 수 없었다.

이런 타이밍이면 마치 나와 바디가디가 결혼하는 것 같잖아.

네 약혼녀는 걔잖아. 무슨 치약 같은 이름의 머리 나쁜 애잖아?

"바디가디, 지각이군요."

딴죽을 넣은 것은 엘리나리제였다.

하지만 바디가디는 전혀 듣지 않았다.

"흠, 분명히 지각이군. 하지만 우리 종족 사이에서 왕족은 회합 자리에 남들이 놀랄 타이밍에 등장하여 분위기를 어지럽히라는 규정이 있다."

"거짓말이죠?"

"거짓말이 아니다. 키시리카가 변덕으로 정했기에 나도 웃기는 소리라고 생각한다만!"

그렇게 생각하면서도 하냐. 정말 대충인 녀석들이다. 그러니까 인간족에게 몇 번이나 당하는 거야.

"자네를 위해 일부러 고생해서 뒷문으로 돌아가서 뒤쪽으로 나오는 수고를 했다. 감사해라! 푸하하하!"

일부러 그랬더냐.

이게… 이 녀석이….

아니, 진정하자. 바디가디는 이런 녀석이다. 알고 있잖아?

"하하하, 그렇군요. 감사합니다."

"그런 말 할 것 없다. 자, 내 앞에서 마음껏 결혼해 보아라. 마왕의 앞에서 결혼식이라니 좀처럼 없는 일이지. 나는 그런 서비스를 하지 않으니까!"

바디가디는 그렇게 말하더니 털썩 지면에 앉았다.

의자 있는데….

마족은 바닥에 앉는 일이 많으니까 문제없나.

"그럼 기분을 새로이 하여…."

어흠, 하고 헛기침.

"오늘은 바쁜 와중에 모여 주셔서 감사합니다. 다시 한번 선언하지만, 저 루데우스와 여기 있는 실피에트는 결혼합니다. 아직 젊기에 부족한 점도 있으리라 생각합니다만, 서로 도우면서 어떻게든 해 나가고 싶습니다. 어, 여기에 있는 열두 분은 몇 년 동안 저희와 특히나 친하게 지내 주신 분들입니다. 만난 지 얼마 안 된 분도 있지만, 이상할 만큼 마음이 맞는 여러분을 저는 친구라고 생각합니다. 힘들 때에는 제가 친구로서 힘이 되겠습니다. 서로 다투는 일이 있어도 저희의 얼굴을 생각하고 물에 흘려버렸으면 합니다…. 어어."

이런. 너무 딱딱했나. 다들 미묘한 얼굴을 하고 있다.

그때 바디가디가 어깨를 탁 두드렸다.

"딱딱한 말은 그쯤 하라고. 자네들은 서로 사랑하고, 그걸 여기 있는 전원에게 인정받고 싶은 거지?"

오오, 그거다, 그거. 바로 그거야. 좋아.

"어어, 나는 실피와 함께 걸어가겠어. 무슨 일이 생기거든 힘이 되어줘. 잘 부탁해."

"좋아, 젊은 두 사람의 앞날을 위해, 건배다!"

"건배!"

바디가디가 항상 가지고 다니는 술잔을 쳐들었다.

거기에 맞추어 전원이 술잔을 들었다.

술이 살짝 흘러내리고 회식이 시작되었다.

프루세나가 제일 먼저 고기에 손을 뻗었다.

아까부터 김이 오르던 멧돼지 고기다.

자기가 잡아온 사냥감을 제일 먼저 먹는 게 수족의 관습이겠지.

아니, 아닌가. 리니아는 난로 앞에 자리 잡고 닭튀김 같이 생긴 칠성구이를 먹어댔다.

나나호시는 감자칩을 접시째로 들고 구석에 틀어박혀서 와삭거리기 시작했다.

줄리가 갑자기 그 옆에 앉았다. 놀라는 나나호시. 줄리는 서슴없이 감자칩을 먹기 시작했다.

저번에 감자칩을 처음 만들었을 때 줄리에게도 먹여주었다.

그때부터 노렸던 거겠지. 나나호시와 줄리. 재미있는 분위기가 흘렀다.

그 분위기에 낚여서 바디가디가 다가갔다.

나나호시가 다급히 주머니에서 반지를 꺼냈다.

멍청한 나나호시. 아무와도 엮이기 싫다고 하면서 음식 욕심을 내니까 그렇지.

줄리는 몰라도 자노바는 힐끗힐끗 이쪽을 보았다.

뭘 주저하는 건가 했더니, 아무래도 아리엘이 움직이기를 기다리는 듯했다.

아리엘은 세 사람을 대동하고 나와 실피에게 다가왔다.

"실피, 축하해요."

"아리엘 님…. 감사합니다."

실피는 평소처럼 부끄러운 듯이 미소를 지으며 아리엘에게 고개를 숙였다.

"그와 이 집은 실피의 이상과 비교해서 어떤가요?"

"이상보다 대단합니다. 이 집에는 목욕탕도 있어요."

"어머나, 개인이 목욕탕을 가진 이는 아슬라에서도 몇 안 되는데. 그건 부럽군요. 실피, 뭣 하면 1년 정도 호위 일을 쉬어도 괜찮은데요?"

"그, 그건, 저기, 아이가 생겼을 때에."

아리엘은 가볍게 웃었다.

그 뒤에 루크와 종자 두 사람도 실피와 이런저런 이야기를 하였다. 종자는 오늘 이름을 안 정도지만, 실피와는 깊은 유대가 있는 모양이었다. 서로 친한 모양인데, 블루울프 쪽은 눈물을 글썽였다. 왠지 고등학교 육상부의 송별회 같은 이미지로군.

　　그리고 루크가 내게로 다가왔다.

　　"뭐, 아직 응어리가 있겠지만, 잘 부탁하지…."

　　그렇게 말하며 손을 내밀었다.

　　응어리라고 해도 나는 그런 거 전혀 없는데.

　　저쪽이 잘 부탁한다고 하니까 나도 기꺼이 답례해야지.

　　"아, 잘 부탁합니다, 루크…선배."

　　"실피를 부탁한다."

　　루크는 짧게 말하고 손을 떼었다.

　　오히려 응어리가 있는 건 루크 쪽 같은데. 질투와는 조금 다른 것 같은데 뭐지?

　　아리엘 다음에는 자노바가 왔다.

　　일단 서열을 신경 쓰는 거겠지. 왕족이니까 그런 쪽으로는 잘 처신하는 걸지도 모른다.

　　"스승님, 다시 한번 축하드립니다."

　　"고마워, 자노바."

　　자노바는 실피를 향해 고개를 숙였다.

"사모님, 솔직히 남자라고 생각했습니다. 스승님의 반려를 남자로 착각하다니···. 무례를 용서해 주십시오."

실피는 다급히 손을 내저었다.

"아, 아니, 고개를 들어주세요. 왕족이신 분이 저 같은 것에게 이러시면 안 됩니다."

"제가 존경하는 스승님의 사모님. 말하자면 신 다음으로 높으신 분입니다."

"루디도 잘못 알았을 정도니까 어쩔 수 없어요. 그렇지?"

그렇게 내게 말을 건넸다. 창피한 소리지만 나도 실피를 남자로 착각하였다.

성욕이 없었기 때문이라는 변명은 있지만, 아무튼 나는 고개를 끄덕였다.

자노바가 이동한 뒤에 리니아와 프루세나가 왔다.

"인간은 밥 먹는 동안에 인사하는 게 예의인가냐?"

"버릇없게 말이지."

그것뿐이었다. 딱히 축하인사 같은 건 없었다.

이 녀석들의 결혼식 때에는 수족의 방식을 확실히 들어두기로 하자.

이 녀석들이 결혼할 수 있을지는 모르겠지만.

"하지만 피츠와 보스의 결혼이라면 납득이다냐. 강한 이들끼리 짝이 되는 건 좋은 거다냐."

"그래. 강한 아이가 태어나면 일족이 안녕하고."

밥먹는 도중에 적나라한 대화를 하는 건 버릇없는 짓이라고 생각하는데.

두 사람 다음은 나나호시였다.

아무래도 바디가디에게서 도망쳐온 듯했다.

무슨 짓을 당했는지 머리가 흐트러졌다. 바디가디는 뭘 하나 봤더니 줄리를 무등 태우고 떠들고 있었다.

"…축하해."

"고마워."

나나호시는 짧게 그렇게 말하고 가려고 했다.

그러다가 실피에게 붙잡혔다.

"저기, 나나호시 씨, 하나 물어봐도 될까?"

"뭐야?"

"전에 루디랑 나나호시 씨의 고향이 같다고 그랬지. 그게 무슨 의미'? 어어, 나나호시 씨는 다른 세계에서… 왔다고 그랬지?"

실피는 뒷부분에서 목소리를 죽였다.

나나호시는 나를 보았다. 어쩔 거냐고 말하는 듯한 눈이었다.

나는 딱히 아무래도 좋았다. 실피에게 숨길 생각은 없지만…. 하지만 알려주면 이상한 얼굴을 할지도 모른다. 설명도 힘들겠다.

"…내 쪽 말을 할 줄 알기에 착각했을 뿐이야."

나나호시는 말하지 않았다.

아무것도.

마지막으로 온 것은 크리프와 엘리나리제였다.

크리프는 우리를 나란히 세우더니 한 손으로 십자 같은 것을 긋고 간단한 축사를 하였다.

"너희는 미리스교도가 아니지만, 내가 할 수 있는 축복은 이 것뿐이야."

마음만이라도 받아두자. 나의 신은 관대하니까 화내지 않겠 지.

애초에 나는 일본인. 크리스마스를 축하하지만 미사에는 가 지 않는 게 일상다반사.

미ㅇ엘이나 가ㅇ리엘 같은 이름은 좋아하지만, 성경을 읽어 본 적은 없는 녀석이 태반인 인종이다.

지금은 믿는 신이 있지만, 다른 종파의 축복을 받아도 신경 쓰지 않는다.

"루데우스. 나아서 다행이네요."

엘리나리제는 살짝 토라진 표정으로 말했다.

그래, 그녀에게는 지금까지 ED 치료 완료 보고를 하지 않았 다.

"조금 더 일찍 보고해줘도 좋지 않았나요?"

"보고했으면 '정말인지 아닌지 확인해드리죠.'라고 하면서 덮쳤을 거죠?"

"설마. 전에도 말했잖아요. 전 파울로의 며느리가 될 생각이 전혀 없어요."

그런가. 그럼 더 일찍 말하는 편이 좋았을지도 모르겠군.

이 중에서 가장 오래 알고 지낸 건 엘리나리제니까.

그렇다고 해도 기껏해야 반년 정도 더 긴 것뿐이지만.

"뭐, 하지만 혹시 크리프도 실피도 없다면 한 번 정도는 생각했을지도 모르지요."

"나도 실피가 없었으면 한 번 정도는, 이라는 생각을 했을지도 모르죠."

"그거 아까운 노릇이네요. 뭐, 이렇게 된 이상 저랑은 인연이 없었던 걸로 하고 평범하게 친구로 지내죠."

"예, 앞으로도 잘 부탁합니다."

엘리나리제는 실피 쪽으로 몸을 돌렸다.

그녀는 부드러운 표정으로 실피에게 말을 걸었다.

"실피에트 양, 축하합니다. 당신의 행복을 진심으로… 진심으로… 해… 해…."

엘리나리제의 눈에서 눈물이 뚝뚝 흘러내리기 시작했다.

그녀는 실피를 내려다본 채로 울음을 삼켰다.

놀랐다. 그녀가 갑자기 우는 이유를 알 수 없었다.

엘리나리제는 떨리는 손으로 실피의 뺨을 만졌다.

다리가 떨리고 무릎부터 무너졌다. 흠뻑 젖은 얼굴로 그저 실피의 얼굴을 바라보았다.

"미, 미안해요. 제가 그만….."

실피도 꽤나 놀랐다.

….고 생각했는데, 그렇지도 않았다.

멍한 기색이긴 하지만 놀란 느낌은 아니었다.

"저기, 전부터 물어볼까 했는데요…. 혹시 엘리나리제 씨는 제 할머니인가요?"

"……!"

놀란 것은 꼭 나만이 아니었다.

크리프도, 그리고 엘리나리제도 놀라고 있었다.

"아버지가 말씀하셨어요. 제 할머니는 루디의 아버지의 동료였다고."

그런 말을 했나.

아니, 하지만 파울로와 롤즈 사이에 그런 관계가 있는 건 모를 것도 아니군.

롤즈랑은 마을 경비 도중에 친해졌다고 했지만….

이야기하는 사이에 사실은 엘리나리제와 관계가 있었다는 이야기가 나왔어도 이상하지 않다. 파울로는 아마… 몰랐을 거라고 생각하지만.

세계는 좁다. 그러고 보면 실피가 만들어 준 목각 펜던트와 엘리나리제의 검자루에 달린 펜던트도 같은 것이었지.

듣고 보니 얼굴도 비슷했다.

"엘리나리제 씨, 역시 그런가요?"

"아, 아니에요. 당신의 할머니가, 이렇게 가벼운 여자일 리가….'

"아버지가 그러셨어요. 할머니 때문에 대삼림에서 쫓겨났다고. 어머니와의 결혼도 반대하셨다고."

"……!"

"그것 때문에 힘들어했으니까 혹시 만나더라도 자기 정체를 밝히지 않을지도 모른다고."

엘리나리제와 롤즈에게 그런 과거가.

하지만 반대한 이유도 알 것 같다.

나도 크리프에게 엘리나리제를 소개해 달라는 말을 들었을 때 꽤나 고민했을 정도다. 자기 딸이 그런 여자의 아들과 결혼한다면 반대하는 부모도 있겠지.

"그건… 웁… 우웁….'

엘리나리제는 오열을 하며 울었다.

뭐라고 말하려고 했지만 채 말이 되지 않는 모양이었다.

실피도 자기가 안 좋은 말을 했나 싶어서 조금 허둥대기 시작했다.

"크리프 선배."

나는 크리프에게 말을 붙였다.

크리프도 눈을 껌뻑거리고 있었다.

"뭐, 뭐야?"

"엘리나리제 씨를 2층의 적당한 방에서 쉬게 해주세요."

"그, 그래. 아, 알았어."

"실피도 그 이야기는 나중에 좀 진정된 다음에 할까?"

"으, 응."

엘리나리제는 크리프를 따라가면서 겁먹은 눈으로 나를 보았다.

"루, 루데우스, 저, 저는, 이렇지만, 저기, 롤즈는 평범한 애니까요. 물론 그 애의 실피도, 그러니까⋯."

그러니까 뭐. 편견의 눈으로 보지 말라는 건가. 날 믿질 않는구나⋯.

아니, 하지만 나도 최근 엘리나리제를 피했으니까. 그런 탓에 괜한 오해가 겹친 실지도 모르지.

나는 엘리나리제의 귓가로 입을 가져갔다.

"걱정하지 마세요. 엘리나리제 씨 때문에 실피와 헤어지는 일은 없을 테니까요."

"하지만."

"그런 것보다 그렇게 싫어하던 파울로와 친척이 된 것을 걱정하는 편이 좋지 않을까요?"

"⋯후우, 루데우스, 당신은 이럴 때에 재미있는 말을 하는군요."

엘리나리제는 힘없이 웃었다.

일단은 안심시켜두자.

아무튼 조금 진정하는 게 좋겠지.

"그것에 대해서는 나중에 천천히 실피와 둘이서 이야기 나눠보세요."

"예, 배려 고마워요."

엘리나리제는 크리프를 따라서 퇴실했다.

크리프, 잘 좀 해주라….

바디가디는 인사하러 오지 않았다.

구석을 차지하고 푸하하하하 웃으면서 방의 분위기를 밝게 만들어 주었다.

고마운 존재다.

제7화 피로연·종료

연회는 막힘없이 진행되었다.

딱히 사람들 앞에서 맹세의 키스를 하거나 반지를 교환하는 일도 없었다.

한바탕 먹고 마시고 대화하고 떠든 뒤에 삼삼오오 돌아가는 게 이쪽의 피로연이다.

답답하지 않아서 나쁘지 않다.

처음에 돌아간 것은 리니아와 프루세나였다.

오래 있지 않는 것도 수족의 매너일지 모르겠다.

"그럼 보스. 행복해라냐."

"이걸로 보스는 명실상부 학교의 보스야. 신학기가 기대되네."

두 사람은 그런 소리를 하면서 눈 속을 걸어서 돌아갔다.

두 번째로 돌아간 건 나나호시였다.

나나호시에게 루크가 자꾸만 말을 붙였다.

거의 헌팅이었지만, 루크도 노골적으로 들이대는 건 아닌 듯했다. 나나호시가 흥미 있을 만한 요리나 의류 화제를 적극적으로 꺼냈다.

상대가 좋아하는 화제를, 좋아할 만한 어조로. 살짝 어긋나긴 했지만.

하지만 배울 만하다. 배워도 써먹을 생각 없지만.

반대로 나나호시는 노골적으로 싫어했다. 루크를 짜증스럽게 바라보고 짜증스럽게 한숨을 쉬고, 마지막에는 도망치듯이 화장실에 갔다.

그리고 화장실에서 돌아와서 곧바로 내게로 왔다. 약간 흥분한 표정으로.

"슬슬 실례할게. 저 녀석 귀찮아."

"그런가요. 수고하셨습니다. 오늘은 고마웠습니다."

"내일부터 또 잘 부탁해⋯. 그리고."

"그리고?"

"다음에 여기 목욕탕 좀 빌려도 될까?"

아무래도 화장실에 갔을 때 우리 집 목욕탕도 본 모양이다.

일본인이라면 목욕탕이 그립겠지. 이름도 시즈카*고.

"좋습니다. 다만 노O타*가 엿볼지도 모르——."

"역시 됐어."

"아니, 농담이에요, 농담. 언제든지 오세요."

나나호시는 고개를 끄덕이더니 돌아가려고 했다.

아직 해도 지지 않았지만 여자 혼자 괜찮을까.

여기까지 혼자 왔고, 방어용 마력부여품을 가지고 있으니까 괜찮을 것 같지만.

"클리네. 사일런트 님을 바래다드리렴."

"예, 공주님."

내가 그렇게 망설이는데 아리엘이 종자에게 명을 내렸다.

역시나 카리스마다. 배려가 기본으로 되어 있어.

다만 나나호시는 그 제안을 끈덕지게 거절하고 혼자 돌아갔다.

세 번째는 자노바와 줄리, 그리고 바디가디였다.

※시즈카, 노O타 : 각각 만화 『도라에몽』에 등장하는 미나모토 시즈카(한국 이름 : 신이슬), 노비 노비타(한국 이름 : 노진구)를 가리킴.

바디가디, 자노바, 아리엘은 술을 나누면서 즐겁게 이야기를 나누고 있었다.

일단 술을 좋아하는 바디를 위해 상당한 양을 준비했다.

하지만 그걸로는 부족했던 모양이다. 지하실에 술통을 세 개 구입해놨는데, 순식간에 두 개가 동났다.

이래선 추가 구입할 필요가 있겠다 싶었는데, 그 전에 자노바가 뻗어버렸다.

"푸하하하하! 신의 아이나 되는 자가 이렇게 약하다니!"

"하하하…. 며, 면목 없습니다. 너무 흥이 올랐던 모양입니다."

"마스터, 괜찮나요?"

비틀거리는 자노바를 줄리가 작은 몸으로 부축하려고 했다.

"후후후…. 방에서 쉬게 하는 편이 좋지 않을까요?"

아리엘은 그리 마시지 않은 모양이었다.

너무 마시지 않도록 하는 것도 숙녀의 자세일까. 그렇긴 해도 아리엘의 동작은 세련되었군. 잔을 기울이는 모습부터 웃는 법에 이르기까지 신경을 쓰는 것처럼 보였다.

살짝 취한 건지 살짝 붉어진 뺨이 그녀를 더욱 기품 있어 보이게 했다.

이게 아슬라 왕국의 예의작법의 완성형인가.

"아뇨, 스승님 댁에서 주정을 부리는 건 제자의, 나아가서 긍지 높은 실론 왕족의 수치. 아쉽지만, 걸어갈 수 있을 때 일어서도록 하겠습니다."

자노바는 그렇게 말하고 내게 마지막 인사를 하러 왔다.

자도 가도 되는데. 뭐, 편할 대로 하라지.

"그럼 나도 이만 돌아갈까. 아슬라의 왕녀, 건강하도록."

"예. 폐하도 건승하시기를."

"푸하하하하! 나는 병들지도 다치지도 않는다!"

그렇게 자노바와 바디가디도 돌아가게 되었다.

술자리의 마지막까지 남아있을 줄 았는데 의외였다. 나는 두 사람에게 인사를 하고 입구까지 바래다주었다.

그렇게 사람도 줄고 피로연도 끝이 가까워졌다.

아리엘 일행도 돌아갈 준비를 시작하였다.

나는 그렇게 준비하는 동안에 엘리나리제를 보러 가기로 했다.

2층으로 올라가서 객실을 엿보았다. 거기서는 달콤한 광경이 벌어지고 있었다.

아니, 달콤하다기보다는 핑크색이 너무 진하지 않나.

무릎베개다. 엘리나리제가 크리프의 무릎을 베고 있었다.

위로 타임은 끝나고, 는실난실 타임으로 이행한 모양이다.

왠지 좋네, 저거. 나도 나중에 실피한테 해줄까.

"어어, 크리프 씨, 할머… 엘리나리제 씨랑 이야기하고 싶은데 괜찮을까?"

내 뒤를 따라온 실피가 조심조심 물었다.

크리프는 도움을 청하는 얼굴로 나를 보았다.

엘리나리제는 몸을 일으키고 나를 향해 살짝 끄덕였다. 나도 끄덕였다.

크리프는 그걸 보고 일어나서 방을 나갔다.

"고마워, 루디."

실피는 부드럽게 미소 짓더니 방 안으로 들어갔다.

나는 크리프와 함께 복도로 나갔다. 그때 크리프가 불안한 얼굴을 하고 있었다.

"저 둘… 괜찮을까?"

"…안 되거든 우리가 나중에 잘 말하면 되겠죠."

그렇게 말하면서 우리는 아래로 내려갔다.

아래에서는 아리엘 일행의 돌아갈 차비가 끝난 참이었다.

종자 두 사람이 아리엘에게 코트를 입히고 있었다.

아리엘은 나에게 살짝 고개를 까딱였다.

"루데우스 님. 오늘은 고마웠습니다."

주인의 말에 세 부하가 깊이 고개를 숙였다.

일본인답게 나도 고개를 숙일 뻔했다. 하지만 이 경우는 숙이지 않는 편이 좋을까.

"실피는 어디 있나요?"

"지금 엘리나리제와 이야기하고 있습니다."

"그런가요…. 그렇지만 천애고아인 줄 알았던 실피에게 친척이 있었다니 놀랐어요."

"그렇죠. 정말로 세상 좁군요."

엘리나리제와 실피니까. 하늘과 땅만큼 차이가 있다. 주로 정조관념에.

"그럼 마침 잘 되었군요. 루데우스 님, 잠시 시간을 내주실 수 있을까요?"

아리엘의 의미 있는 말.

나는 일단 고개를 끄덕였다.

"그럼 이쪽으로."

아리엘은 그렇게 말하더니 성큼성큼 방을 가로질러서 복도로.

그리고 복도에서 현관으로 이동하고 그대로 문을 열어 밖으로 나갔다.

당연하지만 다른 세 명도 뒤따라갔다.

나도 그 뒤를 따랐다.

밖은 해가 지고 어두워지기 시작했다. 현관 앞, 사람도 별로 없는 눈 쌓인 길에서 아리엘은 멈춰섰다.

그리고 돌아보며 입을 열었다.

"루데우스 님. 실례일 줄 알고 말하지만…."

순간 주저했지만 그녀는 말했다.

"루크와 결투해 주시겠습니까? 마법 없이, 검과 검의 승부로."

"……."

갑작스러운 제안. 나는 대답도 하지 못하고 입을 다물었다.

루크를 보니 태연한 얼굴로 허리의 검에 손을 대고 있었다. 아무래도 아리엘이 갑자기 정한 게 아닌 모양이다.

"일단 이유를 여쭈어도 되겠습니까?"

그러자 아리엘은 부드럽게 미소 지었다.

"그냥 놀이입니다."

"놀이, 입니까."

하지만 루크가 뽑은 검은 진검이다.

양날검으로는 놀이라고 칼등으로 칠 수도 없겠지.

"하다못해 목검으로 하지 않겠습니까? 저는 진검이 없어서."

"무기는 마법으로 준비하셔도 상관없습니다."

"마법 없이 한다고 하지 않았습니까?"

"그 정도는 괜찮습니다."

아무튼 나는 흙 마술로 돌칼을 만들었다.

어느 정도 튼튼하게 만들었지만 그만큼 무거워졌다. 일단 매일 단련을 하니까 못 휘두를 건 아니다.

하지만 이래선 잘못 맞으면 죽을지도 모른다.

적어도 장난으로 사람에게 휘두를 게 아니다.

"안심하시길. 이건 루크가 꺼낸 이야기입니다."

"루크가?"

"루데우스 님은 전력으로 루크를 때려눕히시면 됩니다."

마술이 없으면 난 일반인 레벨이다. 루크를 때려눕힐 수 있을 리가 없다.

"이건 참고로. 루크는 검신류 중급과 수신류 초급을 습득하였습니다. 검은 마력부여품이라서 쇠방패를 가볍게 쪼갭니다. 신발은 실피가 신은 것과 마찬가지로 장비자의 속도를 올려줍니다. 이 망토는 열을 차단하고, 장갑은 힘을 높여주며, 교복 밑에는 방검성이 있는 옷을 입고 있습니다."

"…그거 대단하군요."

완전 미남 주인공의 장비잖아….

풀세트를 갖추려면 리폼한 내 집을 팔아도 모자랄 것 같다.

"그렇다면 제가 루크에게 두들겨 맞을 가능성도 있습니다만…."

"그럴 가능성은 없다고 생각합니다만…. 생명의 위험을 느끼거든 그 시점에서 마술을 사용하셔도 괜찮습니다."

"쓰기 직전에 제가 두 쪽이 나지 않기를 기도할 뿐입니다만."

하지만 왜 이런 제안을 하는 걸까.

이런 곳에서 누가 죽어도 우리에게 득은 없을 텐데.

"그 전에 이유를 알려주시죠. 제가 뭔가 거슬리는 짓이라도 했습니까?"

"아뇨. 그냥 여흥입니다. 물론 거절하셔도 좋습니다."

"받아들이든 거절하든 이유를 확실히 설명해 주지 않으면 곤란합니다. 이런 돌칼로도 잘못 맞으면 죽으니까요."

마력부여품을 써서 이 정도인가.

"하압!"

'루크가 육박하면서 대각선으로 검을 휘두른다.'

검의 움직임은 둔하다. 아니, 이것도 결코 둔한 건 아니겠지.

자세는 확실하고, 체중도 실려 있다. 장비에 의존하기만 하는 것도 아니다.

하지만, 하지만 역시나 내가 상정한 속도에 아득히 못 미쳤다.

"흡!"

나는 루크의 손목을 노렸다.

검신류, 선제 '팔뗠구기'.

아득한 옛날에 배운 기술, 수천 번, 수만 번 반복해 온 자세 그대로의 움직임.

"큭!"

내 돌칼은 무겁게 움직여서 루크의 팔을 일격에 부러뜨렸다. 검이 떨어져서 눈에 푹 꽂혔다.

"아직이다!"

루크는 즉각 검을 왼손으로 주우려고 했다.

"아뇨, 끝입니다."

나는 루크의 팔을 걷어차는 걸로 그 동작을 방해했다.

루크는 눈 위를 굴렀다. 일어서려는 루크에게 돌칼을 들이대었다.

"거기까지!"

아리엘의 목소리로 결투는 끝났다.

"…큭!"

루크는 지면을 때렸다. 부러진 손으로.

그리고 끄으으 하는 신음소리를 내며 팔을 눌렀다.

"엘모어. 치유 마술을."

아리엘의 말에 종자 한 명이 루크에게 달려갔다.

부러진 팔을 풍만한 가슴으로 감싸듯이 들고 치유 마술을 걸었다.

"대단하군…."

뒤에서 크리프의 칭찬이 들렸다. 크리프는 근접전이 영 꽝이니까 몰랐겠지.

솔직히 지금 싸움은 수준이 낮았다.

나 이상의 검사, 전사는 세상에 마구 굴러다닌다.

졸다트나 엘리나리제도 그렇다. 그 녀석들에게는 마술과 마안이 없으면 이길 수 없겠지.

루크는 보통이다. 보통 검사다. 마안을 쓰지 않으면 몇 합 정도 겨룰지도 모르지만, 아리엘의 말처럼 내가 질 만한 상대는 아니다.

"루크 선배, 괜찮습니까?"

"…괜찮다."

루크의 차분한 대답을 듣고 나는 돌칼을 버렸다.

눈 속에 돌칼이 푸욱 가라앉았다.

루크가 일어서서 내 쪽을 보았다. 평소의 경박한 표정은 어디에도 없고 진지한 얼굴이 있었다.

"실피를 잘 부탁한다."

"…그거야 물론."

실피를 맡기기에 충분한지 실제로 실력을 시험했다는 걸까.

"하지만 조금 더 자세히 이유를 설명해 주시면 좋겠습니다."

"대단한 건 아닙니다. 다만 루크도 생각한 바가 있었지요. 남자의 고집일까요."

"남자의 고집…. 혹시 루크도 실피를 좋아했습니까?"

농담을 할 생각은 아니었지만, 아리엘이 미간을 찌푸렸다.

이런. 실언이었을지도 모르겠다.

"우리는 모두 실피를 좋아합니다. 다만, 그건 남녀 관계가 아닙니다. 생사를 함께 한 동료이기에 각자 생각하는 바가 있습니다."

"예, 죄송합니다. 실언이었습니다."

"알아주신다면 됐습니다."

아리엘은 태연한 얼굴로 돌아왔다.

그리고 그녀는 집 쪽을 보았다. 지금쯤 집 안에서는 실피와 엘리나리제가 대화하고 있겠지.

아리엘은 말을 꺼냈다.

"…언젠가 저는 아슬라 왕국으로 돌아갑니다. 돌아가면 왕이 되든가, 제가 죽든가, 둘 중 하나입니다. 확률은 후자 쪽이 압

도적으로 높고, 아슬라 왕궁은 제게 사지가 됩니다."

"…돌아가지 않을 수는 없습니까?"

"도망쳐선 뭘 위해 살아왔는지 알 수 없어집니다. 하다못해 마지막까지 싸우지 않으면 저를 믿고 죽어간 이들을 볼 낯이 없겠죠. 아슬라 왕국으로 돌아가는 것은 제 의무입니다."

이른바 노블레스 오블리주라는 건가.

비장한 말을 하지만, 왕녀의 표정에는 아무런 색이 없었다. 자신이 하는 일이 당연하다고 믿어 의심치 않는 얼굴이었다. 나는 남을 평가할 만큼 잘난 게 아니지만, 이 태도는 위정자로서 합격이라고 보였다.

"하지만 실피에게는 의무가 없습니다."

분명히 실피는 왕족도 귀족도 아니다. 전이사건으로 왕궁으로 날아갔을 뿐인 외부인이다.

아리엘의 친구로서 돕기야 했지만, 충성을 맹세한 것도 아닌 모양이었다.

"실피는 제 목숨을 구하고 제 친구로 곁에 있어 주었습니다. 양친을 잃었다는 것을 알았을 때에도 계속. 지금까지 저는 그녀에게 의지해 왔습니다. …하지만, 이제 됐겠죠. 슬슬 저는 실피에게 의지하는 걸 그만두고, 실피는 자기 길을 가야 합니다."

하지만 실피는 왕녀를 따라갈 생각이다.

몇 년 동안 실피는 왕녀와 함께 지냈다. 고락을 함께 해 왔다.

마지막까지 함께, 라는 마음도 모를 건 아니다.

예를 들어서 혹시 루이젤드가 라플라스에게 싸움을 건다면 나도 떨리는 다리로 거기에 동행하겠지. 아니, 그 사례는 조금 다른가. 하지만 친구를 위해 싸우고 싶다는 마음은 같다. 그리고 실피가 자연스럽게 그런 행동을 취한다면 나도 자랑스럽게 생각한다.

하지만 승산 없는 싸움이라면 막고 싶다는 마음도 없지는 않다.

"실피는 지금 끝까지 우리와 함께하려는 생각인 모양이지만, 결혼하고 생활하면 언젠가 자식도 생기겠지요. 그러면 억지로 우리와 동행하려는 생각은 자연히 사라질 겁니다."

"……."

"하지만 혹시 그렇게 생각하지 않거든, 억지로라도 따라오려고 한다면 당신이 잘 막아주세요."

글쎄. 나는 그때 실피를 막을 수 있을까?

무리일 것 같다. 오히려 내가 함께 가서 도와주려고 하겠지.

애초부터 그럴 생각이었다.

왕녀에게는 실피와 맺어질 때까지 도움을 받은 의리도 있다.

파울로 문제도 있어서 양쪽 사이에 낀 감각도 있지만, 뭐, 각각 사정이 있는 건 어쩔 수 없다. 상부상조 정신에 내 사정을 들먹일 건 아니지.

"…그렇긴 해도 혹시 당신이 실피를 소중히 여기지 않고 실피를 괴롭게 한다면, 우리와 함께 죽는 게 낫다고 생각한다면 우리는 실피를 도로 데려가겠습니다. 힘으로 당신에게 이길 수 없지만, 방법은 얼마든지 있습니다. 부디 실피가 우리와 함께 있는 게 낫겠다고 생각하지 않게 해 주세요."

"명심하겠습니다."

그건 말할 것도 없다.

"그럼 루데우스 님, 실피를 잘 부탁드립니다."

왕녀는 그렇게 말하고 발길을 돌렸다.

종자 두 사람은 내게 고개를 숙였고, 루크가 검을 주우면서 목례하였다.

네 사람은 눈길을 저벅저벅 걸어가서 사라졌다.

실피가 내려오는 것을 기다리지 않고.

나는 그 뒷모습을 바라보면서 생각했다.

그때가 오면 아리엘이 뭐라고 하든지 도와주자고.

집 안으로 돌아가자 마침 엘리나리제와 실피가 계단을 내려오는 참이었다.

엘리나리제는 눈가가 부어 있었지만, 꽤나 후련한 표정이었다.

"아, 루디. 아리엘 님은?"

"지금 돌아가셨어."

"그래…. 다 맡겨서 미안. 아리엘 님이 뭐라고 하지 않으셨어?"

"실피를 잘 부탁한대."

결투에 대해서 뭐라고 말할지 생각하는데, 크리프가 나섰다.

"루크가 루데우스에게 갑자기 결투를 청했지. 하지만 역시나 루데우스야. 상대의 공격에 카운터로 일격이었어. 그 역겨운 남자가 팔을 누르며 무릎 꿇은 모습, 두 사람에게도 보여주고 싶었어."

역시나 크리프. 분위기를 전혀 모르는군.

아무래도 좋지만, 크리프는 루크를 별로 좋아하지 않는 걸까. 아니, 상관이야 없지만. 그 말을 들은 실피는 눈썹을 찌푸렸다.

"루디, 루크랑 싸웠어?"

"아니, 싸움이라기보단 아리엘 왕녀의 입회하에 결투를 신청받아서."

"…그래. 루크도 확인하고 싶었던 거구나."

"뭘?"

"루디가 얼마나 강한지. 지금까지 나와 아리엘 님을 자기 몸으로 지켜온 게 루크니까."

무슨 말을 하는지는 모를 것도 아니다.

하지만 루크가 그런 열혈한 같은 생각을 할까?

너무 선입관만으로 사람을 판단할 게 못 되는군. 그 녀석도 남자란 소리다.

남자에게는 남자로서의 고집이 있으니까.

그보다 내 아내는 남편이 결투를 했다는데도 걱정도 안 해 주나.

일단 상대의 무기는 진검이었는데.

"하지만 고마워, 루디."

"뭐가?"

"루크를 상대로 살살 해 줘서. 루크는 약하니까 루디가 진짜
로 싸우면 죽을 거 아냐?"

아무래도 처음부터 내가 질 거란 생각은 안 했던 모양이다.

다치지도 않았고, 크리프의 설명을 들으면 걱정할 요소도 없
나.

그렇긴 해도 불쌍한 루크. 실피에게 약하다는 단언을 듣다니.

"뭐, 이쪽은 그런 느낌이었는데, 그쪽은 이야기 끝났습니까?"

"응."

실피는 기쁜 듯이 끄덕였다.

역시나 엘리나리제는 실피의 할머니였던 모양이다.

즉, 롤즈의 어머니로군.

각지에서 하프엘프를 낳은 그녀는 저주와 본래 성격도 있어
서 트러블이 끊이지 않았다. 엘리나리제의 처신이 좋아진 건
최근 십여 년이지, 그 이전에는 큰 트러블을 곧잘 일으켰다는
모양이다.

당시의 화근은 지금도 뿌리 깊게 남아 있다.

특히나 엘프족 사이에서는 심하다나.

엘리나리제의 자식은 그녀의 자식이라는 이유만으로 기피당하는 게 당연. 박해를 받고 사람 취급을 못 받고. 결국 마지막에는 마을에서 쫓겨난다.

그런 일도 많아서 엘리나리제는 자식과, 혹은 손자와 마주치자마자 욕부터 듣는 일이 적지 않았다나.

고로 엘리나리제는 자식을 낳아도 자기 이름을 밝히지 않고, 충분히 성장할 때까지 돌봐준 뒤에 인연을 끊는 식을 되풀이했다는 모양이다.

실피도 처음 본 순간 자기 손녀나 증손녀라고 알았다나 보다.

하지만 접촉하지 않기로 했다. 결국 결혼하여 행복해하는 실피를 보고 감격하여 울었다나 본데.

무거운 이야기다. 나도 모르게 눈물이 나올 뻔했다.

하지만 자기가 원하는 대로 행동해서 나온 결과니까 괜한 위로는 필요 없다는 소리를 들었다.

그런 이야기를 한 뒤에 크리프가 날 구석으로 불러냈다.

"루데우스."

"뭡니까, 크리프 선배."

"선배는 됐어. 경어도 됐어. 오늘부터 그냥 크리프라고 불러줘. 아니, 그렇게 불러."

선배 명령인가. 아니, 놀리는 건 그만두자.

"리제 말인데."

"응."

"솔직히 리제는 내가 생각했던 사람과 달라."

"…호오, 그래서?"

역시나 환멸했나.

모를 것도 아니군. 계속 좋아한다고 생각했던 상대가 사실은 자식 정도가 아니라 손자가 있었으니까. 게다가 듣기로는 증손자가 있을 가능성까지 있다는 모양이다. 나라면 적잖은 쇼크를 받겠지.

그렇긴 해도 지금 이야기를 듣고 '헤어지는 걸 도와줘' 같은 소리를 한다면 아무리 나라도 화를 낼 거다.

엘리나리제는 크리프를 속인 게 아니다.

크리프는 자기가 멋대로 착각하고 좋아한 것이다.

그러다가 진실을 알고 환멸하는 건 흔히 있는 이야기지만 역겹다.

물론 막지는 않는다. 그런 쓰레기는 얼른 내버리고 오늘부터 엘리나리제도 이 집에서 살면 된다. 그 경우에는 실피의 허가에 따라서 의사 모녀덮밥을, 아니, 나는 실피 이외에는….

아니, 하지만 간접적으로 실피를 위한 일이라고 할 수 있고….

"리제는 상상 이상으로 가엾은 사람이야. 저주를 꼭 고쳐주고 싶어. 나는 천재니까 언젠가 할 수 있겠지만…. 확실성을 높이기 위해서라도 좀 도와주겠어?"

"······."

내버릴 쓰레기는 어디의 누구지? 바로 나야. 죄송합니다.

"그런 말을 듣고 환멸하지 않는군요."

"환멸? 그럴 리가 없지. 무슨 소리야?"

주저 없는 한마디였다.

"하, 하지만 자기가 좋아하는 사람이 여러 상대와 잔 적도 있고, 자식 정도가 아니라 손자까지 있는데요?"

"그게 어쨌다고. 나는 미리스교도야. 상대의 사정이 어쨌든, 내 이상과 다르든, 나는 나를 사랑해 주는 한 여성을 행복하게 할 의무가 있어."

잘라말했다.

몸이 떨렸다. 이런. 나는 크리프를 다소 얕보았던 걸지도 모른다.

앞으로는 크리프 씨라고 부르는 편이 좋을까.

아니, 그럴 필요까진 없다. 평소처럼 크리프 선배라고 부르도록 하자.

"···알겠습니다. 내가 할 수 있는 일이라면 얼마든지 돕겠습니다."

"그래, 네 힘을 빌릴 수 있다면 든든하지."

크리프와 악수를 하자, 그는 작은 손으로 힘주어 맞잡아왔다.

"그보다 경어 쓰지 말라고. 나랑 너는 친구잖아?"

"싫습니다."

내 가슴 속에 싹튼 것은 크리프에 대한 경의였다.

미력하나마 힘이 되어주자.

★　★　★

마지막으로 엘리나리제와 크리프가 돌아갔다.

실피와 단둘이 남았다.

둘이서 손님이 어지르고 간 방을 치웠다. 어질렀다고 해도 기본적으로 예의를 아는 사람들이니, 기껏해야 바닥에 엎질러진 것을 닦는 정도였다.

요리는 조금 남았지만, 부족했던 것보단 낫겠지. 오늘 저녁으로 삼자.

청소가 끝날 무렵, 해가 완전히 져서 주위가 어두워졌다.

나는 불을 켜고 거실로 돌아갔다. 3인용 소파에 앉자, 실피가 얌전히 옆에 앉았다. 오늘 하루의 일로 완전히 지쳤다.

"많은 일이 있었지만 잘 풀려서 다행이야."

실피는 내 어깨에 머리를 올리면서 그렇게 말하고 웃었다.

"그래."

어깨를 껴안자 실피는 내게 체중을 기대왔다.

머리에 얼굴을 묻고 냄새를 맡아보았다. 으음, 달콤한 냄새.

"루디, 간지러워."

실피는 그렇게 말하면서도 싫어하지 않았다.

그래서 계속 그렇게 있었다.

"루디…. 나 말이지, 머리 길러볼까 해."

실피가 문득 그런 말을 하였다.

머리를 기른다. 예전에 몇 번 제안했지만 거절당한 것이었다. 나는 전부터 실피에게 트윈테일이나 포니테일이 어울린다고 생각했지만, 실현되지 않는다고 생각하였다.

"…괜찮겠습니까?"

"왜 경어야?"

"진지한 이야기잖아?"

"음? 그렇게 진지한 이야기는 아냐. 나도 이젠 머리칼이 녹색이 아니잖아? 아리엘 님도 여자답게 꾸미라고 그랬고. 하지만 학교에선 역시 바지를 입을 생각이니까, 하다못해 머리라도 기르는 편이 좋을까 싶어서."

그래, 이제 콤플렉스를 느끼지 않나.

"여자 교복은 안 입어?"

"으음, 나한테 안 어울려."

그럴 리 없다고 생각하는데…. 좋아, 백문이 불여일견, 다음에 사오자.

그건 그렇다고 하고.

"하지만 머리를 기른 실피는 나도 보고 싶어. 귀여울 게 틀림없어. 지금도 귀엽지만."

"에헤헤, 고마워. …응, 그럼 기를게."

그렇게 되면 이 단발 실피도 이제 더 못 보나.

지금 열심히 기억에 남겨놔야지.

아니, 자르면 또 볼 수 있지만.

"루디가 계속 날 좋아하도록 나도 노력해야지."

뭐야, 그 말. 눈물이 나오는데. 날 이렇게 좋아해 주다니.

…나도 그녀에게 미움 사지 않게 노력해야지.

잘난 남자…는 조금 다르니까 잊어버리고. 둔감도 그만두고, 예리한 남자를 목표로 하자.

할 수 있을지는 모르지만…. 아니, 노력하자.

"실피, 오늘 하루 수고했어."

"응, 루디도 수고했어."

하지만 오늘은 지쳤으니까 목욕이라도 하며 느긋하게 보내자.

이렇게 나는 실피와 결혼했다.

제8화 집이 있는 생활

실피와 결혼하고 두 달의 세월이 흘렀다.

마법대학은 신학기를 맞아서 나도 2학년으로 올라가고, 생활은 크게 변하였다.

일단 기숙사를 나와서 자택에서 다니는 생활이 되었다.

아침에 내 방의 커다란 침대에서 눈을 뜬다. 이때 실피가 옆에서 자고 있으면 굿모닝 키스를 한다. 실피는 일찍 일어나기 때문에 운동 나가는 나와 비슷한 시간에 일어난다.

그 뒤에 일과가 된 트레이닝을 시작한다.

시내를 한 바퀴 달리고, 저번에 루크와의 결투에 사용했던 돌칼로 연습을 한다.

여전히 투기는 쓸 수 없지만, 훈련이 헛일이 되진 않는다.

훈련 도중에 어째서인지 바디가디가 얼굴을 내밀 때도 있다. 평소처럼 큰 소리로 웃어대서 인근에 민폐가 이만저만이 아니지만, 나도 귀찮게 여기지 않았다.

바디가디는 이따금 대련을 해 줬다.

그는 기술적인 면으로 보자면 루이젤드에게도 길레느에게도 못 미친다. 뿐만 아니라 파울로나 에리스에게도 뒤지겠지. 아니, 미치지 못하는 게 아니라 할 수 있지만 안 한다는 느낌일까? 방어면에서는 노골적으로 손 놓은 느낌이다. 불사신의 육체를 가졌기에 필요성을 느끼지 않는 걸지도 모른다.

이따금씩 해 주는 충고가 의외로 정곡을 찌르는 걸 보면, 진짜로 싸우면 꽤 강할지도 모르겠다.

트레이닝 후 돌아오면 실피가 아침을 해 놓고 맞아준다.

바디가디는 밥을 먹으면 곧바로 없어진다.

바디가디의 행동은 항상 읽을 수가 없다.

무슨 생각을 하는 걸까? …아무 생각도 없는 것 같지만.

바다가디가 오지 않는 날에는 '아~앙'을 하면서 둘이서 알콩달콩하게 먹는다.

아침식사가 끝나면 마법대학으로 등교한다. 학교까지는 걸어서 30분 정도 거리다.

자노바는 좀 불편하겠다고 하지만, 그렇게 멀게 느낀 적은 없다. 뛰면 금방이다.

도착하는 건 수업보다 조금 이른 시간이라서 실피와는 기숙사 앞에서 헤어진다.

그 뒤에 조금 시간을 죽이고 크리프나 자노바의 얼굴을 보러 간다.

크리프는 오전 중 꼬박 저주를 연구한다. 연구실을 빌려서 마력부여품이나 마도구를 분해하거나 책을 뒤지며 패턴을 조사한다.

언젠가는 오리지널 마도구의 제작에도 착수할 거라고 한다.

"저주를 옮긴다고 해도 방법을 종잡을 수 없으니까. 하지만 내 가설이 정확하다면 저주를 지우는 마도구는 만들 수 있을 거야."

그 가설이란 '마력부여품'과 '저주'는 동일한 것이란 내용이었다.

물건에게 거는 저주가 '마력부여품'이라면 사람에게 거는 저주가 '저주의 아이'가 된다. 즉, '마력부여품'의 효과를 어떻게 할 수 있다면 '저주'도 어떻게 할 수 있다는 소리라나.

어떻게 저떻게 하는 애매모호한 말이 이어지는 것은 이제 막 연구가 시작되었을 뿐이란 것을 뜻한다.

"지금으로선 부탁할 것 없어. 이건 내 연구니까 내가 하게 해 줘. 물론 너를 무시할 생각은 없지만, 내게도 자존심이 있으니까."

장난감을 빼앗길 것 같은 아이의 어조로 말했다.

나나호시라면 몰라도 내가 거들어준다고 그리 진전이 있을 것 같지 않다.

참고로 오후에는 높은 확률로 엘리나리제와 붙어 있으니까 얼굴을 내미는 것은 삼간다.

자노바는 하루 종일 연구실에 있는 경우가 많다.

기본적으로는 저택에서 찾아낸 문장을 해독하거나 문제의 자동인형에게 얼굴을 비비고 있다.

아직 성과는 나오지 않았지만 어쩔 수 없다.

자노바의 인형에 대한 정열은 진짜다. 언젠가는 자동인형의 수수께끼를 해명하겠지.

"스승님에게 줄리를 부탁드립니다. 이쪽은 제가 어떻게든 할 테니."

나는 자노바를 믿고 맡길 생각인데, 자노바는 내가 참다못해 나설까봐 두려워하는 기색이었다. 내가 나서면 금방이라도 연구가 끝날 것처럼.

이놈이고 저놈이고 날 과대평가한다. 전문 외의 분야는 모르는데.

하지만 따돌림 당하는 것 같아서 조금 재미없군.

참고로 적룡 피겨의 제작도 연구 도중에 짬짬이 조금씩 하는 듯했다.

줄리는 그 옆에서 인형을 만들었다.

작업용 책상을 하나 받아다가 열심히 연습에 힘썼다.

"그랜드마스터, 오늘도, 부탁드립니다."

밤에 마술을 가르칠 수 없게 되었기에, 오전 중에 줄리에게 흙 마술을 가르친다.

그녀와 만난 지 이제 곧 1년. 성장은 눈부신 바가 있지만, 양산 계획이 실행에 들어가려면 아직 멀었다. 지금은 수수하게 반복연습을 시킬 수밖에 없다.

실피의 말로는 어렸을 적부터 같은 계통의 마술을 계속해서 쓰게 하면 정밀도도 상승한다고 했다.

그 외에는 일절 가르치지 않고 그저 흙 마술만 쓰게 했다.

실피의 이론이 정확하다면 그걸로 그녀는 흙 마술의 익스퍼트가 된다.

다음 단계로 넘어가는 것은 그녀가 조금 더 성장한 뒤가 되겠지. 급할 것 없다.

점심에는 식당에 간다.

도시락을 가져간다는 생각도 있었지만, 여러 일이 있어서 단념했다.

식당 1층 구석은 우리의 전용석이 되었다.

우리라고 해도 기본적으로 나와 자노바, 줄리고, 이따금 바디가디나 크리프와 엘리나리제, 리니아와 프루세나가 추가된다.

또 매일같이 루크나 실피가 얼굴을 보인다.

같이 식사를 하는 건 아니지만, 두어 마디 말을 나누고 돌아간다. 나와 아리엘이 교우관계에 있다는 제스처라는 모양이다.

루크와는 딱히 말을 나눌 것도 없지만, 최근 머리를 길러서 조금 여성스러워진 '피츠' 선배와는 알콩달콩한 모습을 보였다. 아니, 아직도 그녀를 남자라고 믿는 사람도 있는 모양이라서 우리를 보고 이상한 표정을 하는 이들도 존재했다.

실피는 '피츠'로 있을 때에는 남 앞에서 별로 붙어 있으려고 하지 않았다.

한 번 엉덩이를 쓰다듬었더니 엄청나게 슬픈 얼굴을 하였다. 화내는 것도 노려보는 것도 아니라 슬픈 얼굴을 하였다. 남의 눈이 있는 곳에서는 변태 같은 짓을 삼가달라는 모양이다.

당연한가. 실피도 별로 남의 눈을 신경 쓰지 않는 타입이라고 해도 자기 남편이 아무데서나 발정하는 원숭이라고 여겨지는 건 싫겠지.

하다못해 그녀의 앞에서는 멋진 모습으로 있자.

점심식사 후에는 수업을 듣는다.

여전히 상급 치유 마술과 중급 해독 마술 수업이다. 프루세나의 옆자리에서 열심히 암기하거나 서로에게 치유 마술을 걸거나 고기를 먹었다.

수업이 없는 날에는 리니아에게 공격 마술을 가르쳤다.

"최근 보스의 바디터치가 없어졌다냐."

"발정내는 엄청난데 손을 대지 않으니까 위화감이 장난 아냐."

두 사람은 내 이성에 놀라움을 숨길 수 없는 기색이었다.

나는 실피에게 절조를 세우니까 다른 여자는 노 터치다.

가끔씩 프루세나가 '우홍~'이라면서 장난을 걸어오지만, 상대도 하지 않았다.

리니아는 엉뚱한 면이 있어서 이따금 속옷이 보이지만, 이것도 최대한 안 보도록 했다.

다만 타고난 업의 깊이는 어쩔 수 없는지 오늘은 물색이었다.

오후에는 나나호시에게 얼굴을 내민다.

그녀는 여전히 무뚝뚝했다.

성욕이 돌아온 상태에서 그녀를 보면 박복한 느낌이 팍 왔다.

이 동네에서는 별로 보이지 않는 일본인의 체형과 얼굴. 나도 이 몸이 되면서 취미기호에 변화가 생겼는지 그렇게 좋게 보이지 않지만, 가끔씩 그리움을 느끼는 건 사실이다.

"말해두겠는데 나한테 손대면 올스테드한테 일러바칠 거니까."

"그건 좀 참아주세요."

너무 쳐다보니까 그런 말이 돌아왔다.

그녀는 내가 올스테드를 과도하게 두려워하는 걸 안다.

물론 나도 손을 댈 생각 없다.

따라서 이 대화는 서로의 거리를 지키기 위한 확인 같은 것이다.

"…후우."

나나호시는 항상 짜증을 내면서 초조함도 있는 것처럼 느껴졌다.

하지만 반년 동안 그녀가 쌓아둔 미실험 마법진의 잔량도 바닥났다.

다음 단계로 나아갈 때가 다가오는 듯했다.

나나호시의 실험이 끝난 뒤에 실피를 데리러 간다.

실피는 기본적으로 지금까지와 다름없이 왕녀의 호위에 임한다.

아무래도 신혼이라서 아리엘 왕녀가 배려해준 건지, 수업이나 왕녀의 시중이 끝나면 일단 자택으로 돌아온다. 그렇긴 해도 밤의 경호도 있으니 저녁을 먹고 집을 잠깐 청소하고 목욕한 뒤에 바로 학교로 돌아간다.

두 번 수고하는 느낌이다. 고생을 하는군.

하지만 실피 본인은 그렇게 생각하지 않는 모양이었다.

"왠지 집에 있으면 안심돼."

라고 말했다.

밤의 경호… 여기선 야근이라고 말하자. 실피의 야근은 사흘 중 두 번이다. 즉, 사흘에 한 번은 휴일이다. 지금까지 매일 휴일 없이 일했던 것을 생각하면 꽤나 많다.

그것도 엘리나리제 덕분이다.

그녀가 왕녀의 호위를 맡아주었다.

엘리나리제와 아리엘이 이야기나누는 모습을 본 적이 없지만, 꽤나 마음이 맞는 모양이었다.

음란한 엘리나리제와 청초한 아리엘은 물과 기름이라고 생각했는데, 그렇지도 않은 듯했다.

…실피의 말로는 아리엘은 그렇게 청초하지 않다고 했다. 내 앞에서는 내숭떠는 모양이다.

야근이 없는 날에는 귀갓길에 같이 시장에 가서 장을 보았다. 사흘 분량의 식량을 사들이는 것이다.

물론 이 근처면 보통 콩이나 감자, 말린 고기 등의 보존식이 중심이다.

슬슬 쌀이 당기는군. 나나호시가 개척한 유통 루트를 확장하면 남쪽에서 쌀을 수입할 수 없을까…. 뭐, 그건 일단 접어두자.

집에 돌아오면 저녁식사다.

실피는 육상부 같은 외모와 달리 요리를 잘한다.

레퍼토리는 그리 많지 않은 모양이지만, 그리운 맛의 요리를 차려주었다.

그녀의 요리는 부에나 마을에서 먹었던 것과 비슷한 맛이었다.

요리는 리랴에게 배웠다고 했으니까 당연한가.

에이프런을 하고 부엌에서 척척 일하는 실피는 실로 귀여워서 뒤에서 껴안고 싶어진다.

한 차례 요리를 도우려고 한 적도 있지만, 완곡하게 거절당했다.

요리를 만든다는 것에 관해서 뭔가 양보할 수 없는 것이 있는 모양이다. 요리인도 아닌데.

이른바 알몸 에이프런 같은 것을 제안해보고 싶지만, 어째서인지 거절당할 것만 같았다.

저녁식사 때가 되면 가끔씩 손님이 온다.

손님이라고 해도 기본적으로는 이 집에 초대한 적 있는 열두 명뿐이다.

크리프와 엘리나리제가 비교적 자주 온다. 자노바는 사양하는 건지 별로 오지 않았다.

나나호시는 한 달에 한 번꼴로 목욕탕을 이용하러 온다. 사실은 더 오고 싶은 모양인데, 사양하는 거겠지.

오해가 없도록 말하는데, 나는 나나호시가 목욕할 때 엿보지 않는다.

나나호시도 그걸 경계하는 건지, 실피가 있을 때밖에 오지 않고.

자, 저녁식사도 끝나고 손님도 돌아간 뒤에는 단둘. 달콤한 시간의 시작이다.

낮의 실피, '피츠 선배'는 늠름하다. 멀리서 보면 꼬리를 흔들며 가까이 가고 싶을 정도지만, 나에 대해서는 절조와 멋진 모습을 요구한다.

반대로 밤의 '실피'는 아주 싹싹하니 순종적이다.

뭐든지 말을 들어준다.

내가 아주 변태적이고 도착적인 욕구를 실수로 말했을 때에도 거기에 응해주었다.

"아슬라 왕궁에 있던 사람들과 비교하면 보통이야."

라는 게 실피의 말이었다.

실피 쪽이 내게 요구하는 일은 없다.

뿐만 아니라 '루디가 하고 싶은 일이 내가 하고 싶은 일이야.'라고 하면서 내 이성을 날려버릴 뻔했다.

솔직히 몇 번이나 이성이 날아가서 마음대로 한 적도 있었다.

하지만 거기에 기대어 계속 마음대로 굴었다간 실피를 물건 취급하는 것 같았다.

그야 나는 야한 짓을 좋아한다. 이런 상황을 꿈꾸었다.

하지만, 하지만 실피는 내 아내. 인격을 가진 한 명의 인간이다. 마음대로 해선 안 된다.

존엄. 그래, 존엄을 존중하고 싶다.

그렇게 생각하지만, 유혹에는 이길 수 없다. 젖은 눈으로 바라보면서 '참지 않아도 되는데?'라는 말을 해 온다면 참는 게 바보 같아진다.

나는 약한 인간이다.

인생에 한 번은 해 보고 싶었던 말, 인생에 한 번은 들어보고 싶었던 말.

인생에서 한 번은 해 보고 싶었던 일, 인생에서 한 번은 당하고 싶었던 일.

두 달 동안 그 중 절반 정도를 소화한 것 같다….

무리는 시키지 않았다. 싫어하는 짓은 하지 않는다. 하지만 내쪽에서 실피에게 뭔가 해 주고 싶다.

그렇게 생각하고 물어보았다.

"저기, 실피, 내가 뭔가 해 줬으면 하는 거 없어?"

"어? …그럼 전에 약속했던 거 기억해?"

나는 그 말을 들은 순간 즉각 머리를 바닥에 대었다.

"죄송합니다. 기억 못 합니다."

솔직하게 사죄했다.

실피는 다급히 내 머리를 들게 하고 '1년 전의 일이니까 어쩔 수 없어.'라며 용서해 주었다.

나는 이런 면이 틀려먹은 걸지도 모르겠다.

"그때 루디가 썼잖아? '디스터브 매직'. 그걸 가르쳐 줘."

"간단한 겁니다. 기초부터 모두 가르쳐드립죠."

"난 일단 상급까지 치유 마술을 쓸 수 있어. 루디, 치유 마술 수업을 받고 있지? 가르쳐 줄게."

그런고로 저녁식사 후에는 서로에게 마술을 가르쳐 주게 되었다.

나는 실피에게 디스터브 매직을 가르치고, 실피는 내게 무영창 치유 마술을 가르치는 형태였다.

이래선 의미가 없지만, 그냥 배우기만 해선 그녀의 성이 차지 않는 모양이다.

실피는 헌신하는 타입일까.

자기가 뭔가 해 주지 않으면 성이 차지 않는 타입일까. 상대에게 받기만 하는 걸 힘들어하는 타입일까.

하지만 무영창 치유 마술은 지금까지 내가 할 수 없었던 것이다. 고맙게 배우기로 했다. 뭐, 나중에 또 실피의 눈치를 봐서 제안하면 되겠지.

자, 이론만 알면 무영창으로 치유 마술도 금방 쓸 수 있다.

"어어, 다른 무영창하고 다를 게 없다고 생각하는데…."

그렇게 생각했던 시기가 내게도 있었습니다.

나는 무영창 치유 마술을 쓸 수 없었다.

실피에게 이론을 듣고 그걸 실천하려고 해도 역시나 불가능했다.

"루디, 혹시 마술을 받는 쪽의 감각을 모르는 거 아냐?"

이제야라고 할까, 지적을 받고야 깨달은 건데, 아무래도 나는 치유 마술에서 마력의 흐름 중 일부를 느끼지 않는 듯했다.

치유 마술은 상대의 몸을 만지고 자기 마력을 흘린다. 흘린 마력으로 상대의 마력의 흐름을 바꾸고 부상을 치료한다. 즉, 마력으로 대상의 마력에 간섭하여 상처를 치유시키는 느낌이다. 나는 간섭당하는 쪽의 감각이 없다.

말하자면 오른손 검지로 왼손 손바닥을 만져도 검지 쪽밖에 감각이 없는 느낌일까.

공격 마술이라면 혈류의 흐름 같은 감각으로 알겠는데… 신기한 노릇이다.

치유 마술만이 아니라 이른바 지원계라고 할까, 버프, 디버프 계열 마법은 무영창으로 쓸 수 없겠지. 이건 투기와 마찬가지로 전생자인 탓일지도 모른다.

물론 단순히 내가 치유계에 약한 것일 뿐인지도 모르지만.

"왠지 좀 안심했어. 루디도 못 하는 게 있구나."

실피는 그렇게 말하고 부끄러운 듯이 미소를 띠었다.

한 분야에서 역전당한 게 조금 분하지만, 하나도 이길 수 없다고 생각했던 실피도 힘들었겠지. 이거면 됐다.

그렇게 한심한 나와 달리 실피는 디스터브 매직을 왠지 모르게 이해하였다.

제대로 쓸 수 있기까지 시간이 걸릴 듯했지만, 언젠가 실전에서도 쓸 수 있게 되겠지.

역시 실피는 학생으로서 우수하다. 에리스, 길레느, 자노바, 줄리, 리니아, 여러 녀석에게 마술을 가르쳤지만, 실피의 성장 속도가 가장 빠른 듯하다.

그녀도 일종의 천재일지 모른다.

"하지만 이건 왠지 반칙 같아…. 이걸 당하면 마술사는 아무것도 못 해."

"뭐, 일단 칠대열강이 썼던 마술이니까."

"어? 그렇구나. 루디는 칠대열강이랑도 아는 사이야?"

"…아니, 내가 아니라 나나호시의 지인."

죽을 뻔했다고 하면 걱정하겠지.

올스테드의 이름도 꺼내지 않는 편이 무난할까.

멋대로 디스터브 매직을 가르쳤다고 하면 또 공격해 올지도 모른다.

"이 사실은 되도록 남에게 말하지 않는 게 좋아. 디스터브 매직에 대해서도. 혹시 무슨 일이 있을 때 칠대열강이 상대라면 나도 아무것도 못 하니까."

"알았어. 비밀이야."

실피는 그렇게 말하고 진지한 얼굴로 끄덕였다.

실피가 돌아오지 않는 날은 청소나 세탁에 매진한다.

기본적으로 실피의 옷 세탁도 내 일이 되었다.

실피의 옷, 예를 들어 실피의 팬티나 브래지어도.

물론 나는 남편으로서 변태 짓을 삼간다. 주머니에 넣고 방으로 가져가거나 하물며 사용하는 일은 없다. 기껏해야 킁킁 냄새를 한 번 맡는 정도다.

거기서 얻는 젊은 리비도는 사흘에 한 번 실피 본인을 상대로 어떻게든 한다.

청소는 일단 하고 있지만, 실피의 말을 빌리자면 대충이라는 모양이다.

모험가 시절에 새로운 숙소에 묵을 때마다 청소를 해 왔지만, 원래는 어지르는 쪽이 본업이니까.

실피도 쉬는 날에는 청소해 주지만, 둘이서 살기에는 다소 넓은 저택, 쓰지도 않는 방이 많아서 고생이다. 이래선 안 되겠지 싶으면서도 너무 넓으니까.

메이드 한 명이라도 두는 편이 좋을까?

메이드라고 하면 리랴지.

파울로와 가족들은 슬슬 제니스와 만났을까. 록시와 엘리나리제가 제니스의 위치를 밝혀낸 게 3년 전. 그 뒤로 마대륙을 횡단하여 미리시온에 도착하는 게 1년에서 2년이라고 가정. 베가리트 대륙의… 미궁도시 라판이었던가. 미리시온에서 거기까지는 1년도 안 걸릴 거라고 생각한다.

처음에 편지를 보낸 게 1년 반 전이다.

혹시 도달했다면 슬슬 답신이 와도 좋을 무렵인데… 아직 이른가.

엘리나리제는 걱정 없다고 그랬지만 조금 불안하군.

불안하지만, 록시도 움직여준다. 내가 황급히 찾으러 가는 것보다도 진득하게 기다리는 편이 낫겠지.

생각해 보면 부에나 마을이 없어지면서 파울로도 집을 잃었다.

미리시온에서 살 거라면 그래도 좋지만, 혹시 이쪽으로 오게된다면 이 집에서 함께 사는 것도 좋겠지.

그렇게 생각해 보니, 결혼해서 집을 장만한 것도 가족을 위한 것이라고 할 수 있군. 물론 나중에 갖다붙인 그럴싸한 핑계에 불과하지만.

그렇긴 해도 원래 니트족이었던 내가 양친을 부양한다…. 왠지 감개무량하다.

실피와 단둘이 보내는 사랑의 보금자리도 버리기 아깝지만.

제9화　편지

아침에 눈을 뜨자 실피가 내 팔베개에서 자고 있었다.

하얀 머리칼에 하얀 목덜미. 긴 속눈썹. 이렇게 귀여운 여자가 속옷 한 장 차림의 얌전치 못한 모습으로 내 팔을 베고 잔다. 완전히 마음을 놓은 무방비한 얼굴을 내게 보여주고 있다.

슬쩍 모포를 들쳐보니 실피의 가슴이 보였다. 그 조금 위에는 작은 멍이 남아있었다. 이른바 키스마크다. 어제 내가 남긴 것이다.

생전에 키스마크를 내는 게 뭐가 재미있나 싶었는데, 이렇게 아침에 일어나서 내가 남긴 키스마크를 보는 게 실로 재미있다. 날라리가 자기 여자친구에게 문신이나 피어스를 시키는 감각일까? 정복감이 생긴다.

실피는 내 여자다. 아무한테도 안 준다.

그런 생각을 하니 거기가 아침의 라디오 체조를 시작했다.

어제 그렇게 열심히 운동하고서도 참 씩씩하다. 생전에는 혼자 트레이닝만 했고, 요즘 몇 년 동안은 골방지기였는데, 최근에 활약의 자리를 얻었기 때문인지 실로 씩씩하다.

아침부터 이러면 안 되지. 실피는 오늘도 일이 있다.

나는 스포츠로 승화시키도록 할까.

그렇게 팔베개에서 실피의 머리를 빼내고 베개를 받쳐주었다.

"으음…. 루디, 그건 마시는 게 아냐…."

실피는 뒤척거리면서 몸을 웅크렸다.

잠꼬대가 귀엽다. 꿈속에서 나한테 뭘 먹이는 걸까.

실피의 미네랄워터라면 얼마든지 마실 수 있지만….

실피의 가슴을 살짝 만졌다. 아침부터 세게 하면 일어나니까 조심조심. 연두부라도 만지듯이.

얌전한 감각. 아침부터 이렇게 좋은 걸 만질 수 있다니 나는 세계에서 제일 행복한 녀석일지도 모른다.

이게 리얼충인가.

"으음…. 루디…."

실피는 희미하게 눈을 뜨고 나를 보았다.

그리고 내 손을 잡고 멍한 얼굴로 헤벌쭉 웃으며 말했다.

"…잘 다녀와."

"다녀오겠습니다."

나는 방을 나섰다. 다음에 같이 자는 건 사흘 뒤인가. 몹시 기다려진다.

최근 실로 평화롭게 지냈다.

사건다운 사건은 없다. 있다고 해도 리니아와 프루세나에게 한 소년을 소개받은 정도다.

아무래도 이 소년은 1학년 불량학생으로, 두 달 동안 같은 학년의 불량배들을 해치웠다는 모양이다.

그 뒤에 기가 살아서 주먹대장 그룹에 손을 대려고 했다가 최초의 자객 자노바에게 완벽하게 당했다는 모양이다. 그 결과

여러 일이 있어서 내 산하에 들어오게 되었다고.

마른하늘에 날벼락 같은 소리다.

듣자하니 이 학교에는 '육마련'이라고 불리는 사천왕 같은 존재가 지배한다는 모양이다.

그 정점에 군림하는 게 나라나.

그들을 모두 쓰러뜨리면 보스인 내게 도전할 권리를 얻을 수 있다나 보다. 깡패 만화 같은 구성이로군.

악원제 같은 느낌의 이름이 붙지는 않겠지.

참고로 그 여섯 명이란 자노바, 크리프, 리니아, 프루세나, 피츠, 바디가다. 그들을 모두 쓰러뜨리는 거라면, 나는 마왕을 해치울 정도의 녀석을 상대해야만 한다는 건가. 싫은데.

뭐가 어찌 되었든 올해의 1학년 필두는 가엾게도 최초의 남자에게 쓰러졌다.

나에게 왔을 때에는 꼬리를 말고 머리도 수그려서 실로 얌전한 태도였다.

이 1학년 필두, 자노바와는 거리를 두고 마술로 싸운다는 전법 덕분에 그럭저럭 괜찮은 승부였다나 보다. 자노바는 그걸 버텨내고 상대의 마력이 떨어졌을 때 접근해서 단방에 쓰러뜨렸다나.

자노바는 아무래도 원거리전이면 고전해서 큰일이다.

자노바에게는 다음에 바윗덩이를 골프 스윙으로 상대에게 떨어뜨리는 중국의 필살기를 가르쳐줘야 하겠다.

그렇긴 해도 어느 틈에 정말로 대장 취급을 받게 되었다.

하지만 덕분에 불량한 이들이 내 말을 들어주니 다행이다.

저번에 학교 뒤에서 린치하던 녀석들을 보았을 때도 그랬다.

한 판 붙을 각오로 한소리 했더니 새파란 얼굴로 그만두었다. 괴롭히는 애들에게 한 마디 하면 괴롭힘이 멎는다. 나쁘지 않은 입장이다.

내 눈에 흙이 들어가기 전에는 약자를 괴롭히는 걸 용서하지 않는다.

설령 괴롭힘 당하는 쪽에 문제가 있더라도 말이다.

그런 어느 날.

편지가 도착했다. 파울로의 편지였다.

아무래도 1년 반 정도 전에 보낸 편지가 드디어 왕복한 모양이었다.

[루데우스에게.

편지는 봤다. 마법대학에 입학했다고. 축하한다.

여러 일이 있었지만, 네가 네 길을 걸어주는 것을 기쁘게 생각한다.

엘리나리제에게 들었으리라고 생각하지만, 제니스 문제는 어떻게든 될 것 같다. 록시나 탈핸드, 엘리나리제 덕분이지. 엘리나리제에게도 잘 부탁한다고 말해줘. 뭐, 그 녀석은 싫은 얼굴을 하겠지만.

그리고 우리는 지금 이스트포트에 있다.

이제부터 베가리트 대륙으로 가려고 한다. 베가리트 대륙에는 간 적 없지만, 마대륙 다음으로 가혹한 곳이다. 애를 데리고 가는 건 좀 꺼려지지. 노른과 아이샤는 아직 아홉 살이고.

그래서 아이들만 네게로 보내자는 의견이 나왔다.

물론 아이들만 여행을 시키는 것도 위험하지. 진저가 호위로 붙어준다고 했지만, 무슨 일이 일어날지 몰라. 위험하지만 또 잃어버리고 발을 구를 바에는 데려가는 게 낫지.

그렇게 생각했을 때 어떤 인물과 재회했다.

너도 아는 사람이다. 그 사람이 아이들의 호위를 맡아준다기에 부탁했다.

너도 만나면 놀랄 거야. 든든한 사람이다.

솔직히 고뇌의 선택이다.

혹시 여행 도중에 무슨 일이 있으면, 눈을 뗐다가 무슨 일이라도 생기면. 그렇게 생각하니 데려가고 싶은 마음도 크다. 하지만 역시 아이들은 안전한 장소에 있으면 좋겠다. 너도 포함해서.

노른과 아이샤가 그쪽에 도착하면 작아도 좋으니까 살 곳을 마련해 주고 학교에 보내다오. 입학금이나 당면의 생활비를 포함한 비용은 쥐어주었다.

상당한 거금이다. 여자 살 생각은 말아라.

…라고 말하긴 했지만, 너라면 잘 해 주겠지.

사실은 내가 해야만 하는 일이지만…. 글러먹은 애비라서 미안하다. 미안하지만, 부탁한다.

생각해 보면 너도 이미 열다섯 살. 이 편지가 도착할 무렵이면 열여섯이나 열일곱….

성인이군.

생일을 축하해 주지 못해서 미안하게 생각한다. 아이샤와 노른의 열 살 생일도 축하해 줄 수 없군.

하지만 그건 재회했을 때에 성대하게 하자. 가족 모두가 함께.

이쪽은 나한테 맡기면 된다. 피트아령 수색단은 사실상 해산했지만, 나와 리라, 탈핸드, 록시, 베라, 쉐라라면 베가리트 대륙에 갔다가 돌아올 정도의 전력은 된다. 순조롭게 되면 1, 2년 뒤에 그쪽에 닿겠지.

처음에는 리랴도 아이들과 함께 여행을 보낼까 했는데, 아무래도 리랴는 아이들보다 내 쪽이 걱정인 모양이다. 야무지지 못하다나. 한심하지.

그렇긴 해도 리랴는 아이샤를 신뢰한다. 가르칠 수 있는 건 대충 가르쳤다고 하고.

아이샤는 천재다.

너도 그렇고, 아이샤도 그렇고, 내 핏줄이 무서워진다.

하지만 노른은 평범한 아이다. 너나 아이샤와는 조금 다르다. 그래서 답답한 점도 많을 거라 생각하지만, 너그럽게 봐다오. 또 내가 너무 오냐오냐 하게 키운 탓에 멋대로 구는 면도 있을 거라 생각한다.

너를 싫어하기도 하고, 아이샤와도 사이가 별로 좋지 않다. 그쪽에서 고립될 가능성도 있을 것 같은데… 싫어하지 말고 형제로서 잘 좀 돌봐다오.

만일을 위해 둘에게도 같은 편지를 쥐어 보낸다.

그 사람에게 맡기면 괜찮을 거라 생각하지만, 혹시 이 편지가 도착하고 반년이 지나도 둘이 도착하지 않거든 네 쪽에서 찾으러 가다오.

아무튼 이런 느낌이다. 모두 너에게 떠맡기게 되어서 미안하게 생각한다.

잘 부탁한다.

파울로 그레이랫이.]

미안함이 넘쳐나는 편지다. 파울로도 참.

읽어보니 노른과 아이샤만 먼저 이쪽으로 온다는 모양이다.

조금 불안하지만, 베가리트 대륙에 데려가는 것보다는 이쪽이 나으려나.

하지만 제니스의 친정에 맡긴다는 방법도 좋지 않았을까? 아니, 그건 그거대로 문제가 있나? 노른은 모를까, 아이샤는 제니스의 피가 흐르지 않고.

여행은 괜찮겠지.

중앙대륙은 마대륙 같은 곳과 비교해도 위험도가 낮고. 이 세계는 유괴가 많으니까 걱정이라면 걱정이지만, 유괴는 기본적으로 약자밖에 노리지 않는다. 어느 정도 실력 있는 호위가 두 명 정도 있으면 억지로 유괴하려고 하지 않겠지.

편지에는 호위가 붙었다고 그랬다.

진저는 자노바의 친위대였던 여기사다. 어느 정도 실력인지는 기억을 못 한다.

다만 실론의 기사는 수신류를 습득했으니까, 호위라는 임무에는 도움이 되겠지.

그리고 또 한 명. 신뢰할 수 있는 인물이라고 적혀 있었다.

누구일까? 기스인가?

설마 에리스는 아니겠지. 달리 부탁할 수 있는 사람이고, 나와 파울로가 아는 사람….

아, 혹시 그 사람인가?

중앙대륙을 찾는다고 했으니까 어쩌면 운 좋게 마주쳤을지도 모른다.

혹시 그 사람이라면 맡길 수 있다. 진저도 필요 없을 정도다.

그렇긴 해도 글귀에서 나에 대한 파울로의 신뢰가 느껴진다.

신뢰에 부응해야겠지. 장남이고!

아무튼 안심했다. 실피와 결혼하고 집을 장만한 건 정답이었던 모양이다.

특히나 집을 산 게 아주 잘한 일이었어. 방도 남으니 손님을 맞아도 문제없다.

문제가 있다면 여동생 둘이 아직 어리단 점이다. 나와 실피가 사랑을 나누는 모습은 교육상 좋지 않다.

뭐, 침실에서 떨어진 방을 준비하면 될까.

기대되는군. 언제쯤 올까. 두 달 정도 뒤일까.

아니, 그 전에.

"이런 건 확실하게 이야기를 해야지."

실피의 모습을 찾았다. 지금 시간이면 부엌에서 요리 중이다.

부엌으로 이동하자 조그만 소녀가 통통 소리 내어 야채를 썰고 있었다.

작은 키에 작은 어깨, 마른 체격. 그런 뒷모습을 보니 왠지 불끈거렸다.

"실피…!"

나는 뒤에서 실피를 껴안았다.

에이프런 안으로 손을 넣어서 부드러운 가슴을 주무르려고.

"아얏!"

"아."

살펴보니 실피의 손가락이 살짝 베여있었다.

붉은 피가 구슬을 만들어 도마 위에 뚝 떨어졌다.

내가 껴안는 바람에 손가락을 벤 것이다.

"꺄아아아아!"

"…그 비명은 너무 허풍스러워, 루디. 하지만 칼을 들고 있을 때는 위험해."

비명을 지르는 나를 향해 실피는 어쩐 일로 나무라는 어조로 말했다.

손가락의 상처는 순식간에 아물었다. 거의 무의식으로 무영창 치유 마술을 쓴 것이다.

"죄송합니다. 요리 중에는 안 껴안겠습니다."

"응, 요리 중에는 참아. 금방 다 되니까."

나는 부엌을 나와서 식당에서 기다렸다.

조금 싱숭생숭했다. 다치게 해 버렸다. 너무 나댄 걸지도 모른다.

의자에 앉아서 기다렸다.

그리고 부엌에서 실피가 나왔기에 고개를 숙였다.

"방금 전에는 죄송했습니다."

"그렇게 화 안 났으니까 사과할 거면 그냥 평범하게 해."

"응, 미안."

"그래. 다음부터 조심하면 돼."

우리 둘은 의자에 앉아서 식사를 시작했다.

실피와의 거리가 가깝다. 화난 건 아닌 모양이었다. 최근 너무 사랑받은 탓에 나한테 정이 떨어졌을 때의 반동이 무섭다.

"그래서 무슨 일이었어? 루디가 그렇게 들뜨는 일은 별로 없는데."

"아, 아버지한테 편지가 왔어."

"어? 아버님한테?!"

나는 놀라는 실피에게 편지를 건넸다.

그녀는 긴장한 얼굴로 편지 내용을 읽고 다소 실망한 기색이었다.

"으음, 아직 결혼했다는 보고는 도착하지 않았네."

결혼에 대한 내 가족의 반응을 알고 싶었던 모양이다. 하지만 읽어가는 도중에 진지한 얼굴이 되고 마지막에는 '그래.'라고 중얼거렸다.

"잘 됐네, 루디. 다들 무사해서."

"그래."

그러고 보면 아무렇지도 않게 말했지만, 실피는 양친을 잃었다.

다소 조심성이 부족했던 걸지도 모르겠다. 내 얼굴을 보고 실피가 쓴웃음을 지었다.

"루디도 참, 그런 얼굴 하지 마. 분명히 부모님이 다 돌아가셨지만, 지금은 루디도, 엘리나리제 씨도 있으니까 나는 외롭지 않아."

실피는 그렇게 말하더니 내 손을 잡고 에헤헤 소리 내어 웃었다.

최근 실피가 한층 귀여워졌다. 베리 쇼트였던 머리는 길러서 쇼트 정도가 되고, 한층 더 여성스러워졌다. 하얀 머리는 살랑

거리고, 머리칼 사이로 튀어나온 긴 귀가 큐트하다.

이런 애가 내 아내다. 꿈이 아닐까.

"실피…."

이 귀여운 애에게 새로운 가족을 만들어주고 싶다.

자연스럽게 그런 욕망이 끓어올랐다. 함께 있는 날에는 거의 매일 밤마다 하고 있으니 더욱 그렇다.

그렇긴 해도 출산할 때 고생하는 건 실피다. 그녀의 엉덩이는 작고 큐트해서 안산형과는 거리가 멀다. 이 세계는 치유 마술도 있고 출산으로 사망하는 사고는 적은 모양이지만, 그렇다고 죽지 않는 것과 고생하는 건 또 다른 이야기다.

아니, 문제는 그보다 우리가 육아를 할 수 있느냐 하는 점이다.

솔직히 나도 실피도 아직 사람으로서 미숙하다. 물론 이 세계의 기분으로는 성인의 나이고, 돈도 벌 수 있다. 하지만 한 사람의 부모로서 해 나갈 수 있을까.

…괜찮아, 세상의 생물은 다들 하는 일이야. 그럼 나도 할 수 있어. 불가능하더라도 실피도 함께 있어. 둘이서 열심히 하면 돼.

2년 뒤에는 파울로나 다른 이들도 돌아오겠고.

리랴는 육아에 대해 일가견이 있으니까 아무런 문제도 없겠지.

문제는 시어머니인데. 제니스와 실피는 사이가 좋았다고 그랬으니까, 위가 아플 일은 없다고 믿고 싶다. 파울로는… 손주를 보여주면 단순하게 기뻐하겠지.

아니, 아니지. 지금 그 문제는 넘어가고.

"편지를 읽었으면 알겠지만, 여동생 둘이 온대. 이 집에서 살게 했으면 싶은데 괜찮을까?"

"물론이야. 이 집도 떠들썩해지겠네."

실피는 그렇게 말하고 부끄러운 듯이 웃었다.

딱히 문제는 없나.

저녁식사를 한 뒤에 거실로 이동했다. 마술 공부 시간이다.

여전히 무영창으로 치유 마술을 쓸 순 없지만, 주문을 외우거나 이론을 지식으로 쌓는 것은 나중에 도움이 된다. 무영창만이 기술은 아니다. 거기 얽매일 필요는 없고, 한달음에 잘하게 될 생각을 하지 않는 게 좋다.

나도 이 세계에서 재능이 있는 편이라고 생각하지만, 어차피 맨 위에 설 수는 없다.

그러면 바탕을 다져서 추락하지 않도록 조심해야만 한다.

"으으음…!"

현재 실피는 내가 만든 물구슬을 디스터브 매직으로 없애려고 한다.

내 손을 향해 손가락을 뻗고 시뻘건 얼굴로 끙끙거렸다. 나는 사라지지 않도록 마력을 써서 물구슬을 유지한다. 마치 웨

이트 트레이닝 같은 느낌이다.

굼실굼실 꿈틀대는 물구슬이 튕겨서 날아가면 실피의 승리.

나를 침대 위에서 마음대로 할 수 있는 권리를 얻을 수 있다.

딱히 그런 권리 없더라도 말만 하면 그렇게 될 텐데.

반대로 계속 유지할 수 있으면 내 승리.

침대 위에서 실피를 마음껏 귀여워하는 권리를 얻을 수 있다.

이기지 않아도 얻지만.

참고로 실피는 현재 불 이외의 공격 마술을 상급까지 쓸 수 있다는 모양이다.

또한 치유도 상급, 해독도 상급.

즉, 이런 느낌이다.

불 마술 : 중급

물 마술 : 상급

흙 마술 : 상급

바람 마술 : 상급

치유 마술 : 상급

해독 마술 : 상급

극도로 스펙이 높다.

최근 안 건데, 이 여섯 종류는 마법대학에서 '기초6종'이라고 불린다. 가장 사용빈도가 높은 여섯 종류다. 마법대학에서는 최초 2~3년 동안 이 여섯 종류를 초급으로 만드는 것을 목표로 한다.

그것들을 취득하면 남은 몇 년 동안 전공할 것을 정하고 상급까지 배우는 것이 기본적인 흐름인 모양이다.

하나에 매진하더라도 재능이 없으면 중급에서 멈춘다.

마력 총량이 부족하거나 혼합 마술에서 걸리거나….

몇 종류나 상급을 따거나 성급까지 가는 사람은 거의 없다.

물론 실피나 크리프 같은 인재는 10년에 한 명은 있는 모양이다.

10년에 한 명 나오는 인재. 매년 한 명은 있는 그거다.

천재라고 하면 천재겠지만, 일반적인 범주다. 신이라고 불리는 괴물들에게는 못 미친다.

나는 어떨까.

바디가디나 키시리카의 말을 종합하면 내 마력 총량은 신급의 영역에 있는 모양인데, 결코 나 자신이 신급이 될 수 있을 것 같지 않다.

내 경우는 일반 자동차에 여객기의 연료 탱크를 붙인 느낌이다. 아무리 달려도 바닥나지 않지만 속도는 나지 않는다. 연료 탱크에 맞는 제트 엔진을 실으면 이번에는 차체가 못 버틴다. 설계사상부터 글러먹었다.

아무리 달려도 연료가 바닥나지 않는 것은 대단한 이점이지만.

"그러고 보면 실피."

"어, 왜? 지금 집중하고 있으니까…."

"우리 애는 역시 마술 재능이 있을까?"

"우왓?!"

실피의 집중력이 흐트러졌다.

미숙한 디스터브 매직은 흩어지고, 물구슬은 완전한 구체가 되었다.

나는 그것을 얼려서 눈앞의 컵에 첨벙 하고 넣었다.

"그, 그건 낳아보지 않으면 몰라…."

실피는 새빨간 얼굴을 하고 다리를 꼼지락거리며 비볐다.

"낳으려면, 저기, 서방님의 노력도 중요하고, 응?"

웃으며 얼버무리면서 실피가 내 다리를 가볍게 쓰다듬었다.

실피의 가는 손이 간지럽다. 답례로 나도 실피의 어깨 뒤를 쓰다듬었다.

이런 접촉이 왠지 기쁜 요즘. 거실은 순식간에 핑크색 무드가 되었다.

실피는 내 어깨에 얼굴을 묻듯이 안겼다. 귀엽다. 서방님은 지금 당장 힘쓰고 싶다.

뭐, 아직 태어나기는 커녕 생기지도 않은 아이 이야기를 하기엔 이르지.

김칫국부터 마신다는 거다. 일단은 떡부터 챙기고 보자.

"아, 하지만 난 엘프족의 피가 진하니까 잘 안 생긴다는데….

저기, 루디가 아이를 원하는 건 알지만, 꽤 오래 걸릴 경우도 있어. 할머니… 엘리나리제 씨한테 들었는데, 쉽게 안 생길 가능성이 높다고…."

실피는 내 어깨에서 얼굴을 떼고 다소 불안한 듯이 고개를 숙였다.

결혼한 지 몇 달. 나와 실피의 성적인 관계는 순조롭게 진행되었다.

조금 적나라한 이야기지만, 나도 매그넘을 트리거한 순간에 야겜에서 흔히 나오는 대사를 말하기도 한다. 딱히 깊은 의미는 없고 단순히 말해 보고 싶었을 뿐인 대사로 꽤나 기분 나쁘다고 자각하면서도 왠지 흥이 올라서 말한다.

그걸 실피는 진지하게 받아들인 걸지도 모른다.

아직 불임을 걱정할 정도는 아니겠지만, 그녀 나름대로 불안하게 생각한 걸지도 모른다.

"저, 저기, 나한테 아이가 안 생기거든, 첩을 들여도 되니까."

"지금으로선 그럴 예정은 없어."

"하지만 루디… 아이를 원하잖아?"

반대 입장으로 생각해 보자. 내가 애를 못 갖는다고 발각되고, 실피가 어떻게든 아이를 원하고, 실피가 다른 남자를 데려와서 아이를 만들면.

나는 자살할지도 모른다.

실피에게 그런 마음을 품게 해선 안 된다.

"실피는 바보구나. 내가 원하는 건 아이가 아니라 좋아하는 상대와의 사랑의 결정이야."

"루디….."

"사랑해, 실피. 내 공주님."

내가 생각해도 닭살 돋는 대사다.

등골이 다 근지럽다. 하지만 실피…라고 할까, 이 세계의 사람들은 이런 대사에 약하다.

저번에도 농담으로 '네 눈동자에 건배'라고 말했더니 실피는 새빨간 얼굴을 하였다.

효과는 발군이다. 부끄러워하기만 해선 앞으로 나아갈 수 없다.

"…나도 사랑해."

실피가 눈을 적시면서 내 품에 안겨들었다.

얼굴을 새빨갛고, 부끄러운 듯이 입을 다물었다.

퍼펙트 커뮤니케이션.

자, 분위기도 살았으니 2층으로 이동하자.

나는 실피를 공주님 안기로 안아들었다. 실피는 내 목 뒤로 팔을 감고 가만히 있었다. 젖은 눈동자에는 최대한 멋지게 보이려는 내 모습이 비치고, 심장 고동이 두근두근 빠르게 울렸다.

그녀도 흥분해 주는 모양이라 다행이다.

이런 건 서로의 마음이 중요하니까.

자, 오늘은 뜨거운 밤이 될 것 같군.

제10화 붕괴

사건은 편지가 도착하고 한 달 뒤에 일어났다.

그 날도 나나호시의 실험을 돕고 있었는데, 평소와는 실험 내용이 다소 달랐다.

"이 마법진이 성공하면 다음 단계로 갈 수 있어."

나나호시는 그렇게 선언하고 지금까지보다 더욱 큰 마법진을 내게 보여주었다.

아주 거대하다고 해도 반의 반 평 정도 넓이일까.

이 세계에서는 보기 드문 종이에 섬세한 무늬가 빼곡하게 그려져 있었다.

한 달 이상 걸려서 그린 역작. 나나호시에게는 2년 동안의 집대성이다.

"일단 이 마법진이 뭘 하는 건지 물어봐도?"

"…이세계의 물품을 소환해."

"또 전이재해 같은 건 일어나지 않겠지?"

나나호시가 소환되었으니까 그 전이재해가 일어났다.

그렇다면 작은 물건이라도 비슷한 일이 일어날지 모른다.

그렇게 생각했지만 나나호시는 고개를 내저었다.

"괜찮아…. 이론상으로는."

"일단 그 이론을 물어봐도?"

"지금까지의 실험으로 보다 크고 복잡한 것을 소환하려고 하면 더 많은 마력이 필요하다고 판명되었어. 즉, 이 세계의 마술에는 에너지 보존 법칙이 적용돼. 이번에 소환하는 것은 작고 단순한 거야. 내가 소환되었을 때의 에너지가 도시 하나를 소멸시킬 정도의 것이라고 가정한다면 이론상으로는 기껏해야 마법진 주위 1미터 정도가 전이되는 걸로 끝나. 그리고 솔직히 불가능하다고 생각하지만, 혹시 같은 일이 일어난다고 해도 마법진 안에 안전장치도 걸어놨어. 어느 정도 마력을 쓸지는 알고 있고."

…과연. 그렇군, 모르겠다.

"에너지 보존…이 뭐였더라."

질량 보존의 법칙이랑 어떻게 다르지…?

"…모르는 사람에게 설명할 수 있을 만큼 나도 잘 아는 건 아니지만, 즉, 이 세계에서 이상한 일은 대개 마력이 떠맡는 거야. 당신이 흔히 쓰는 스톤 캐논이랬던가? 그것도 공중에 갑자기 바위를 출현시키는데, 그 실태는 마력을 바위로 바꾸는 거야."

에너지 보존이라. 과연, 마력을 부으면 부을수록 불 마술의 온도가 오르거나 흙 마술의 질량이 늘어나는 건 그런 건가.

"그리고——."

그 뒤로 나나호시에게 원리 설명을 들었지만, 솔직히 어려워서 이해가 안 갔다. XX의 법칙이 적용되었으니까 마법진의 크기와 효과는 이렇다 저렇다, 또 무슨 법칙이 적용되었으니까 어떻다 등등.

솔직히 이론 중 어디에 구멍이 있어도 나로선 알 수 없다. 그저 안 거라고는 나나호시가 자신감을 가졌다는 것이다. 자신감이 있으면 성공 확률도 높겠지.

뭐, 실패해서 어딘가로 날아간다고 해도 돌아올 수 있겠지.

"실패해서 전이하거든 가족에게 연락을 부탁합니다."

"그러니까 그 가능성은 없다고 말했잖아."

그런 대화 후에 나는 마법진 앞에 섰다.

"그럼 시작합니다."

"부탁해."

그 부탁은 나를 향한 것이었을까. 아니면 신을 향한 것이었을까.

나는 마법진에 마력을 넣었다.

종이 끄트머리에 손을 놓고 마법진을 발동시키자, 마법진은 희미한 빛을 띠었다.

내 팔에서 쭈욱 마력이 빨려드는 게 느껴졌다.

하지만 뭔가 좀 이상했다. 위화감이 있었다. 마법진의 빛이 막혀 있는 듯했다.

일부가 빛나지 않는 것처럼….

파직!

작은 소리가 나고 갑자기 마력이 통하지 않게 되었다. 마법진의 발광이 멎었다.

"……."

그걸로 끝이었다.

그 이후로 마법진은 아무런 반응도 보이지 않았다. 잘 보니 종이 일부에 균열이 가 있었다. 회로에 단선이 일어나서 안전장치가 발동한 걸까.

아무튼 이건… 실패다.

"…어떤가요."

"실패네."

나나호시는 조용히 말했다.

그리고 털썩 의자에 앉아서 책상에 한쪽 팔을 괴고 크게 한숨을 내뱉었다.

"후우우…."

그녀는 바닥에 놓인 종이를 가만히 바라보았다. 염료가 날아가고 밑그림이 남은 마법진. 그리고 종이에 남은 균열. 그것들을 멍하니, 미동도 않고 바라보았다.

잠시 뒤에 그녀는 이쪽을 보지 않고 말했다.

"수고했어. 오늘은 이만… 돌아가도 돼."

약 2년 동안의 집대성. 고작 몇 초 만에 끝나버렸다.

하지만 실험에 실패는 따르는 법이다.

"뭐, 이런 일도 있지요."

"……."

나나호시는 대답하지 않았다.

…내 탓일까. 아니, 나는 관계없을 거다.

그저 마력을 보냈을 뿐이다. 아무것도 안 했다. 마력만 있으면 아무나 할 수 있는 일이라고 했다. 혹시 그걸로 안 된다면 설명이 부족했던 나나호시의 잘못이다.

"……."

나나호시는 아무 말도 하지 않았다.

아무튼 오늘은 이걸로 끝인가.

"그럼 실례하겠습니다."

나는 일어섰다.

실험실을 나가기 전에 다시 한번 나나호시를 보았다. 방금 전과 같은 자세인 채로 미동도 하지 않았다.

나는 창고같은 잡다한 방을 지나서 실험실에서 나왔다.

몇 걸음 걷다가 발을 멈추었다.

나나호시는 요 몇 달 동안 꽤나 긴장한 기색이었다. 이 실패는 상당한 타격이 아닐까. 그 자세, 그 태도, 어쩌면 그녀는 다음 실험이나 실패에 대해 생각하는 게 아니라 그저 망연자실한 것이 아닐까.

아니, 나나호시는 저렇게 보여도 꽤나 강하다. 실패를 실패로 받아들일 만한 도량은 있겠지.

그렇게 생각한 순간,

"아아아아아아아아아악!"

갑자기 연구실에서 비명이 들렸다.

동시에 뭔가가 깨지는 소리. 누군가가 날뛰는 소리.

나는 발길을 돌려서 얼른 연구실로 돌아갔다.

"아아아아악!"

거기에는 머리를 풀어헤치고 반광란에 빠진 나나호시가 있었다.

자기가 기록했던 책을 찢어발기며 흐트러뜨리고, 짜증을 부리며 선반을 쓰러뜨리고, 항아리를 뒤엎고 가면을 벗어 바닥에 내팽개쳤다. 얼굴을 마구 쥐어뜯으면서 비틀거리며 벽에 부딪쳤다.

벽을 때리고 비틀거리다가 쏟아진 항아리에 쓰러졌다. 항아리에 든 것을 지면에 남김없이 쏟아버리고 일어서서 머리를 쥐어뜯었다.

나는 다급히 다가가서 그녀를 뒤에서 붙들었다.

"지, 진정해!"

"못 돌아가, 못 돌아가, 못 돌아가…."

나나호시는 공허한 눈으로 중얼거렸다.

온몸의 근육이 경직되어서, 당장이라도 날뛸 것처럼 힘을 넣고 있었다.

"못 돌아가, 못 돌아가, 못 돌아간다고오오오오오!"

나나호시는 날뛰었다.

힘닿는 데까지 내 구속에서 벗어나려고 했다.

하지만 결국은 골방지기 여고생의 힘이다.

연약하다. 나를 뿌리칠 수 있을 리가 없다.

이윽고 그녀는 추욱 힘을 뺐다. 풀어주자 그 자리에 비틀비틀 주저앉았다.

"어이, 괜찮아?"

그 얼굴을 보고 나는 안 되겠다고 직감했다.

안색이 새파랗고 눈은 공허하며 눈 밑은 시커맸다. 입술은 핏기를 잃고 바싹 말라서 갈라졌다. 이건 정신적으로 꽤나 절박한 상태의 얼굴이다.

자살할지도 모른다.

"……."

나 혼자서는 어떻게 안 된다. 어쩌지? 이럴 때에 도움이 될 만한 건… 실피. 실피다. 그녀라면 어떻게든 해줄지도 모른다.

마침 타이밍 좋게도 오늘은 야근도 없다. 좋아, 나나호시를 오늘 우리 집으로 데려가자. 그러자.

아니, 하지만 그 전에 어디서 진정시키는 편이 좋을까.

"괜찮아?"

"……."

"넌 과하게 애썼어. 오늘은 좀 쉬자, 응?"

"……."

나나호시는 대답하지 않았다.

나는 그녀에게 어깨를 빌려주고 반쯤 억지로 일으켜 세웠다.

그대로 질질 끌듯이 연구실을 나갔다. 열쇠는… 아니, 나중에
하자. 하루 정도는 아마도 괜찮겠지.

그대로 실피에게로 갔다. 목적지는 5학년 교실.

누구더러 불러다 달랠까, 아니면 내가 부를까.

나나호시에게 어깨를 빌려주며 걷자니 주위의 시선이 집중됐
다. 마침 교실을 이동하는 녀석들과 딱 마주쳤나.

웅성웅성 시끄럽다. 사람들이 쳐다본다. 내가 여자한테 어깨
를 빌려주었기 때문인가?

나나호시는 지금 가면을 쓰지 않았다. 별로 눈에 띄지 않는
편이 좋다. 하지만 어쩐다?

"스승님!"

뒤에서 들리는 목소리에 돌아보자 자노바가 있었다.

"스승님… 무슨 일입니까?"

"자노바. 나나호시가 큰일났어. 좀 도와줘."

"…병입니까?!"

"비슷해."

"그럼 일단 의무실로 옮기죠."

아, 일단은 거긴가. 의무실, 의무실이지, 좋아.

"스승님, 제가 옮기겠습니다."

"조심해."

"물론입니다. 자, 사일런트 님."

자노바는 나나호시를 안아들었다. 힘이 있고 안정된 모습. 나

나호시는 일절 저항하지 않았다. 영혼이 빠져나간 표정으로 추욱 늘어져 있었다.

"길을 열어라!"

자노바가 소리치면서 인파를 향해 달려갔다.

사람들이 바다처럼 갈라졌다.

내가 그 뒤를 따랐다.

의무실에 도착했다.

나나호시를 침대에 눕혔다.

공허한 얼굴을 하고 있었다. 심각하다. 죽을상이 나온 것처럼 보였다.

자리에 있는 치유 술사에게는 별일 아니라고 말해두었다. 정신적인 증상은 치유 마술로 고칠 수 없다.

문득 발밑을 보니 줄리가 내 소매를 붙들고 있었다.

"그랜드마스터, 얼굴, 안 좋아."

그 말에 나는 내 얼굴을 만졌다.

지금 어떤 얼굴을 하고 있을까. 으음, 아니, 나도 꽤나 동요하였다. 조금 진정해야지.

"그래, 난 못 생겼으니까."

줄리의 머리에 손을 얹어서 툭툭 두드려 주었다.

이런 어린애가 걱정해 줄 정도라니.

"스승님, 여기."

옆에서 잔을 내미는 손이 있었다. 자노바였다.

"고마워."

그렇게 말하며 받아서 비웠다.

의무실에 항상 준비된 주전자에서 따른 것인 듯했다. 혀가 저릿저릿하니 턱에서 뽑히는 듯한 감각이었다. 어느 틈에 입안이 바싹 말랐던 모양이다.

"휴우…."

의자에 앉아서 한숨 돌렸다.

자노바는 내 옆에 서서 조용히 물었다.

"스승님, 무슨 일이 있었습니까? 이렇게 흐트러진 스승님을 보는 건 처음입니다만."

"으음…."

나는 실험실에서 있었던 일을 설명했다.

실험에 실패해서 나나호시가 정신을 놔버렸던 것. 놔두면 죽어 버릴 것 같기에 도와준 것. 자노바는 그 말을 듣더니 복잡한 표정으로 나나호시를 내려다보았다.

"그녀는 좋아서 연구를 한 게 아니었군요."

"…그래."

싫으면서 한 것은 아니지만, 하고 싶어서 한 것도 아니다.

그녀는 해야만 했다. 하지 않으면 돌아갈 수 없다.

잘 풀리지 않으면 이렇게 되는 것도 어쩔 수 없겠지.

전이사건으로부터 6년. 커다란 한 걸음에서 발이 걸려 버린 것이다.

그리고 뒤를 돌아보니 이미 6년이나 지난 것을 이해한 것이다. 6년 걸려서도 전혀 진보가 없다는 것을….

"……."

나는 한숨을 쉬고 의자에 몸을 기댔다.

자노바는 그 이상 아무 말도 하지 않았다.

멍하니 천장을 바라보는 나나호시의 앞에서 우리는 그저 가만히 서 있을 수밖에 없었다.

잠시 뒤에 나나호시는 눈을 감고 잠이 들었다.

그와 비슷한 무렵에 실피가 나타났다. 아리엘은 없었다.

"루디와 자노바가 여학생을 의무실로 데려가더란 이야기가 들려서 확인하러 왔어."

소문으로 퍼졌나 보군.

내가 여학생을 기절시키고 의무실로 데려갔다, 무슨 못된 짓을 하는 걸지도 모른다고.

너무하잖아. 왜들 그리 나를 안 믿는 거야. 주먹대장이니까?

신용을 얻으려는 행동은 하지 않았지만.

뭐, 좋아. 나는 연구실에서 일어난 일을 실피에게 말했다. 실험의 실패와 그 뒤에 나나호시가 폭발한 것. 그리고 지금 상황에 이른 것.

"그런 일이….."

실피는 심각한 얼굴로 나나호시를 보았다.

"혼자 놔두면 위험할 것 같으니까 오늘은 우리 집에서 재울까 해."

"의무실에 재우는 편이 낫지 않을까?"

"깨어났을 때에 아는 얼굴이 있는 편이 좋겠지."

적어도 이럴 때에 혼자 있게 해선 안 된다. 떨어질 데까지 떨어진다.

나나호시는 아직 어리다. 그런 일에 대한 내성도 없겠지.

어쩌면 지금까지도 비슷하게 짜증을 부린 적이 있을지도 모른다. 하지만 이번에는 진폭이 큰 것 같았다. 인간의 마음이란 너무 흔들렸다간 갈 데까지 가 버린다.

갈 데라는 건 즉, 자살이다.

"진정할 때까지 얼마나 걸릴지는 모르지만. 우리 집에서 지내게 하면서 조금 돌봐줄까 해."

"으음, 맡겨도 괜찮을까?"

"식사 시중 정도라면 괜찮아."

진정할 때까지 격리해둘 뿐이다. 현실도피를 좀 시키는 것도 괜찮겠지.

괴로운 일에서 눈을 돌리는 것도 때로는 중요하다. 전략적 철수라는 거다.

"…딱히 바람피우는 거 아니니까."

"알아. 아니면 뭔가 켕기는 거라도 있어?"

"없어."

켕기는 거라곤 전혀 없다.

그렇다고 해도 다른 여자를 집에 데려가는 것이다. 그것도 완전히 늘어져서 무저항인 여자를.

하지만 실피는 의심하지 않는 듯하다. 이것이 신뢰인가.

"루디한테 맡길게. 오늘은 이대로 돌아갈 거야?"

"그래. 장보러 같이 못 가겠는데, 부탁해도 될까?"

"맡겨줘."

실피의 든든한 대답에 나는 고개를 끄덕였다. 역시나 실피다.

학교를 나와서 서둘러 집으로 향했다.

나나호시의 운반은 자노바가 떠맡아 주었다. 방금 전에는 안 아들었지만, 이번에는 업었다. 자노바는 왕자님이지만, 업는 게 더 어울리는군.

"미안해, 자노바."

"아뇨, 저는 이 정도밖에 도움이 되지 않으니까요."

축 늘어진 나나호시를 가볍게 업는 자노바.

그 뒤를 줄리가 종종 쫓아왔다. 자노바에게 드릴이 달린 잠수복을 입히면 미스터 버블스라고 불릴 만한 모습이 되지 않을까.

시험 삼아서 줄리를 들어올려 보았다.

"히익! 그랜드마스터, 뭡니까?"

"아무것도 아냐."

자노바는 이쪽을 힐끗 보았을 뿐이었다.

나는 줄리를 안은 채로 걸었다. 줄리의 몸은 의외로 포동포동했다. 1년 전에는 뼈다귀 같았지만, 잘 먹는 모양이다. 근육이 조금 부족하지만, 일곱 살짜리 아이에게 근육까진 요구하지 않는다.

"줄리, 자노바가 잘 대해주니?"

"예, 마스터는, 밥, 많이 먹여줍니다."

"그래, 그래, 마스터는 밥, 많이 먹여줍니다, 구나."

"마스터는, 밥, 많이 먹여줍니다."

"그래, 그래."

그러고 보면 나나호시는 밥을 잘 챙겨먹는 걸까.

안아들었을 때 꽤 말랐던 것 같았다. 깃털 같다고 할 정도는 아니지만, 상당히 가벼웠다.

제대로 안 먹는 걸지도 모르겠다.

식사는 정신안정제다. 좋아하는 걸 먹거나 누군가와 함께 먹는 것만으로도 사람은 조금 행복해질 수 있다.

나나호시는 그런 것도 거의 하지 않겠지.

"후우…."

한숨이 나왔다.

나나호시는 대체 어떤 생활을 하고 있었을까. 혼자서 틀어박혀서 제대로 먹지도 않고. 누구와 대화하는 일도 없이 계속 마법진을 그릴 뿐인 매일.

"스승님 탓이 아닙니다. 너무 자책하지 마십시오."

"그래, 알고 있어."

자노바가 내 한숨을 다른 의미로 이해한 모양이었다. 진지한 얼굴로 날 바라보았다.

나나호시보다 오히려 날 걱정해주는 모양이다.

뭐, 자노바도 나나호시와는 별로 이야기한 적이 없겠으니 어쩔 수 없나.

"……."

잠시동안 묵묵히 걸었다.

그러자 줄리의 심장소리가 들렸다. 줄리는 어린애이기 때문인지 체온이 나보다 높아서 따뜻했다.

심장소리를 듣고 있자니 이상하게도 마음이 진정되었다.

다음에 줄리에게 뭐라도 사주자.

잠시 뒤에 집에 도착했다.

여동생을 위해 준비해 두었던 2층 방 중 한쪽에 나나호시를 데려갔다.

그녀는 침대에 축 늘어져 있었다.

눈은 뜨고 있다. 어느 틈에 일어난 모양이었다. 하지만 공허한 눈이라서 어딜 보는지 알 수 없었다.

마치 시체 같았다.

원래대로 돌아올 수 있을까….

내가 보기론 아직 아슬아슬하게 괜찮다. 상당히 위험한 상태지만, 아직 괜찮다.

나도 비슷한 정도까지 떨어진 적이 있지만, 돌아올 수 있었다.

날뛰는 것도 발작 같은 것이다. 그런 격한 감정은 지속되는 게 아니다.

하지만 아무튼 나는 그녀의 옷을 뒤져서 흉기가 될 만한 것을 거두었다.

그녀는 작은 나이프를 가지고 있었다. 손톱깎이 같은 나이프였다. 이걸로는 죽을 리 없다고 생각하지만, 일단 챙겨두었다.

방 안에는 위험한 것이 없었다. 창문은… 2층이니까 조금 위험할까.

흙 마술로 고정해둘까. 유리창을 깨뜨린다면 그걸로 끝이지만, 지금 그녀에게 그럴 만한 기력이 없다고 생각하고 싶다.

나나호시가 움직이지 않기에 1층으로 내려갔다.

"괜찮겠습니까?"

"글쎄."

1층으로 내려가자 자노바가 다소 걱정스럽게 물었다.

이 녀석은 우울증하고 거리가 멀겠군. 약점은 있다고 해도 기본적으로는 포지티브니까.

"어찌되었든 고마워, 자노바."

"아뇨, 스승님께 항상 신세를 졌으니까요. 이 정도라면 별것도 아닙니다."

자노바는 평소처럼 태연한 얼굴로 말하였다.

역시나 든든한 남자다.

"스승님이야말로 괜찮겠습니까?"

"내가? 왜?"

"사일런트 님이 쓰러져서 스승님 쪽이 큰 충격을 받은 듯이 보였습니다."

충격을 받았다. 그럴까? 응, 그렇겠지.

나나호시가 발광해서 날뛰고, 그걸 막았더니 빈 껍질처럼 되었다. 그걸 처음부터 끝까지 보고 나는 옛날 일을 떠올렸다.

나나호시의 것은 내 경우와 다소 형태가 다르긴 하지만 정신적인 고통이다.

공감하게 된다. 조금만 처지가 달랐으면 바로 내가 그렇게 되었을지도 모르고.

"조금은. 과거의 괴로운 일이 떠올랐어."

"들려주실 수 있겠습니까?"

"…어렸을 적에 내가 저렇게 무기력해져서 틀어박혔던 적이 있을 뿐이야."

"저로서는 모를 감각이로군요."

아무렇게나 하는 말 같지만, 그래도 값싸게 이해한다는 말을 듣고 싶지 않다.

"그렇겠지."

"아무튼 또 제가 힘이 될 일이 있거든 말씀해 주십시오. 힘만큼은 남아돕니다."

"그래, 부탁할게."

자노바의 호의를 고맙게 생각한다.

이 녀석도 인형만 얽히지 않으면 좋은 녀석이야.

그로부터 얼마 뒤에 자노바는 돌아갔다.

나는 할 일도 없기에 나나호시가 자는 방에서 책을 읽으며 시간을 보냈다.

그녀를 혼자 놔둘지 망설였다. 내 경우 이럴 때는 혼자 있고 싶다.

하지만 그녀는 지금까지 혼자였다.

계속 혼자였다.

실피가 돌아올 때까지 나는 나나호시의 곁에 있었다.

제11화 모두의 지혜

나나호시를 보호하고 1주일이 지났다.

그녀는 하루 종일 집에서 멍하니 있었다.

하지만 제일 위험한 시간은 물러간 듯했다. 많이는 아니지만 밥도 먹고, 재촉하면 목욕도 하게 되었다. 물론 익사하는 일도 없이 씻고 나왔다.

　그렇긴 해도 팽팽하던 긴장이 끊어진 건지 이전 같은 패기가 느껴지지 않았다. 간단히 꺾여버릴 듯한 느낌이었다. 기력도 없고, 말하자면 야쿠자에게 속아서 순식간에 AV배우가 될 것 같은 분위기다.

　내버려둘 수 없다. 혹시나 루크랑 마주치지 않도록 주의해야지.

　지금 나나호시에게서 느껴지는 것은 체념이다. 그 실험의 실패가 그렇게나 아팠던 모양이다.

　자신 있어 보였고, 이론도 반석의 단계였을지 모른다.

　그 실패에는 그녀의 몇 년의 세월이 모두 허사가 될 정도의 의미가 담겨 있었겠지.

　나는 그렇게 큰 좌절을 체험한 적 없다.

　제일 비슷한 게 몇 년 동안 폐인이 되어서 계속했던 인터넷 게임의 데이터가 날아간 것일까.

　로그인 불가 메시지와 계정 정지 메일을 본 순간, 심장박동이 빨라지고 꼬박 하루 동안 아무런 생각도 하지 못한 채 보냈다. 운영자에게 항의하고 철저항전을 외치고 마지막에는 울며 잠이 들었다.

　그 뒤로 한 달 동안 아무런 의욕이 들지 않았다.

　그때 두 번 다시 인터넷 게임을 열심히 하지 않겠다고 맹세했다.

나나호시의 실험은 인터넷 게임과 다르다. 그녀에게는 원래 세계로 돌아간다는 목적이 있다. 그걸 포기하면 분명 그녀는 살아갈 수 없다.

그렇게 생각하며 이것저것 돌봐주었지만, 그녀는 하루 종일 멍하니 있을 뿐이었다.

내 이야기를 듣는 건지도 알 수 없었다.

그렇게 생각했는데….

"전부 막았다고 생각했어…."

어느 날 그녀가 갑자기 말했다.

나는 대답을 하지 않고 그저 듣고만 있었다.

"마법진은 원래 세계로 치면 기판 같은 거야. 여러 패턴 회로를 조합해서 하나의 기능을 만들어. 하지만 왠지 그 한 점, 회로가 연결되지 않았던 거야. 아무리 배선을 바꿔도 어느 한 점과 한 점이 이어지지 않아. 억지로 이어봤지만, 그러면 어딘가에서 또 문제가 생겨."

이어질 리 없는 회로를 잇기 위해서 원래의 절반 이하의 사이즈였던 것이 비대화.

그리고 하나의 문제를 메우기 위해서 다른 회로를 짰지만, 결국 한 군데에 문제가 남은 마법진.

언뜻 보면 군더더기가 없지만, 딱 한 곳만 이어지지 않는다.

"물리적으로 무리야. 즉, 나도 집으로 돌아갈 수 없단 소리."

기운 자국투성이인 부족한 마법진.

나나호시는 노력했겠지.

언뜻 보면, 조금만 더 노력하면 이어지지 않는 회로도 이을 수 있을 것 같다.

하지만 그러면 또 다른 회로가 이어지지 않겠지.

"이제 무리야…."

나나호시는 그렇게 말하고 침대에 엎어졌다.

나는 나나호시의 연구소로 가서 도면을 회수하기로 했다.

그녀의 이야기를 듣고 어떤 생각이 떠올랐다.

어쩌면 해결할 수 있을지도 모른다.

그렇긴 해도 괜한 기쁨을 주고 싶지 않아서, 일단은 어떻게 할 수 있는지 확인하기로 했다.

다음날, 크리프를 자노바의 연구실로 불러냈다.

셋이 모이면 뜻하지 않은 지혜가 나온다고 하고, 천재의 지혜를 빌리기로 했다.

"사일런트가 그런 상태가 되다니, 믿을 수 없군요."

크리프를 부르면 당연히 엘리나리제가 따라온다.

그녀는 크리프의 연구실에 아예 들어앉았다는 모양인데, 수업은 어쩌고 있을까.

진급은 되는 모양이지만, 이제 곧 퇴학당하지나 않을까.

"조금 더 강한 아이로 보였는데요."

"진짜로 강한 사람은 틀어박혀서 혼자 고민하지 않지요."

"뭐, 그것도 그렇군요."

엘리나리제는 어깨를 으쓱였다.

아무리 엘리나리제라도 나나호시와는 접촉하지 않은 듯했다. 그녀는 이렇게 보여도 젊은 여성을 상대할 때도 능숙하다. 숨을 돌릴 만한 것을 부탁해도 좋을지 모르겠다.

"자, 두 분. 일단 이걸 보시죠."

그들에게 도면을 보여주자, 순간 크리프가 얼굴을 구겼다.

"더러운 마법진이군."

더럽다니 재미있는 표현이군.

"더럽거나 깨끗한 게 있습니까?"

"당연하지. 마도구를 만들려면 작고 깨끗하게 그리지 않으면 끝이 안 나니까. 나라면 더 깨끗하게 그려. 예를 들어서 여기를 여기에 이으면 이 근처가 더 깔끔해지지."

"호오."

크리프가 마법진을 가리키며 자랑스럽게 말했다.

뭐, 완성된 것을 비판하는 건 누구든 할 수 있다.

아마 크리프의 말처럼 하면 또 문제가 늘어나겠지.

"아, 하지만 아이디어는 아주 좋아. 이 부분을 루프시킨다니 보통은 그런 생각 못 하지…. 그래, 이 기록 덕분에 이쪽이 복잡해졌나…."

크리프는 마법진을 보며 뭐라고 중얼거렸다.

이거라든가 이쪽이라든가 이 부분이라든가. 그런 단어뿐이었다.

나도 더 공부하면 좋았을 것을. 마법을 봐도 별로 재미있다는 생각이 안 드니까, 공부한다고 해도 제대로 익힐지는 모르겠지만.

"그래서 스승님, 이건 무슨 마법진입니까?"

"사일런트가 연구하던 소환 마법진이야. 조금 막힌 모양이니까 너희의 지혜를 빌리고 싶어."

그렇게 말하자 자노바는 고개를 갸웃거렸다.

"하지만 스승님, 소환 마법은 저희의 전문 밖입니다만?"

"뭐, 해결이 안 되더라도 좋아."

다만 혼자서는 알 수 없었던 것도 여럿이서 생각하면 알지도 모른다.

반대로 분야가 다르면 나오는 아이디어도 다르겠고.

"아무튼 이 부분을 봐줘. 여기서 마법진이 끊어지는 모양인데 알겠어?"

실험 때 망가진 부분을 가리켰다.

"…어? 아, 여기가 끊어졌나. 몰랐군. 이 마법진은 미완성인가. 어, 여기랑 이어지는 건… 여긴가."

크리프가 놀랐다. 천재를 자칭하는 것치고 그런 부분을 바로 알아차리지 못했던 모양이다.

그런 법이다.

"이 회로를 이을 때 무슨 아이디어 없습니까?"

그렇게 묻자 크리프는 팔짱을 끼고 생각하였다.

이쪽과 저쪽, 그런 식으로 중얼거렸다. 품에서 꺼낸 메모에 이 것저것 그려댔다.

"이거 어렵군. 처음부터 다시 그리면… 아니, 하지만… 무리군."

"다중구조로 하면 가능하지 않겠습니까?"

크리프가 결론을 내놓지 못할 때에 자노바가 끼어들었다.

크리프가 의아한 표정을 하였다.

"다중구조? 무슨 말이지?"

"내가 연구하는 인형은 마법진 몇 개를 겹쳐서 하나의 효과를 낳지. 그렇다고 해도 나도 이제 막 연구를 시작한 참이라서 제대로 마법진을 그린 적은 없지만…."

"잠깐만, 인형? 저번의 그거? 조금 보여줘 봐."

"스승님, 괜찮겠습니까?"

"그래, 물론이야."

어째서인지 내 허가를 받은 뒤에 자노바는 인형의 팔 단면을 가져왔다.

크리프는 흥미 깊게 단면의 마법진을 조사하다가 단언했다.

"이걸 만든 녀석은 천재군."

자의식 과잉인 크리프가 이렇게 말하는 걸 보면 정말 대단한 가 보다.

"이런 마법진은 본 적이 없어…. 큭…. 이론을 전혀 모르겠군.

두 개의 마법진을 겹쳤나…. 아니, 그게 아냐, 더 많아. 전부 갖추어지지 않으면 전혀 움직이지 않아…. 하지만 구부러졌는데도 움직였고…. 왜지…. 제길, 이 마법진은 대체 뭐야?"

크리프가 분한 듯이 이를 갈았다.

전설의 초인을 목격한 채소나라의 왕자님 같다.

"나도 전혀 모르겠지만, 책에 따르면 팔꿈치의 움직임을 제어하기 위한 마법진인 모양이다."

자노바가 태연하게 말하자, 크리프가 울 것 같은 얼굴을 하였다.

자기가 모르는 것을 자노바가 아는 게 분한 거겠지.

곧 엘리나리제가 달려가서 머리를 껴안고 위로해 주었다.

"자, 자, 크리프는 천재니까요. 당신이 조사하면 더 많이 알 수 있을 거예요."

"아, 알고 있어!"

크리프는 새빨개져서 기운을 되찾았다.

역시나 엘리나리제. 든든하다.

하지만 지금은 꽤나 바쁠 때니까 돌아간 뒤에 해 주었으면 싶다.

"크리프 선배. 이 인형에 사용된 기술을 이용하면 사일런트의 마법진 문제는 해결되리라고 봅니까?"

"모르겠어. 하지만 가능성은 있을 것 같아."

확실하다곤 할 수 없나.

하지만 실마리는 되겠지. 지금까지 나나호시는 평면으로밖에 마법진을 그리지 않았다.

겹치고 굽힌다는 발상은 나오지 않았나. 어쩌면 다른 이유로 하지 않았을지도 모른다.

이 이야기가 나나호시에게 맹점이었기를 빌자.

그리고 바라건대 의욕을 되찾아주면 좋겠는데.

다음날 나는 나나호시를 데려왔다.

행선지는 그녀의 연구실.

흩어진 방은 어제 시점에서 정리해두었다. 그래도 아직 잡다한 느낌이 남은 방에 자노바와 크리프가 대기하고 있었다. 두 사람은 지금까지 나나호시가 조사했던 연구 자료를 보고 있었다.

나나호시는 그것들을 보고 코웃음을 쳤다.

"뭐야…? 남자 셋이서 날 강간이라도 하게?"

강간이라니, 완전히 자포자기가 되었군.

단 한 번의 실패로…. 뭐, 단 한 번의 커다란 실패가 인생을 망가뜨리는 법이다.

"뭐라고! 난 경건한 미리스교도다!"

크리프가 격노했다. 미리스교는 정조관념이란 면에서 기독교와 비슷하다.

평생 한 명의 여성을 사랑해야 하고, 간통은 해선 안 된다. 금욕적이다.

"아, 그래?"

나나호시는 비틀비틀 불안하게 걸어서 의자에 앉았다.

그리고 등받이에 몸을 맡겼다.

"크리프 선배, 자노바, 일단 어제 했던 이야기를."

나는 나나호시에게 두 사람이 어제 저녁에 생각했던 몇 가지 방안을 보여주었다.

나나호시는 그 이야기를 재미없는 눈치로 들었다.

크리프가 붉은 글씨로 수정한 마법진.

자노바의 연구로 제안된 마법진의 중첩.

내가 즉흥적으로 제안한 입체적인 마법진.

그것들을 재미없다는 듯이, 아무런 표정 변화도 없이 가만히 바라보았다.

가만히.

눈의 초점이 맞았다. 재미없어 하는 게 아니다. 무표정하지만 집중하고 있었다.

"아."

갑자기 나나호시가 말하였다.

"가능, 할지도…."

그렇게 중얼거렸다.

나나호시는 뛰듯이 의자에서 일어섰다.

"그래, 그래, 그래, 꼭 평면에 집착할 필요는 없었어. 그래, 맞아, 종이에 그려도 두께를 낼 수 있어. 중층으로 만들면 아무리 큰 마법진도 그릴 수 있어. 왜 그런 간단한 생각을 못 했을까!"

방을 서너 바퀴 정신없이 뱅글뱅글 돌고 책상 위의 종이나 펜을 손에 들었다. 그리고 죽죽 도면을 그리기 시작했다. 계산식인 듯한 것을 써넣었다가 벅벅 지우고 또 썼다.

"아, 아냐, 이게 아냐!"

"어이, 이거 아닌가?"

그런 동물원의 곰 같은 나나호시에게 크리프가 슬쩍 나섰다.

어느 틈에 손에 든 붉은 잉크의 펜으로 나나호시의 메모에 주석을 넣었다.

역시나 크리프 선배다. 갑작스럽게 변한 분위기도 전혀 못 읽는다.

"아, 그래…. 당신 똑똑하네."

"당연하지, 난 천재니까."

"그래서 이건? 어떻게 하면 돼? 전부터 의문스럽게 생각했는데…."

"어, 잠깐만…."

크리프와 나나호시는 어깨를 나란히 하고 종이 한 장에 낙서를 시작했다.

옆에서 들여다보았지만 어린애 낙서로밖에 보이지 않았다.

"자노바, 알겠어?"

"저 레벨은 도저히 모르겠습니다…."

완전히 새장 밖으로 밀려났다.

그렇긴 해도 크리프는 대단하군. 저 녀석도 마법진 연구를 시작한 지 그렇게 오래되지도 않았을 텐데.

뭐, 됐어. 나나호시가 기운을 되찾은 모양이고.

…이거라면 성공하지 않더라도 어떤 실마리는 되겠지.

"자노바, 미안하지만 좀 지켜봐줘."

"스승님은 어디로?"

"엘리나리제 씨를 불러올게. 모르는 곳에서 자기 남자가 다른 여자랑 친하게 지내는 것을 보면 싫을 테니까."

그렇게 말하고 등을 돌렸다.

연구실을 나갈 때 나나호시의 들뜬 목소리가 들려왔다.

그런 나나호시의 목소리를 듣는 건 만난 이후로 처음일지 모르겠다.

1주일 뒤.

나나호시가 마법진을 완성시켰다.

자노바나 크리프와 의논하면서 틀린 곳을 고치고, 새로운 기술을 사용하여 이론을 새롭게 구축해서. 엄청난 집중력을 발휘해서 그야말로 순식간이라고 할 만한 속도로 만들어냈다.

다섯 장의 종이를 풀로 밀착시킨 판지 같은 마법진을.

"그럼 기동하겠습니다."

크리프나 자노바 등이 지켜보는 가운데 내 마력을 부었다.

쭈욱쭈욱 빨려드는 마력.

마법진이 빛을 내기 시작했다. 강렬한 빛이라서 방이 대낮처럼 환해졌다.

빛 속. 차츰 형태가 드러나기 시작했다.

빛이 잦아들었을 때, 이 세계에 이세계의 물건이 소환되어 있었다.

페트병이다. 라벨도 뚜껑도 없는 심플한 형태의 페트병.

"어어, 이건 대단하군요."

"이건 뭐지…. 유리인가? 아니… 더 부드러운데."

자노바와 크리프는 처음 보는 500ml 페트병에 흥미를 숨기지 못하는 모습이었다.

엘리나리제나 줄리도 흥미진진한 얼굴로 들여다보았다.

나나호시도 소환된 것을 보고 주먹을 움켜쥐며 작은 소리로 '좋아, 좋아.'라고 중얼거렸다.

페트병을 보고 말이다.

고작 페트병. 하지만 페트병.

그 순간 분명히 이 세계와 이전 세계는 연결되었다. 생물이 아니라 무기질, 지극히 단순한 구조의 물건. 하지만 이 세계에 없는 것이 소환되었다.

"성공이군요."

나나호시에게 그렇게 말하였다. 그러자 그녀는 고개를 끄덕였다.

실로 기쁜 모양이었다.

"그래, 성공이야. 이걸로 간신히 다음 단계로 갈 수 있어! 중층구조의 마법진, 이걸 더 파고들면 아마 어떤 것이든 소환할 수 있을 거야. 마법진을 더 정리할 수 있으면 두 번째와 세 번째를 교체하는 것만으로….."

그리고 그때 나나호시는 퍼뜩 정신을 차렸다.

그리고 겸연쩍은 얼굴로 시선을 돌렸다.

"…미안해. 시, 신세 졌네."

"기브 앤드 테이크겠죠? 다음에 내가 곤란해지거든 도와주세요."

"…무, 물론이야."

얌전한 나나호시도 좋군.

슬쩍 보니 엘리나리제가 이쪽을 가만히 보고 있었다.

"왠지 친밀하네요."

"엘리나리제 씨는 금방 그렇게 연애랑 엮죠."

"남자와 여자니까요. 하지만 별로 좋지 않아요."

시어머니의 눈이 반짝였다. 바람을 피울 생각도 없는데. 실피도 오늘 일은 알고 있고.

"그래, 신혼이니까. 아내가 오해하면 큰일이야."

나나호시가 한 걸음 거리를 벌렸다.

엘리나리제가 싱긋싱긋 웃으며 나나호시의 어깨를 껴안았다.

"우후후, 그렇게 신경 쓸 필요 없답니다. 그렇지! 오늘은 주점에 가죠! 물론 당신이 사는 걸로!"

엘리나리제의 제안에 나나호시는 쓴웃음을 지었다.

평소라면 노골적으로 싫은 얼굴을 하며 거부했겠지.

하지만 오늘은 거절하지 않는다.

"어쩔 수 없네. 하지만 그걸로 당신들과의 빚은 없어."

"물론이죠. 그렇죠, 크리프?"

그 말에 페트병을 이리저리 우그러뜨리던 크리프가 돌아보았다.

"어? 어, 그렇지! 음, 빚은 없다. 하지만 너는 제법 우수한 모양이니까, 앞으로 내 연구에 힘을 빌려주어도 좋아!"

그런 말에 엘리나리제는 킥킥 웃었다.

우리는 대낮부터 주점에서 술판을 벌이게 되었다.

어째서인지 학교 안에서 리니아, 프루세나가 무리에 섞였다.

따돌리는 건 싫다, 데려가달라냐, 그러면서. 어디서 냄새를 맡았을까.

우르르 무리지어서 가는데, 아리엘이 무슨 일인가 싶어서 말을 붙여왔다.

경위를 말하자 '그럼 감시역을 붙이죠.'라면서 실피를 내주었다.

감시역이라는 건 명목뿐이지, 아리엘의 배려다.

교문을 나설 무렵 어느 틈에 바디가디가 맨 뒤에 섞여 있었다.

아니, 정말로 어느 틈에?

도중에 마술 길드에 들러서 나나호시가 돈을 인출해 왔다. 아무래도 상당한 거금을 마술 길드에 맡겨두었던 모양이다. 은행 대신이군.

주점은 바디가디의 단골 가게였다.

대낮인데도 일단 손님이 있었다.

하지만 나나호시는 그런 걸 전혀 신경 쓰지 않았다.

돈이 가득한 자루를 카운터에 쿵 하고 내려놓았다.

"가게를 하루 빌릴게."

"어…어어?"

허둥대는 점주에게 바디가디가 '잠깐, 잠깐.'이라며 한마디.

자기 품에서 금화주머니를 쿵. 그리고 또 하나 쿵.

"오늘은 축하의 자리다. 오늘 이 가게에 온 손님 모두에게 공짜 술을 내놓도록."

그렇게 선언했다.

관록이다. 역시나 왕이다. 그 점이 짜릿해. 동경하겠어.

마왕님은 당연하다는 얼굴을 하며 주점에서 가장 큰 테이블을 점거했다.

그리고 말했다.

"이 가게의 메뉴에 있는 모든 요리를 다 가져와라!"

한 번은 해 보고 싶었던 말이다. 내가 돈을 내는 게 아니니까 좋지만, 이 숫자로 다 먹을 수 있을까?

뭐, 아무래도 좋지만.

첫 요리가 나올 즈음에 마왕이 일어서서 말했다.

"그런데 오늘은 무슨 축하자리인가?"

"사일런트의 연구 성공이랍니다."

"과연, 그럼 사일런트, 일어서라. 개최 인사를 하는 거다."

나나호시가 일어섰다.

다소 내키지 않는다는 얼굴이었다.

"…오늘은 고마웠습니다."

"좋아, 건배다!"

"건배!"

언젠가의 결혼식 같은 흐름으로 연회가 시작되었다.

즐거운 연회였다.

좋은 일이 있을 때에 떠들며 술을 마신다.

이런 모임은 생전에 한 번도 한 적 없었다. 이 세계에서도 손꼽을 정도밖에 없다.

모험가 시절에 나름 교류를 가지며 마셨다. 하지만 취해서 떠들고 난리치는 놈들은 바보라고 삐딱하게 바라본 면도 있었을 것이다. 주위가 고생하는 걸 좀 생각하라고.

하지만 내가 그 사이에 들어가서 간신히 그 마음을 이해했다.

사람에게는 고삐를 풀고 떠들어야만 하는 때가 있다. 그렇게 생각했다.

리니아의 귀를 만지면서 일본어로 애니메이션 주제가를 부르는 나나호시를 보며 그렇게 생각했다.

가끔씩은 저렇게 모든 것을 잊어버리지 않으면 도저히 살아갈 수 없다.

인생에는 괴로운 일이 많으니까.

억지로 좋은 일을 만들지 않으면 망가진다.

분명 엘리나리제나 바디가디는 그런 점을 잘 알겠지.

연륜이라는 것일까.

술을 마시다가 술독에 빠지는 놈도 있지만, 술은 백약 중 으뜸이다. 때로는 마음의 병도 치료해 준다.

오늘은 나와 실피도 사양 않고 마셨다.

우리는 집에서 술을 마시지 않는다. 그런 습관이 없기 때문이다.

그런 탓은 아니지만, 나는 실피의 술버릇이 안 좋은 것을 오늘 처음으로 알았다.

아니, 나쁘진 않다. 나쁜 건 아니다.

그저 조금 어리광을 부려댈 뿐이다.

"저기, 루디, 머리 쓰다듬어줘."

"그래, 그래, 착하지."

"귀, 먹어도 되는데?"

"잘 먹겠습니다."

"아하하, 간지러워."

아까부터 실피가 아주 귀여운 생물이 되었다.

훌륭하다. 다음부터는 적극적으로 먹이자.

아아, 하지만 이래선 내가 없는 곳에서 마시는 게 걱정이다. 집밖에서는 못 마시게 일러둬야 할까. 그런 속박을 해도 되는 걸까.

아니, 괜찮아. 내 거다. 내 마음대로 하는 게 뭐가 잘못인가.

"루디, 안아 줄래?"

"그래, 그래, 허리를 꼬옥."

"우헤헤. 나는 행복해….."

실피의 웃음소리가 왠지 흐트러진 느낌이 되었다.

아아, 하지만 취해서 여자를 안으니 그렇군. 이 세상에 러브송이 넘쳐나는 이유를 실감할 수 있었다. 음바음바, 메랏사 메랏사.

좋아, 오늘은 이 애를 데리고 가도록 하지. 집도 같고.

"루디. 있잖아, 나 말이지, 저번에, 질투했다?"

"어? 진짜? 누구한테? 더 이상 가까이하지 않겠습니다. 연도 끊겠습니다."

"응, 루이젤드 씨. 저번에 말해줬잖아? 루디, 루이젤드 씨 이야기를 할 때면, 엄청, 이렇게."

"아니, 그 사람은 진짜 존경하니까 좀 봐주세요."

"싫어~ 나만 봐줘…."

나만 봐달라니. 저번에 했던 말이랑 좀 다른데.

이게 실피의 본심일까.

나로서는 너무 좋아서 무서울 정도지만, 실피는 애써 그런 모습을 보이려고 했던 걸지도 모른다.

뭐, 어려운 문제는 나중으로 넘기고, 지금은 이 귀여운 생물을 즐겨보자.

실피를 무릎 위에 앉히고 느실난실하는데 나나호시가 다가왔다.

"뭐하는 거야, 바보 커플. 장난치지 마. 난 몇 년이나 남자친구랑 못 만났는지 알아?"

시비를 걸어왔다. 취했군.

노래는 이제 됐나. 유명한 거라면 나도 아니까 듀엣이라도 좋은데. 또 세대 차이를 느낄지도 모르지만.

"그렇게 붙어 있을 거면 사람들 눈이 없는 곳에서 해."

"그런 말씀 마시죠. 지금은 술자리. 예의를 차리지 않는 걸로 부탁한다."

"애초에 전부터 말하고 싶었어. 내 방에서 막 붙어 있더니만, 뭐? 결혼? 그게 뭐야? 아무래도 좋지만 뭐냐고. 남이 축 쳐져 있을 때까지… 밤중에 소리가 울린다고, 참나…. 꺄아아!"

바디가디가 나나호시를 들어올렸다.

"푸하하하하! 너는 이쪽이다! 오늘은 네 이상한 노래를 듣는 날이다!"

"이상하지 않아! 내 세계에서는 이런 노래가 유행했어!"

"흥미 깊은 이야기로군! 어느 세계인지는 모르지만, 내게 바쳐 보아라! 자, 마음껏 불러봐라!"

"아니, 그 전에 루데우스랑 이야기가….”

"푸하하하! 구해 줬더니만 얄미운 소리나 할 거면 노래를 부르는 게 낫지! 자, 노래해라, 노래해!"

"그건 그냥 꺼내본 이야기고…!"

나나호시는 뭐라고 아우성쳤다.

고맙다는 말이라도 하고 싶었던 걸까. 힘들 때는 서로 돕는 법이니까 그런 말은 필요없어.

그렇긴 해도 마왕에게 잡혀가다니 아주 대단한데. 마치 어디의 공주님 같다.

다만 그 공주님을 잡아간 장소는 감옥이 아니었다.

술집에는 반드시 있는 무대였다.

잠시 뒤에 나나호시의 노래가 흘렀다.

한 발 늦게 반주가 시작되었다. 음유시인이 있었나 싶었는데 악기를 든 것은 바디가디였다. 저 녀석, 악기도 다룰 줄 아나. 아니, 노래를 바치라고 하더니 자기가 악기를 연주하나.

역시 저 녀석은 잘 모르겠다.

그렇긴 해도 그리운 노래군. 뭐였더라….

아, 그런가. 간○라다.

세대가 아닌데도 용케 아네. 아니, 일단 유명하니까 그렇게 이상한 것도 아닌가.

하지만 서투르네. 반주가 멜로디를 모르기 때문일까. 아니, 반주도 나나호시가 서투르니까 맞추지도 못하는 느낌이다. 하지만 재미있어 보이네.

뭐, 오늘은 나나호시가 중심이다. 서툴러도 좋잖아. 서투른 노래지만 마음이 전해져온다. 그렇게 집에 돌아가고 싶나.

나로서는 이해할 수 없는 마음이군. 내가 사랑하는 나라는 지금 여기에 있다.

아무튼 좋은 연회다. 축하하는 일이 있거든 연회를 연다.

좋은 습관이다. 기억해두자.

연회는 주역인 나나호시가 완전히 뻗어버리는 타이밍에 막을 내렸다.

나나호시는 리니아와 프루세나가 기숙사의 방으로 데려가서 재워준다는 모양이다.

그 외에는 삼삼오오 흩어졌다. 또 일부 주당들은 다른 가게에서 2차를 한다나.

나와 실피도 돌아가기로 했다. 취한 실피는 에헤헤 웃으면서 내 팔에 매달렸다. 비틀거리는 걸음이라서 허리를 단단히 안아 주었다. 실피는 완전히 내게 몸을 맡겼다. 지금 나라면 미팅에서 '할 수 있다!'라고 확신한 날라리의 마음이 이해된다.

물론 내게 이상한 마음은 없다. 지금은. 집에 돌아가면 다르지만.

"…루디, 왠지 시끄럽지 않아?"

문득 실피가 그런 말을 하였다.

"음?"

그 말에 귀를 기울여 보았다.

그러자 뭔가를 쾅쾅 두드리는 소리와 다투는 목소리가 들렸다.

어디서 싸움이라도 난 걸까. 고양이가 싸울 때의 소리와도 비슷했다.

무슨 일인가 하고 나는 자택 근처까지 왔다.

그러자 거기에 있었다.

내 집 현관을 쾅쾅 두드리는 이들이. 멀어서 실루엣밖에 안 보이지만, 분명히 있었다.

근처 악동이나 도둑일까.

술 취한 머리로 생각하면서 마안만은 발동해 두었다.

실피도 얼굴을 찰싹 때리고 비틀거리면서도 자기 다리로 섰다.

"루디, 해독할게."

"응."

실피에게 무영창으로 해독 마술을 받아서 체내의 알콜을 날렸다. 완전히 취기가 가신 건 아니지만, 문제없겠지.

들키지 않도록 조용히 그들에게 다가가자… 목소리가 들렸다.

"노른 언니가 길을 잘못 들어서 이런 시간이 되었잖아!"

"…아이샤도 그쪽이 틀림없다고 그랬잖아."

"애초에 정말로 여기가 맞는지 알 수 없고! 어쩔 거야! 이제 객점도 다 닫았고! 이렇게 추운데 야숙해야 하잖아!"

"…나도 싫어. 하지만 애초에 오늘은 그 녀석 집에서 잘 거니까 객점은 필요 없다고 말한 건 아이샤잖아. 나는 별로 그 녀석 집에서 묵고 싶지 않은데, 억지로 데려온 것도——."

"아니, 진저 언니한테 괜찮다고 했잖아! 그런데 우리만 방을 잡는 것도 바보 같잖아!"

"…아이샤는 금방 그렇게 잘난 척하려고 해."

꺄악꺄악 시끄러운 소리.

들어본 적 있는 어린애의 소리다.

그런 대화 속에서 들어본 적 있는 이름이 있었다.

그리고.

"너희들, 진정해라. 여기가 틀림없다. 그리운 기운이다."

차분한 목소리의 남성.

그 목소리를 들은 순간 내 가슴 속에 뭐라 할 수 없는 감정이 소용돌이 쳤다.

나는 가만히 숨을 내뱉고 그들 앞으로 나갔다.

"…아."

"오빠!"

성장한 두 여동생이 있었다.

아이스클라이머처럼 색깔이 다른 방한구를 입고 있었다.

노른 그레이랫과 아이샤 그레이랫.

나를 보고 조금 복잡한 얼굴을 하는 쪽이 노른이고, 의기양양한 눈을 기쁜 듯이 반짝이는 쪽이 아이샤겠지.

"오빠! 보고 싶었어!"

아이샤가 달려왔다.

어린애가 울면서 그러듯이 내 몸에 두 팔 두 발로 착 달라붙었다.

그리고 그대로 얼굴을 비볐다. 포동포동하니 부드러운 뺨을 내게 비볐다. 꽤나 차가운 건 내가 취한 탓일까.

"우와아, 오빠 따뜻해! 술 냄새 나!"

"나는 차가워…. 잠깐만 떨어져봐."

아이샤를 떼어놓으면서 노른을 보았다.

그녀는 입을 꾹 다물고 고개 숙여 인사했다.

"…술 마셨나요?"

"음, 축하할 일이 좀 있어서."

퉁명스러운 얼굴이었다.

겸연쩍어서 그런 건 아니겠지. 날 싫어한다고 그랬으니 어쩔 수 없다.

그리고 노른의 뒤에는,

"루데우스, 오래간만이다."

얼굴에 상처자국이 있는 대머리 남자가 있었다. 삼지창을 든 긍지 높은 전사가. 3년 전과 변함없는 모습으로.

"예, 오래간만입니다. 루이젤드 씨."

가슴속에 넘쳐난 것은 그리움이었다.

셋이서 여행했던 나날. 만남, 이별.

"……."

뭐라고 하면 좋을까. 말을 고르는 동안에 문득 루이젤드가 내 뒤를 보았다.

"결혼했다는 정보를 모험가 길드에서 들었는데… 에리스가 아니로군."

루이젤드의 눈동자에 비친 것은 실피였다.

그녀는 놀란 얼굴을 하면서도 꾸벅 고개를 숙였다.

"저기, 루디. 일단 안으로 모실래?"

"어, 그래. 들어와."

나는 집의 문을 열고 세 사람을 들여놓았다.

설마 이 타이밍에 올 줄이야… 편지가 온 지 한 달 남짓인가. 예상보다 훨씬 빨랐다.

제12화 그리움과 답답함

현재 나는 거실의 소파에 앉아 있다.

눈앞에는 루이젤드가 앉았다.

아이샤와 노른은 실피가 목욕탕에 데려갔다.

나도 실피도 이미 술이 다 깼다. 조금 술 냄새가 나지만, 해독 마술은 취기를 없애는 힘도 있다.

"……."

모닥불의 불빛을 받은 루이젤드의 얼굴을 보니 처음 만났을 때가 떠올랐다.

뿐만 아니라 에리스와 셋이서 여행했을 때의 일이 이것저것.

"정말로 오래간만이네요."

"음."

루이젤드도 눈을 가늘게 뜨고 입가를 슬쩍 들어올렸다. 마치 그립다는 듯이.

"일단 동생들을 호위해 주셔서 고맙습니다…라고 말할까요."

"그런 말 필요 없다. 아이를 지키는 건 당연한 일이지."

그래, 그래, 루이젤드는 이런 사람이다.

여행 도중에는 아이를 밝히는 로리콘이라고 농담처럼 생각한 적도 있었지.

그렇긴 해도 파울로의 편지에 있던 호위는 역시 루이젤드였

나. 길레느일 가능성도 있다고 생각했는데, 아이의 호위라면 루이젤드다. 이만큼 든든한 남자는 없다. 평생 내 동생들을 지켜달라고 하고 싶을 정도다.

그런데 루이젤드와 이야기하는 건 오래간만이군.

전에는 어떤 이야기를 했더라.

루이젤드도 말이 없으니까 잡담 같은 건 별로 안 했지.

"그런데 루데우스. 에리스는 어떻게 됐지?"

내가 화제로 고민하는 동안에 루이젤드가 선뜻 물었다.

나로서는 되도록 듣고 싶지 않은 말. 하지만 루이젤드도 알고 싶겠지.

"…여러 일이 있었습니다. 순서대로 말하자면——."

나는 루이젤드에게 난민 캠프 앞에서 헤어진 뒤의 일을 말했다.

에리스와 맺어진 것. 직후에 그녀가 없어지고, 그 결과 실의의 밑바닥에 떨어진 것. 서지 않게 된 것. 2년 동안 모험가로 살면서 어머니를 찾은 것. 엘리나리제와 만나서 상황을 들은 것. 인신의 권유로 마법대학에 입학한 것. 그리고 실피와 만나서 그녀 덕분에 나은 것. 그리고 결혼한 것.

"그런가…."

루이젤드는 맞장구를 치는 일도 없이 조용히 들었다.

그리고 마지막에 한마디 했다.

"흔히 있는 일이다."

"흔히 있는 일인가요?"

그대로 되묻자 루이젤드는 고개를 끄덕였다.

"아마도 전사가 걸리는 병이다. 에리스는 결코 네가 싫었던 게 아니겠지."

"하지만… 안 어울린다고."

"에리스의 참뜻은 모른다. 그 말 그대로의 의미일까, 아니면 단순히 네가 착각한 것뿐일지도 모른다."

"착각, 입니까?"

"그래, 에리스는 결코 말재주가 있는 편이 아니었으니까."

루이젤드도 결코 말이 능한 편이 아니다.

그런 그가 이렇게 말하는 걸 보면, 어쩌면 에리스의 말에는 뭔가 다른 의미가 담긴 걸지도 모른다.

"하지만 적어도 여행하는 동안에 녀석은 너를 좋아했다. 혹시 다시 만나는 날이 오면 차분하게 이야기를 해 봐라."

단순히 내가 착각한 것일지도 모른다.

안 어울린다는 말은 반대로 '에리스가' '내게 못 미친다'는 의미였을지도 모른다.

수행을 해서 어울리게 되거든 돌아온다. 그러니까 기다려 달라. 그런 의미였을지도 모른다.

"……."

…그렇다고 해도 이제 와서 그런 소리를 들어도.

어떤 의미였든지 나는 3년 동안 괴로워했다. 에리스에게서는 3년 동안 아무런 소식도 없었다.

날 구해 준 것은 에리스가 아니라 실피였다.

착각이었다고 실피를 버리고 에리스와 다시 시작할 수 있을까.

이제 와서 그럴 순 없다.

게다가 솔직히 에리스와 만나는 건 아직 좀 무섭다.

루이젤드의 말을 못 믿는 건 아니지만, 정말로 내게 정나미가 떨어졌을 가능성도 있다. 화해할 생각으로 다가갔다가 얻어맞고 시선도 못 마주치게 되면 나는 역시나 상처입겠지.

…이제 그만 생각하자.

뭐가 진실이었든지 지금 이게 사실이다. 여기서 이리저리 생각만 해도 소용없다.

"루이젤드 씨는 뭘 하셨나요?"

"…음."

나는 화제를 바꾸어서 루이젤드의 이야기를 듣기로 했다.

그는 아직 뭔가 할 말이 더 있는 얼굴이었지만 고개를 끄덕였다.

"나는 너희와 헤어진 뒤에 남쪽 밀림지대로 갔다."

루이젤드는 중앙대륙에서 스펠드족이 잠복한 장소로 숲을 점찍었던 모양이다.

처음에 왕룡산맥의 남쪽에 펼쳐진 밀림지대로 이동하여 2년 동안 거기를 샅샅이 뒤졌다.

스펠드족은 눈에 띄지 않았다.

하지만 전이로 사망했다고 생각되는 사람의 유품을 몇 개 발견했다는 모양이다.

그걸 근처 마을로 가져가고, 거기서 정보 수집도 했다나.

결국 2년에 걸친 밀림지대 수색은 헛수고로 끝났다.

루이젤드는 해안선을 따라 남하하여 이스트포트까지 이동했다. 예정으로는 거기서 미리스 방면의 정보 수집을 마친 뒤에 북상해서 분쟁지대를 찾을 생각이었던 모양이다.

하지만 거기서 운 좋게 파울로 일행과 만났다.

그 다음은 파울로가 편지에 쓴 대로다.

아이 둘을 여행 보내는 것에 주저하던 파울로에게 두 사람의 호위를 맡겠다고 나선 모양이었다.

"그러고 보니 네 스승과도 만났다."

"록시 선생님 말인가요?"

"그래….."

루이젤드는 쓴웃음을 지었다.

"네게 들은 것과는 조금 인상이 다르더군."

"그런가요. 어떤 식으로?"

"이름을 말하고 이마의 눈을 보여준 순간 노골적으로 겁을 집어먹더군."

"아."

생각해 보면 스펠드족이 무서운 종족이라고 가르쳐 준 것은 록시였던가.

록시도 이러니저러니 해도 마족이고, 스펠드족을 가장 두려워하는 것은 마족이니까.

어쩔 수 없지.

루이젤드를 보고 바들바들 떠는 록시.

나도 보고 싶구나.

"그렇게 해서 진저 씨와 함께 여기까지 온 건가요."

"그래, 저녁 무렵에 도착해서 마법대학에 갔는데, 네가 보이지 않아서."

네 사람은 내가 기숙사에서 생활한다고 생각해서 마법대학으로 이동.

하지만 우리는 이미 주점으로 이동한 후였다.

어디로 갔는지는 모르는 사람도 많을 터라서, 내 주소를 물어보았다고 한다.

엇갈리는 일이 없도록 진저와는 거기서 헤어지고 셋이서 내 집을 찾았다고 하는데, 아이샤인지 노른인지가 길을 잘못 든 건지 아니면 애초에 길을 가르쳐 준 녀석이 잘못 알려준 건지 미아가 되었다.

이리저리 헤매는 동안에 루이젤드가 내 발자취를 발견하고 집에 도착했다나.

"그런가요…. 아무튼 거듭 감사의 말씀을 드리겠습니다. 고맙습니다."

"그럴 필요 없다. 너와 나 사이 아닌가."

루이젤드의 그런 말에 표정이 풀어졌다.

이 남자에게 인정받았다는 것은 내게 자랑거리 중 하나겠지.

"그렇긴 해도 꽤나 일찍 도착했네요."

편지가 도착한 건 지난달.

일러도 앞으로 두어 달은 걸릴 거라고 생각했다.

"네 여동생이 애썼다."

"어느 쪽이요?"

"아이샤 쪽이지. 그 애 덕분에 효율 좋게 이동할 수 있었다."

듣자 하니 아이샤의 제안으로 야간에도 이동하는 캐러번을 이용했다는 모양이다.

다만 그런 캐러번은 기본적으로 외부인을 받아들이지 않는다.

아이샤는 얻어 타는 대가로 루이젤드를 호위로 쓰라고 제안하였다.

루이젤드와 진저가 호위로 붙는다. 어린 소녀 두 사람의 적재가 호위대금.

괜찮은 거래였다.

물론 그 교섭도 쉽지만은 않았다는 모양이지만.

아무튼 이동하고 캐러번이 정지하거든 또 다른 캐러번이 있는 곳까지 이동한다.

계속해서 캐러번을 바꿔타면 효율 좋게 이동할 수 있는 것이다.

각 캐러번의 스케줄이나 현재 위치의 정보를 수집하고, 때로는 왔던 길을 되돌아가서 다른 캐러번에게까지 이동하기도 했다는 모양이다.

왜 돌아가느냐고 묻는 세 사람에게 아이샤는 이렇게 대답했다고 한다.

'이쪽이 빠르니까.'

대단하군.

"하지만 루이젤드 씨, 그럼 고생 아니었나요? 밤에는 캐러번의 호위, 낮에도 이동 때문에 깨어 있어야 할 테고."

"문제없다. 예전에는 며칠이고 안 자고 계속 이동하는 일도 종종 있었지…. 하지만."

"하지만?"

"오래간만에 부려먹혔단 기분이더군."

루이젤드는 그렇게 말하고 희미하게 웃었다.

마왕군 시절의 일을 떠올린 걸까.

그렇긴 해도 아이샤 녀석, 루이젤드를 편리하게 부려먹다니. 아주 잘난 몸이시군.

"뭐라고 할까, 제 여동생이 폐를 끼쳐서…."

"농담이다."

루이젤드는 여전히 아이에게 약하군.

그가 괜찮다고 말해도, 윗사람을 턱짓으로 부리는 어른으로 자라면 안 된다.

나중에 따끔하게 말해야겠지.

"하지만 루이젤드 씨가 필사적으로 일할 때에 제 여동생은 쿨쿨 자고 있었잖아요?"

"잔 건 아니다. 가장 효율 좋게 여기에 도착할 계획을 세우기 위해 계속 계산을 하였지."

흠. 아무래도 루이젤드만 부려먹고 자기는 놀았던 것도 아닌 모양이다.

계속 날짜 계산을 한 걸까. 밤을 세워가며…. 그럼 됐나.

"하지만 아직 어린애다."

기쁘게 쉴 틈도 없는 계획을 짠 아이샤였지만, 체력적인 면을 계산에 넣지 않았던 모양인지 도중에 노른과 함께 뻗어서 쉬는 때도 있었다나. 아이샤의 머릿속 스케줄로는 겨울이 되어 이동할 수 없어지기 전에 여기에 도착할 예정이었던 모양이다.

말하자면 편지를 앞지를 예정이었다고.

"진저 씨도 고생이었을 텐데, 그녀는 뭐라고 했죠?"

"오히려 기뻐하더군. 전하를 얼른 만날 수 있으면 더 좋겠다면서."

이 세계의 인간은 뇌까지 근육으로 된 경우가 많은 모양이다.

그보다 진저는 자노바의 명령을 지금까지 계속 지켜왔나. 충의 있는 사람이군. 지금쯤 자노바와 재회했을까.

진저가 줄리를 보고 어떤 반응을 보일지 조금 보고 싶군.

"녀석은 그대로 왕자의 밑으로 돌아갈 생각인 모양이다."

"아하. 그러고 보면 루이젤드 씨는 여기에 얼마나 체재하실 건가요?"

넌지시 물어보았다.

1주일 정도일까.

그를 친구에게 소개하고 다니는 데에 그리 시간이 걸리지 않는다.

자노바는 기뻐하겠지. 리니아와 프루세나는 뭐라고 말할까. 크리프는 어떻게 생각할까. 바디가디와는 아는 사이일지도 모르겠다.

"내일이면 떠날 거다."

그런 생각은 루이젤드의 말에 금방 깨졌다.

"꽤나 급하시네요."

"음, 저번에 북부 동쪽의 어느 숲속에서 악마를 보았다는 정보를 얻었다. 그곳을 찾아볼 생각이다."

루이젤드는 이미 다음 목적지를 발견한 모양이었다.

잠시 머물고 가라는 마음도 있었지만, 붙잡는 것도 그렇군.

"게다가 널 방해할 생각도 없다."

"방해라뇨."

누가 루이젤드를 방해꾼 취급할까.

"…다소 있기 거북하고."

그 목소리에는 역시 조금은 쓸쓸한 빛이 있었다.

나와 에리스가 이어지지 않았던 것이 루이젤드에게는 다소 쇼크였을지도 모른다.

"……."

내 뇌리에는 3년 전에 에리스와 루이젤드와 함께 했던 여행의 기억이 짙게 남아 있었다.

루이젤드가 어떤지는 모르지만, 혹시 내가 루이젤드의 입장이었으면 내가 실피와 붙어 있는 모습을 보는 건 조금 괴로운 광경일지도 모른다.

"그건 어쩔 수 없군요…."

나는 루이젤드와의 우정에 금이 간 듯한 기분이었다.

나와 루이젤드의 우정은 에리스가 있었기 때문에 존재할지도 모른다.

"루데우스."

그 말에 나는 고개를 들었다. 어느 틈에 또 고개를 숙이고 있었던 모양이다.

루이젤드는 희미하게 웃고 있었다.

"그런 얼굴 하지 마라. 또 돌아오마."

나는 쓴웃음을 돌려줄 수밖에 없었다. 나는 실피와 결혼한 것을 후회하지 않는다.

하지만 뭔가 크게 잘못한 기분이었다.

"혹시 에리스와 만나거든 그 아이의 변명도 들어두지."

"…부탁드리겠습니다."

나는 루이젤드의 눈을 보며 그렇게 말했다.

루이젤드의 눈에는 부드러운 빛이 있었다.

그 뒤에 곧 실피가 목욕을 마치고 나왔다.

노른은 목욕하다가 잠들었다는 모양이다. 아이샤는 목욕하면서 장난쳤다는 모양인데, 나와서는 곧바로 쓰러지듯이 잠들었다고 한다.

역시나 목욕의 릴렉스 효과일까. 지친 몸에는 미지근한 물로 목욕하는 게 좋다.

"수고했어."

"응, 아이샤는 나를 기억해 주는 모양이야. 한눈에 실피 언니다! 라고 맞췄어. 어디의 누구랑은 다르게 말이지."

"머리 길이랑 선글라스랑 남장의 유무도 있었으니 노 카운트로."

"노른은 기억하지 못했지만."

"세 살인가 네 살 적의 이웃집 언니를 기억하는 게 이상하지."

"그래."

두 사람은 현재 실피가 갈아입힌 잠옷 차림으로 사이좋게 한 침대에서 잠들었다고 한다. 둘과는 내일에나 이야기하게 되겠지.

"어어, 처음 뵙겠습니다. 실피에트 그레이랫입니다."

"그래, 루이젤드 스펠디아다."

실피가 루이젤드와 어색하게 악수하였다.

녹색 머리칼 때문에 고생했던 두 사람. 지금 양쪽 다 녹색 머리가 아니다. 루이젤드는 스스로 삭발했고, 실피는 전이사건으로 하얗게 되었다.

"어어…. 루이젤드 씨, 방은 어떻게 할까요?"

"아무 곳이면 된다."

"…루디, 큰 방을 쓰시라고 할까? 루디에게 중요한 손님이잖아?"

루이젤드에게 방 크기는 별 관계없으리라고 생각하는데.

어차피 침대 같은 것도 안 쓸 테니까.

"편하신 데서 주무세요. 자기 집이라고 생각하시고요."

"그래, 그러도록 하지. 그럼 먼저 쉬마."

루이젤드는 그렇게 말하고 일어섰다.

"예, 안녕히 주무세요."

실피와 둘이서 가만히 그가 움직이는 소리를 들었다.

아무래도 아이들이 잠든 방에 들어간 모양이었다.

그 로리콘 녀석. 아니, 우리와 여행했을 때에도 잘 때는 눈을 떼지 않았다.

그런 남자다. 이번에도 일부러 우리에게 들리도록 발소리를 남겼다. 켕기는 데가 있으면 발소리도 기척도 죽이고 침입할 수 있는 남자다. 이상한 짓은 안 하겠지.

"내가 무슨 실례라도 저질렀을까?"

실피가 불안한 목소리로 말했다.

루이젤드의 태도는 분명히 다소 쌀쌀맞았다.

보통은 악수를 청해오는 상대에게는 어색하게 대할망정 불쾌하게 굴지는 않는데.

역시 나와 실피의 결혼에는 생각하는 바가 있겠지.

"아니, 실피 잘못이 아냐. 그는 첫 대면인 상대에게 별로 친하게 굴 수 없는 사람이거든."

"그럼 좋겠지만⋯."

실피는 조금 상처 입은 기색이었다.

"우리도 자자."

"응."

저녁은 안 먹었지만, 배는 고프지 않았다.

아, 하다못해 루이젤드에게 뭔가 주전부리감이라도 내놓았으면 좋았을걸.

그렇게 생각하면서 나는 난롯불을 끄고 문단속을 확인. 세계에서 제일 훌륭한 세○이 집에 있지만 방범은 잊지 않도록 해야 한다. 그 뒤에 불을 끄고 실피와 함께 2층으로 올라갔다.

둘이서 침대에 들어갔다. 그때 실피가 말했다.

"저기, 오늘은 그만둘까."

"어? 응, 그래."

그 날은 실피를 안지 않았다.

생리 이외의 이유로는 처음이었다.

★　　★　　★

다음날.

나는 평소처럼 침대에서 눈을 떴다.

실피는 아직 자고 있었다. 항상 작게 몸을 웅크리고 내 팔베개에서 자는 그녀인데, 오늘은 평범하게 베개를 쓰고 불편한 눈치로 자고 있었다.

평소라면 그런 그녀에게 무조건 사랑스러움을 느끼며 약간의 성욕과 함께 그녀의 얌전한 가슴을 터치. 여체의 화룡점정을 느끼며 행복한 기분에 젖었겠지.

하지만 오늘은 이상하게도 그런 기분이 들지 않았다.

오늘은 기분이 악천후다. 승룡하기에는 날씨가 안 좋다.

루이젤드가 와서 기쁠 텐데. 역시 에리스가 마음에 걸린 걸까.

왠지 가슴이 답답했다.

운동을 하면 조금은 해소될까. 아무튼 일과인 트레이닝을 시작하기로 했다.

하지만 별로 의욕이 안 났다. 하지만, 그것도 5분, 아니, 10분 정도 준비운동이라도 하면 풀리겠지. 그렇게 생각하고 밖으로 나갔다.

한기가 드는 광경이 눈에 들어왔다.

현관 앞에 선객이 있었다.

두 사람. 나보다 키 큰 두 사람이었다.

한쪽은 대머리 전사. 녹색 머리를 숨기기 위해 삭발한 모습인 남자.

방한구를 걸치지 않고 민족의상풍의 평상복을 입고 삼지창을 손에 들고 있었다.

루이젤드다.

그리고 다른 한쪽은 근육과 골격이 우람한 거구에 시커먼 피부. 자주색 머리칼.

바디가디가 여섯 개의 팔로 팔짱을 끼고 위풍당당하게 루이젤드의 앞에 서 있었다.

"……."

"……."

분위기는 아주 안 좋았다.

험악했다. 일촉즉발. 정비주임이 이 자리에 있었다간 칼을 맞았을지도 모르겠다.

"……."

바디가디의 얼굴에 미소가 없었다.

기분이 언짢다. 보기 드문 일이다. 항상 웃는 바디가디가 무표정했다.

루이젤드의 얼굴은 어떨까. 등을 돌리고 있어서 모르겠다.

그보다, 이 두 사람은 역시나 아는 사이인가.

양쪽 다 라플라스 전쟁 시대부터 살았고. 한쪽이 라플라스의 친위대장이고, 다른 한쪽은 라플라스와 정반대인 비둘기파. 지금은 루이젤드도 라플라스를 진심으로 미워하지만, 당시에는 여러모로 얽힌 것도 있었겠지.

"…흠."

바디가디는 나를 쓰윽 보았다.

그리고 루이젤드를 다시 한번 보았다.

"그런 건가."

바디가디는 혼자서 납득한 것처럼 끄덕였다.

그리고 그 이후로 아무 말도 하지 않고 묵묵히 발길을 돌렸다. 그대로 버석버석 눈을 밟으면서 길 저편으로 사라졌다.

"……."

루이젤드는 조용히 몸을 돌렸다.

그 얼굴은 다소 긴장한 빛이었다. 어쩐 일로 식은땀을 흘리고 있었다.

"바디 폐하와 무슨 일 있었습니까?"

"…옛날에."

그 짧은 말로 대충 이해가 갔다.

당시 스펠드족은 눈에 들어오는 자를 적이고 아군이고 다 덮쳤다고 한다.

아마도 바디가디가 지배했던 영역의 이들도 죽였겠지. 아무리 성실하게 통치하지 않는 마왕이라고 해도 왕이다. 자기 영지를 어지럽히는 이들을 내버려둘 리가 없다.

그 뒤의 관계는 어땠을까.

저 낙천적인 바디가디가 스펠드족을 음험하게 박해했다고는 생각되지 않는다.

아니, 반대인가. 낙천적이니까 유린당한 힘없는 이들에게 힘을 빌려주었을 가능성도 크다.

설령 라플라스의 음모였다고 해도 루이젤드가 사람들을 죽였고, 바디가디는 그 앙갚음을 했다. 그 사실은 틀림없겠지.

아니, 잠깐만. 어쩌면 바디가디는 스펠드족 사건이 라플라스의 음모라는 걸 모를 가능성도 있나.

다음에 만났을 때라도 그런 점을 내가 말해볼까.

…그보다, 장래적으로 루이젤드 인형을 양산해서 판매한다고 하면 그 마왕은 어떤 얼굴을 할까.

웃어넘겨준다면 좋겠는데.

으음…. 아무튼 루이젤드와 바디가디가 사이가 너무 나쁘면 안 좋은데.

"루이젤드 씨, 일단 이 도시에 와서 저 폐하와 꽤 사이좋게 지내고 있습니다. 예전에 무슨 일이 있었는지는 상상이 가지만요…."

"걱정 마라, 녀석과 싸울 생각은 없다."

루이젤드는 쓴웃음을 지으면서 그렇게 말했다.

말하긴 했지만, 방금 전의 루이젤드는 명백히 살기를 띠고 있었다.

어쩌면 내가 나오지 않았으면 누가 먼저 손을 썼을지도 모른다.

"하지만 설마 이런 곳에 녀석이 있다니."

"그게 말이죠, 날 만나러 왔다는 모양이에요."

"음, 녀석은 그런 남자였지."

루이젤드는 쓴웃음을 짓고 집 안으로 돌아갔다. 루이젤드와 바디가디의 사이가 나쁘다니. 맹점이었군.

바디가디는 누구와도 친하게 지낸다고 생각했는데.

집 안으로 들어가자 실피가 일어나서 아침식사 준비를 하고 있었다.

어째서인지 메이드복 차림의 아이샤가 그 옆에서 거들고 있었다.

노른은 아직 자고 있는 모양이다.

깨우러 갈까 하고 계단을 올라가서. 노크를 하고 문 손잡이를 돌렸지만, 뭔가 안 좋은 예감이 들어서 열지는 않았다.

"이제 곧 아침식사 시간이니까 내려와."

대답은 없었지만, 귀를 기울이니 옷 소리가 들려왔다.

역시 옷을 갈아입는 중이었나. 그런 이벤트는 일으키지 않는다. 이젠 둔감남이 아니니까.

"…예."

안에서 목소리가 들려왔기에 안심하고 1층으로 내려갔다.

아침식사는 다섯이서 먹었다.

아이샤는 나이치고 예법을 익혔는지 깨끗하게 먹었다.

루이젤드는 여전히 포크밖에 쓰지 않았다.

노른은 졸린 눈이고, 흘리면서 먹었다.

뭐, 포크를 쓰는 것만으로도 충분하다고 할 수 있겠지. 나이프로 고기를 찔러서 그대로 입으로 가져가는 에리스와 비교한다면 말이지.

"그럼 나는 이만 가도록 하지."

식사가 끝나자 루이젤드는 바로 출발하기로 했다.

그의 짐은 여전히 적어서 가벼운 몸이었다.

넷이서 도시 출구까지 배웅했다. 루이젤드는 필요 없다고 말했지만, 필요하냐 아니냐의 문제가 아니다. 친구를 배웅하는 건 당연한 일이다.

별로 대화도 없이 다섯 명이서 도시 출구까지 걸어갔다.

도중에 노른이 루이젤드의 소매를 붙잡았다. 아담하다는 표현이 붙을 정도로 얌전한 모습이었다. 그러자 루이젤드의 걸음이 약간 느려졌다.

거기에 맞춰 우리도 천천히 걸었다.

노른은 루이젤드와 헤어지고 싶지 않은 모양이었다.

마음은 안다. 나도 그렇다. 그와 더 이야기를 하고 싶다.

붙잡는 게 좋을까. 하룻밤으로는 다 할 수 없는 쌓인 이야기도 있고, 소개하고 싶은 사람이나 보여주고 싶은 것도 많이 있다.

하지만 역시 에리스 문제가 가슴에 걸렸다.

루이젤드가 너무 불쾌한 마음으로 있지 않았으면 싶다.

실피가 잘못한 건 아니지만…. 에리스와의 관계를 확실히 하지 않은 상태로는 그와 응어리 없이 이야기할 수 없을 것만 같았다.

하지만 에리스가 지금 어디에 있는지도 모르고.

그런 생각을 하는데, 순식간에 도시 출입구까지 도달했다.

"그럼 건강해라."

"루이젤드 씨도 건강히…."

우리는 짧은 작별인사를 나누었다.

하고 싶은 말은 많을 텐데, 막상 이럴 때엔 좀처럼 말이 나오지 않았다.

뭐, 다시는 못 볼 것도 아니다. 더 진정이 되었을 때에 이야기하면 된다.

참고로 진저는 어제 시점에서 이미 작별 인사를 해두었다는 모양이다.

"신세 많았습니다!"

아이샤는 예의 바르게, 기운차게 고개를 숙였다.

그녀가 생각한 이동방법은 루이젤드가 없으면 성립되지 않았다. 그걸 잘 이해하는 거겠지.

분명 아이샤와 노른이 모르는 곳에서 루이젤드는 그녀들을 지켰겠고.

"아이샤. 너무 루데우스에게 떼쓰지 마라!"

"예! 알고 있어요!"

루이젤드는 쓴웃음을 짓고 아이샤의 머리를 쓰다듬었다.

"저, 저기, 저기, 루이젤드 씨….."

노른은 루이젤드의 옷에서 손을 놓지 않았다.

불안해 보이는 얼굴에는 헤어지기 싫다고 써 있었다.

"안심해라. 또 만날 수 있으니."

루이젤드는 살짝 미소 짓더니 그녀의 머리에 손을 올렸다.

그리움이 느껴지는 광경이었다.

나도 저렇게 불안한 얼굴을 했고, 루이젤드는 내 머리를 쓰다듬었지.

노른은 고개를 숙였다가 들더니 뭐라고 말하려다가 입을 다물었다.

계속해서 쉭쉭 표정을 바꾸었지만, 결국 마음을 굳힌 것처럼 입을 열었다.

"나, 나도, 같이 가고 싶어요…!"

그렇게 선언했다.

루이젤드는 난처한 얼굴로 노른의 머리를 쓰다듬었다.

"……."

아무 말도 없이 그저 쓰다듬을 뿐.

하지만 노른의 눈에 금세 눈물이 맺혔다.

"앞으로는 내가 아니라 루데우스에게 부탁해라."

"하지만, 하지만! 저 녀석은 아빠를!"

"지나간 일이다. 저 녀석도 반성하고 있어. 네 아버지도. 녀석의 고생은 여행 도중에 들려주었지. 너도 납득했을 거 아니냐."

"하지만 어제도 술에 취했고, 전에 봤을 때랑 옆에 있는 여자도 다르고! 역시 믿을 수 없어!"

전에 보았을 때랑 옆에 있는 여자도 다르다.

그 말을 듣고 자리가 얼어붙나 싶었다.

하지만 그렇게 생각한 것은 나뿐인 듯했다.

생각해 보면 실피에게는 이미 에리스에 대해 말했다. 바람을 피우는 것도 아니고, 플레이보이 행세를 하는 것도 아니다. 하지만 노른에게는 그렇게 보였던 걸까.

루이젤드는 나와 실피를 교대로 보고 쓴웃음을 지었다.

"남녀 사이엔 그런 일도 있지. 결코 네 오빠가 불성실한 게 아냐."

"……."

루이젤드는 그렇게 말하더니 노른의 머리에서 손을 뗐다.

노른도 아쉬운 듯이 루이젤드에게서 손을 놓았다.

"그쪽의… 이름을 다시 한번 가르쳐다오."

"아, 예. 실피에트입니다."

"실피에트. 루데우스와 함께 두 사람을 잘 돌봐다오."

"예!"

루이젤드는 마지막에 실피와 말을 나누었다. 그녀에 대해 루이젤드는 어떻게 생각했을까. 생각하는 바는 있지만, 안 좋은 감정을 품지 않았기를 빌고 싶다.

"그럼 또 보자."

나는 루이젤드가 보이지 않게 될 때까지 지켜보았다.

과거에 내가 그 뒷모습을 보았을 때는 감사의 마음이 담겨 있었다.

분명 지금의 아이샤와 노른도 그렇겠지.

막간 이빨을 갈다

검의 성지에서 북쪽으로 한 시간 정도 걸어간 곳에 있는 이름도 없는 곳.

거기서 한 소녀가 휘두르기 연습을 하고 있었다. 검신류의 자세고 뭣도 아닌, 그냥 휘두르기 연습이었다.

소녀의 이름은 에리스 그레이랫이었다.

"……."

에리스 그레이랫은 검을 휘둘렀다.

무심無心으로 검을 휘둘렀다. 아무도 없이 혼자뿐인 공간에서. 무심으로, 그저 무심으로.

잡념이 들어간 휘두르기는 의미 없는 휘두르다. 자세만 따를 뿐인 휘두르기에는 아무런 의미도 없다.

잡념이 들어가지 않은 무심의 검이면 한 번 휘두를 때마다 스스로를 갈고 닦는다.

반대편이 들여다보일 정도로 얇은 껍질 하나씩만큼 갈고 닦는다.

얇은 껍질 하나만큼 강해진다.

그것이 얼마나 쌓이면 될까. 얼마나 계속하면 올스테드 정도의 경지에 도달할까.

에리스는 모른다. 아무도 모른다.

── 어쩌면 스스로를 아무리 깎아내도 올스테드에게 도달할 수 없을지도 모른다.

그런 생각이 바로 잡념이다.

"…칫."

에리스는 혀를 찼다. 머리를 흔들고 주저앉아서 생각했다.

귀찮다. 올스테드를 쓰러뜨리고 싶다. 그렇게 생각하면 할 수록 올스테드에게서 멀어진다.

과거에 에리스의 스승 길레느는 말했다. '생각해라.'라고. 하지만 에리스는 생각하는 것이 서툴렀다. 아무리 머리를 쥐어짜도 결론을 끌어낼 수 없기 때문이다.

그에 비교해 두 번째 스승 루이젤드는 좋았다.

'알았나?'라고 물었다. 말없이 두들겨 팬 뒤에 그저 '알았나?'라고만. 에리스가 알 때까지 반복하고, 반복하고, 몇 번이고 몇 번이고. 머리를 쓰지 않아도 같은 곳에 설 수 있도록.

에리스는 길레느를 존경했다. 루이젤드도 존경했다.

짜증나게도 검신의 가르침은 존경하는 두 사람의 장점을 내포하고 있었다.

검신은 에리스에게 이렇게 명했다.

'그저 무심으로 검을 휘둘러라. 무심으로 검을 휘두르고, 지치거든 앉아 쉬며 생각해라. 생각하는 데에 지치거든 또 일어서서 검을 휘둘러라.'

에리스는 시키는 대로 검을 휘둘렀다.

휘두르고, 앉고, 휘두르고, 앉고.

배가 고프면 뭔가를 먹었다. 또 휘두르고 앉기를 반복했다.

처음에는 도장에서 했다. 하지만 그러고 있으면 누가 방해하러 나타났다.

방해하는 건 보통 같은 도장의 여자였다.

아침 대련에 너도 참가하라든가.

밥이 다 됐으니까 먹으러 오라든가.

같이 대련 좀 하자든가.

냄새나니까 좀 씻으라든가.

그게 짜증나서 에리스는 도장을 나갔다.

도장을 나가서 똑바로 걷다가 아무도 없는 곳을 발견하고 거기서 검을 휘둘렀다.

밥은 도장 부엌에서 가져온 것을 먹든가. 아니면 가끔씩 습격해 오는 마물을 해치워서 먹었다. 추울 때에는 도장에서 장작을 몇 개 가져와서 마술로 불을 붙이고 온기를 얻었다. 졸리거든 도장으로 돌아가서 마음대로 잤다.

그런 생활을 에리스는 이미 반년이나 계속하였다.

휘두르고, 생각하고, 휘두르고, 생각하고.

에리스도 한 가지 안 것이 있었다. 검을 휘두른다는 것은 어렵다는 사실이었다.

어렸을 적에는 공부 같은 것보다 훨씬 간단하고 자신에게 잘 맞는다고 생각했다.

그 생각은 지금도 그리 변하지 않았다. 자신에게 공부보다도 검을 휘두르는 쪽이 적성에 맞았다.

하지만 적어도 간단하지는 않았다. 생각해 보면 남에게 배울 수 있는 만큼 공부 쪽이 간단할지도 몰랐다.

다만 검을 쳐들고 내리친다. 그것뿐인데 어째서인지 잘 되지 않았다.

더 빨리 쳐들 수 있을 것이다. 더 빨리 내리칠 수 있을 것이다.

그렇게 생각하면서도 마음대로 되지 않았다.

반년 전의 자신보다는 분명 빨라졌다.

하지만 길레느는 더 빠르다. 루이젤드는 더 빠르다. 검신은 더 빠르다.

그리고 올스테드는 그보다 더 빠르다.

에리스는 앉았다. 생각했다. 검을 휘두르는 방법을 생각했다.

검신이나 루이젤드나 올스테드의 모습을 떠올리고.

검신은 어떻게 움직였던가. 루이젤드는, 그리고 올스테드는.

그들의 손끝부터 어깨까지의 모든 세포 움직임을 모방하듯이. 그리고 모방에서 또 한 걸음 앞을 향한다. 초월하는 것이다.

하지만 그 방법을 모르겠다.

모르겠다. 알 리가 없다. 에리스는 생각하는 것이 서툴렀다.

생각을 하다 지치면 또 일어서서 검을 휘둘렀다. 아무런 생각도 하지 않고 검을 휘둘렀다.

쳐들고 내리친다. 더 빠르게.

쳐들고 내리친다. 더 빠르게.

수십 번, 수백 번, 수천 번이나 반복했다.

그러자 또 잡념이 섞였다. 잡념이 섞이는 건 지칠 때다.

"…칫."

에리스는 혀를 차고 앉았다.

손이 아팠다. 물집이 터졌다. 품에서 천을 꺼내어 대충 감았다.

아프지만, 괴롭다곤 생각하지 않았다.

3년 전, 적룡의 아래턱에서 있었던 일은 언제든지 떠올릴 수 있다. 그와 비교하면 뭐든지 버틸 수 있을 것 같았다. 그러니까 괴롭지는 않았다. 아픔도, 답답함도. 그리고 지금 혼자 있는 것도, 옆에 그가 없는 것도.

"루데우스…."

조용히 중얼거렸다.

다만 그 이상은 생각하지 않았다. 에리스는 생각하는 것이 서툴기 때문이다. 그녀는 결코 낙관적인 생각만 할 수 있지 않다. 깊이 생각하면 자신이 '꺾인다'는 것을 이해하였다.

"후우…."

3년. 강해졌다고 생각하지만 아직 멀었다.

에리스는 또 일어서서 검을 휘두르기 시작했다.

에리스가 졸음을 억누르며 돌아왔을 때, 도장 입구에 낯선 남자가 서 있었다.

기발한 남자였다.

무지갯빛 상의에 무릎까지밖에 안 오는 바지, 허리에는 검 네 자루. 뺨에는 공작 문신이 있고, 머리는 파라보나 안테나처럼 펼쳐졌다.

그는 에리스를 보더니 고개를 살짝 숙이며 인사를 하려고 했다.

"소생은 북…."

"비켜."

에리스는 도장에 들어가는 데에 방해되는 위치에 있는 그 남자에게 단 한마디.

그 이상 말할 기력은 없었다.

에리스는 휘두르기로 한계까지 갈고 닦인 상태였다. 야수처럼 핏발 선 눈빛. 온몸에서 넘쳐나서 눈에 보일 듯한 살기. 아무도 접근할 수 없는 야생동물이 거기에 있었다.

"……!"

남자는 순간적으로 검을 뽑았다.

"비켜."

에리스는 한 발 나아가며 그렇게 말했다.

그녀에게 눈앞의 남자는 장애물에 불과했다. 잠자리가 있는 장소까지의 최단거리에 서서 방해하는 돌멩이였다.

"뭐, 뭐지, 이 녀석….."

남자는 처음에 에리스가 무슨 말을 하는 건지 알 수 없었다.

눈앞에 있는 것은 굶주린 야수다. 야수가 배곯아서 사냥감을 찾는 중에 운 나쁘게도 마주쳤다.

경험상 그렇게 판단했다. 야수가 말을 할 거라곤 생각할 수 없었다.

하지만 몇 초 지나, 에리스가 검을 드는 것을 보고 간신히 그녀의 정체를 알았다.

그녀는 아무래도 인간이고, 그리고 검사인 모양이다.

"소생은 '공작검' 오베르라고 하오. 검신류의 제자라고 보았는데, 부디 검신님과 만나 뵐 수 있도록 부탁드….."

"비키라고 했잖아."

짜증내면서 에리스는 또 한 걸음 내딛었다.

그녀는 '비켜.'라고 말했다. 하지만 오베르라는 남자에게 그 말은 닿지 않았다.

그저 살기만이 닿았다.

말 따윈 필요 없다. 남자의 뇌리에 떠오른 것은 그런 말이었다.

아마도 다음 한 걸음으로 그녀의 간격에 들어간다. 그걸 탐지하고 오베르는 오른손으로 검을 움켜쥐고 왼손을 허리춤의 작은 검의 자루로 이동시켰다. 하지만 그 위치는 평소와 정반대였다.

날이 없는 칼등을 들이댔다.

간격에 들어선 순간, 에리스는 눈앞의 돌을 치우기로 판단했다.

"흡!"

에리스의 검이 움직였다.

휘두르기로 한계까지 갈고 닦은 '빛의 칼날'.

보통 사람이라면 방어도 할 수 없는 검신류의 필살검.

"흡!"

보통 사람이라면.

오베르는 양손에 각기 검을 쥐고 그것을 받아 흘렸다. 에리스는 그걸 민감하게 탐지하고 검을 되돌리면서 공격했다.

"……!"

에리스의 검은 오베르의 왼쪽 검에 붙들렸다.

오베르는 한손, 반대로 에리스는 양손으로 검을 들었다. 힘은 대등하지 않다. 에리스의 검은 너무나도 간단히 상대를 벨 수 있다.

하지만 흘리기에 걸려서 남자의 파라보나 안테나 머리의 끝을 벤 것에 머물렀다.

에리스의 몸이 비틀거리며 중심축이 한 걸음 헛발을 디뎠다.

순간. 오베르의 오른쪽 검이 움직였다. 에리스의 목을 향해 엄청난 속도로.

"칫!"

에리스는 검을 놓고 웅크리듯이 지면을 굴렀다.

오베르의 검은 에리스의 목이 있던 공간을 후렸다.

에리스는 고양이처럼 몸을 반전시켰다. 목표는 자신의 검이었다.

오베르는 즉각 에리스의 검을 걷어차서 날려버렸다.

검은 눈 속에 파묻혔다.

보통 이거면 승부는 났겠지.

에리스는 멈추지 않았다. 검은 무리라고 판단하고 맨손으로 오베르에게 달려들었다.

오베르는 즉각 칼등으로 에리스의 옆얼굴을 힘껏 후려쳤다.

목뼈가 비틀리나 싶을 정도의 충격. 에리스의 뺨에 한 줄기 상처가 남았다.

하지만, 하지만, 그래도 에리스는 멈추지 않았다.

"카아아아악!"

에리스는 오베르의 턱을 향해 주먹을 휘둘렀다.

오베르는 그걸 검을 든 왼손으로 받아내려고 했다.

"으음!"

오베르의 왼손에 에리스의 손이 얽혔다.

칼자루에 손가락이 닿았다. 검을 빼앗으려는 것이다.

오베르의 등골에 한기가 일었다. 이 야수는 죽이지 않으면 멈추지 않는다고 깨달았다.

달라붙는 여자를 난폭하게 걷어차서 떼어놓았다. 지금까지 반대로 들었던 검을 칼날 쪽으로 고쳐들었다.

에리스가 날아간 장소에는 운 좋게도 그녀의 검이 있었다.

거친 숨을 쉬면서 그녀는 검을 주워들었다.

죽일 수밖에 없다. 오베르가 진심으로 자세를 잡고 살기를 뿜었을 때.

"거기까지."

갑자기 목소리가 들렸다.

살기가 정지했다. 에리스 또한 그 살기를 받아 움직임을 멈추었다.

도장 입구에 어느 틈에 검신이 서 있었다.

오베르는 검을 수습하고, 에리스는 뒤로 꽈당 쓰러졌다.

거친 숨을 쉬며 하늘을 올려다보았다. 그 얼굴은 분한 심정으로 일그러져 있었다.

오베르는 오른손을 가슴에 대고 고개를 숙였다.

"오래간만입니다, 검신님."

"잘 왔다, '북제'."

"편지를 받고…. 그랬더니 저 아이가."

"그래, 대단하지?"

"…이렇게 사나운 검사는 처음 봤습니다. 마치 야수처럼…. 아하, 이게 그 광견이라고 불리는 아이입니까?"

오베르와 검신의 대화를 들으면서 에리스가 일어섰다.

유령처럼 비틀비틀. 그 모습을 보고 오베르가 검을 들었다.

"……."

에리스는 오베르를 찌릿 쏘아보고 도장으로 들어갔다.

"……."

에리스는 얼떨떨해하는 오베르를 돌아보지 않고 건물 안으로 들어갔다.

뺨의 상처를 닦으면서 눈을 털어내지도 않고 복도를 걸어 자기 방으로 들어갔다.

그리고 검을 머리맡에 내던지더니 딱딱한 침대에 쓰러졌다.

그대로 진흙처럼 잠들었다. 패배해서 분한 마음은 있었다.

하지만 지금 에리스에게는 사소한 일이었다.

★　★　★

그 날 저녁.

길레느는 검신을 찾아갔다.

거기에는 검신 갈 파리온과 손님인 '북제 오베르'가 앉아 있었다.

기발한 머리 모양에 찾아보기 힘든 의상.

길레느는 약간 눈썹을 찌푸렸지만, 거기에 관심을 두는 기색을 보이지 않고 성큼성큼 검신에게 걸어가서 단도직입적으로 물었다.

"사부, 왜 에리스에게 아무것도 가르치지 않지?"

검신은 그 말을 듣고 흥 하고 웃었다.

"가르쳤잖아."

"휘두르기를?"

"아니, 단련하는 법을."

검신은 지극히 당연하다는 듯이 대답했다.

그 목소리에는 평소의 거친 기색이 없었다.

조용한 대답이었다. 길레느는 그런 스승이 마음에 들지 않았다.

그래서 부족한 머리를 쥐어짜고 말을 골랐다.

"사부는 항상 말했지. 모든 것을 합리적으로 하라고."

"그랬지."

"에리스의 저건 뭐지? 매일 그것밖에 모르는 것처럼 휘두르기만 하고, 그게 어디가 합리적이지?"

"으음…?"

검신은 귀찮다는 듯이 길레느를 보았다.

"너 언제부터 그렇게 귀찮은 소리를 하게 되었냐?"

"여기에 돌아오기 전부터다!"

"…이젠 사부의 말 따윈 안 듣겠다는 거냐?"

"하지만… 윽!"

어느 틈에 검이 길레느를 향하고 있었다. 보통 사람이라면 검신의 손에 갑자기 검이 출현한 것처럼 보였겠지. 길레느에게는 검을 뽑는 그 동작이 보였다.

하지만 반응할 수 없었다.

당대에 가장 빠른 남자의 앞에서는 아무리 검왕이라도 제대로 반응할 수 없었다.

"길레느. 나는 말이지, 네 교육에 대해 조금 후회했어."

"……."

"굶주린 호랑이 같던 길레느가 이빨 빠진 새끼고양이가 되었다고. 그대로 놔뒀으면 너도 지금쯤 검제가 됐을 텐데."

검신의 말에 길레느는 꿀꺽 마른침을 삼켰다.

최근 길레느는 자기가 약해졌다고 느끼고 있었다.

하지만 그녀는 현재의 자신이 나쁘다고는 생각하지 않았다. 분명히 검의 성장은 멎었다. 이 이상 강해질 것 같지 않다. 하지만 대신 커다란 것을 얻었다.

지혜와 지식이다. 검술로는 결코 얻을 수 없는 것이었다.

"나는 이제 이빨을 뽑지 않겠어."

검신은 검을 넣었다. 이걸로 알았겠지? 라는 듯이.

하지만 길레느는 울컥해서 말했다.

"의미를 모르겠다. 왜 대련해 주지 않지? 저래선 에리스가 가 없지 않나?"

검신은 한숨을 내쉬었다.

길레느는 처음부터 끝까지 설명해 주지 않으면 모르는 꼬맹 이였다고.

"잘 들어라, 길레느. 나를 넘어서고 싶다면 말이야, 합리의 극에 도달하면 언젠가 넘을 수 있어. 나 자신이 합리의 극에 달한 결과니까. 뭐, 물론 검신이 되고 싶다면 상응하는 노력이나 재능도 필요하지만, 그건 아무래도 좋아. 그 녀석이 목표로 하는 건 용신이야. 용신 올스테드. 녀석은 '합리 밖에 있는 존재'지. 격이 다른 괴물이야. 내 가르침만으로는 절대로 이길 수 없어."

검신은 거기까지 말하고 그립다는 듯이 눈을 가늘게 떴다.

그는 실제로 용신과 싸운 적이 있었다. 아직 검신이라고 불리기 전, 한 명의 콧대 높은 검성이었을 적의 이야기다. 결과는 완패였고, 왜 목숨을 빼앗기지 않았는지, 뿐만 아니라 사지 멀쩡하게 살아남을 수 있었는지도 알 수 없는 레벨이었다.

콧대가 꺾인 그는 그로부터 올스테드를 목표로 계속 단련해

왔다.

그 결과 검신이 되었다.

그렇기에 이번 일에 대해선 남의 간섭을 받고 싶지 않았다.

"어이, 길레느. 수행이란 대련이 아니잖아? 하물며 목표가 있다면 남의 말을 고분고분 들어선 의미가 없어. 안 그래?"

"…사부는 항상 어려운 말만 하지. 나는 모르겠다."

"흥."

길레느의 대답에 검신은 코웃음을 쳤다.

그랬다. 이 녀석은 처음부터 끝까지 차근차근 설명해 줘도 모르는 바보였다.

"뭐, 말하자면 내게 배우기만 해선 안 된단 소리야. 그러기 위해서 이것저것 준비했지. 일단은 이 녀석이야."

그렇게 말하며 검신은 오베르를 가리켰다.

오베르는 길레느에게 꾸벅 인사했다.

"소생의 이름은 북제 오베르 콜벳. 항간에서는 '공작검'이라고 불리지."

길레느는 얼굴을 찌푸렸다.

오베르의 몸에서 뭐라고 할 수 없는 자극적인 냄새가 풍겼기 때문이다. 체취가 아니라 감귤 계열의 강한 냄새. 아마도 향수겠지. 수족인 길레느에게는 불쾌한 냄새였다.

"북신류가 무슨 일이지?"

"검신님에게 부탁을 받았다. 제자 한 명과 대련해 달라고."

길레느는 더욱 의아한 표정을 하며 검신에게 물었다.

"왜 북신류를? 에리스에게 이 녀석들 같은 잔재주는 어울리지 않을 텐데."

"용신이 쓰니까."

그 말에 길레느의 표정이 한층 험악해졌다. 용신이 북신류의 검사란 이야기는 들은 적 없었다. 혹시 그가 북신류 검사라면 열강 2위는 북신이겠지.

"용신이란 대체 뭐지?"

"낸들 알겠나…. 다만 그 녀석은 검신류네 북신류네 하는 유파의 정석 같은 걸 모두 망라했어. 당연히 사용해도 대처하고, 저쪽도 써오지. 그럼 이쪽도 배우지 않으면 호각으로 싸울 수 없어."

길레느의 표정에서 험악함이 사라졌다.

상대가 사용하는 기술을 익힌다. 실로 합리적인 결론이었기 때문이다.

"그래, 그럼 언젠가 수신류도 부를 건가?"

"그래, 편지는 보내뒀지."

"그런가."

길레느의 꼬리가 기분 좋은 듯이 살랑살랑 흔들렸다.

검신은 그걸 보고 흥 하고 쓴웃음을 지었다. 알기 쉽게 대답하면 납득한다.

그런 점은 예전과 전혀 다름없었다.

"그럼 북제님, 느긋하게 지내시길."

길레느는 자기 의문이 해소되었기 때문에 일어서서 북제에게 인사했다.

검신류에 전해지는, 한쪽 무릎을 꿇는 독특한 방식으로.

"음, 검왕님. 신세지겠소."

오베르 또한 가슴에 손을 대며 답례했다.

이렇게 에리스의 수행이 또 한 단계 나아갔다.

에리스가 '북성'의 인가를 받은 건 1년 뒤의 일이다.

번외편

애보기의
달인

그건 루데우스가 편지를 받기 약 1년 전의 일.

파울로와 그 일행은 이스트포트에 도착해 있었다.

록시, 탈핸드도 함께 있었다.

제니스의 위치는 이미 판명되었다. 베가리트 대륙에 있는 미궁도시 라판이다.

거기로 가려면 이스트포트에서 배를 타고 베가리트 대륙으로 갈 필요가 있다.

하지만 파울로에게는 한 가지 걱정이 있었다.

자신의 딸인 노른과 아이샤 문제다.

베가리트 대륙은 마물이 많이 살고, 마대륙과 비슷한 만큼 위험한 곳이라고 들었다.

파울로는 모험가 출신이다. 한때는 술에 절어 살았지만, 모험가를 은퇴한 뒤로도 훈련을 계속하였다. 거기에 탈핸드나 록시 같은 숙련된 모험가가 함께하면 아무리 베가리트 대륙이 위험한 곳이라고 해도 답파하기 어렵지 않겠지.

하지만 그건 어디까지나 어렵지 않다는 것뿐이다.

파울로 일행만이라면 몰라도 그런 장소에 아이를 둘이나 데려간다면 단숨에 힘들어지겠지.

고로 파울로는 두 딸을 루데우스에게 보내기로 결심했다.

아이 둘을 자신의 손이 닿는 곳에서 먼 곳으로 보낸다. 이것도 위험하지만, 마물이 들끓는 베가리트 대륙에 데려가는 것보다는 낫다고 판단한 것이다.

★　★　★

어느 객점의 식당.

거기에 놓인 테이블 중 하나에는 네 명의 여성이 앉아 있었다.

한 명은 어른, 두 명은 아직 어린아이. 마지막 한 명은 아이로 보이지만, 번듯한 어른이었다.

리랴, 노른, 아이샤, 록시였다.

"…싫어."

그 중 한 명, 노른은 토라진 모습이었다.

그녀의 기분은 좋지 않았다.

그 증거로 눈앞의 요리를 먹지도 않고 오른손에 든 포크로 쿡쿡 찔러만 댔다.

"난 아빠랑 같이 갈래."

그녀가 퉁명스러운 이유는 명백했다.

아침식사 때 파울로가 '너는 아이샤랑 같이 루데우스에게 가라.'고 말했기 때문이다.

고로 점심을 먹는 지금도 불만스러운 태도를 숨기지 않고 볼을 불룩이고 있었다.

"그~러~니~까, 노른 언니가 붙어 있으면 아빠한테 방해가 된다고 했잖아."

"방해 안 되는걸…."

그런 노른에게 한소리 하는 게 아이샤였다.

아이샤는 노른과 달리 루데우스에게 가라는 말을 들은 순간 좋아했다.

그 정도로 그녀는 오빠에게 가는 게 기뻤던 것이다.

고로 불평불만을 늘어놓으며 찬물을 끼얹는 노른이 마음에 들지 않았다.

그런 감정도 있어서 아이샤는 아까부터 설득으로도 들리는 말로 노른을 계속 규탄했다. 그야말로 정론처럼 들리는 말로.

고집을 부리는 것 자체는 아이샤도 허용할 수 있었다. 하지만 고집을 부린다고 해도 더 스마트하게 해 줬으면 싶었다. 주위가 '이거 한 방 먹었다'라고 생각할 만한 방식으로. 싫다고 응석만 부리는 건 보기도 흉하고 짜증이 난다.

"그보다 노른 언니, 오빠한테 가고 싶지 않을 뿐이잖아? 예전에 좀 싸웠다고 오빠를 악당으로 보고. 아빠도 자기 잘못이라고 그랬잖아."

"아빠는 잘못 없어!"

노른은 순간 그렇게 외쳤다.

루데우스와 파울로의 싸움은 틀림없이 루데우스가 잘못했다. 노른으로서는 그게 아니라면 참을 수 없었다.

"노른 언니는 항상 그래. 자기 생각대로 안 되면 금방 뚱해져서 싫다고밖에 안 하잖아. 그러면서 주위가 꺾이는 걸 기다리고, 상대가 조금이라도 자기 마음에 안 드는 소리를 하면 그렇게 소리치고. 바보 같아."

그 말에 노른은 어금니를 악다물고 울상을 하면서 아이샤를 노려볼 수밖에 없었다.

다만 아이샤를 노려보는 눈동자는 하나만이 아니었다. 그녀의 옆에 앉은 메이드복의 여성 또한 아이샤를 노려보았다.

"아이샤, 말버릇이 그게 뭔가요! 사과하세요!"

리랴였다.

현재 그녀는 베가리트로 가는 항로나 노정을 아는 안내인을 찾으러간 파울로를 대신하여 노른과 아이샤를 돌보고 있었다.

자매의 다툼은 일상다반사라서, 파울로도 고개를 내저으면서 '자매니까 싸울 수도 있지.'라며 인정했기 때문에 어느 정도는 묵인되었다.

하지만 아이샤가 너무 심한 폭언을 시작하면 이렇게 질책을 듣는다.

참고로 옆에 앉은 록시는 그 대화를 머쓱하게 바라보았다.

그녀는 호위로 남았다. 과거에 가정교사로서 그레이랫 가문에서 신세를 졌고 리랴에 대해서도 잘 알지만, 아무래도 편치는 않았다.

"…예. 미안해요. 노른 언니, 지나친 소리를 했습니다."

아이샤는 시치미 떼듯이 웃으면서 사죄했다.

정중한 말에 목소리도 정중했지만, 겉만 번지르르한 사죄였다.

진심으로 반성하지 않는다는 것은 리랴도 이해하였다. 그러지 않으면 틈날 때마다 노른에게 걸고넘어지지도 않겠지. 하지만 그 모습은 뭐라고 트집 잡을 데가 없었다.

사실은 하고 싶은 말이 더 많이 있었다. 정처의 자식인 노른에게는 더 경의를 표하라든가. 하지만 리랴도 아직 젊어서 그걸 아이샤에게 잘 전달할 만한 말을 찾을 수 없었다.

하지만 리랴가 그 이상의 추궁을 삼간 것은 꼭 그런 이유만이 아니었다.

그녀도 이번 문제에서 아이샤와 같은 의견이었기 때문이다.

"하지만 노른 아가씨. 베가리트 대륙은 아주 위험한 곳입니다. 물론 파울로 님은 최대한의 안전을 확보하면서 신중하게 행동하겠지요. 하지만 실수는 일어날 수 있습니다. 그때 아가씨가 다치기라도 하면 분명 파울로 님은 크게 슬퍼하실 겁니다."

"……."

그것이 방해가 된다는 사실은 노른도 알고 있었다.

하지만 그런 건 아무래도 좋았다.

노른에게는 파울로의 곁이 가장 안전하고 안도할 수 있는 장소다. 파울로 이외에 자신을 지켜주는 사람은 없다. 떨어질 수는 없었다.

"싫어."

"노른 아가씨. 싫다고만 할 게 아닙니다. 잘 이해해 주세요."

"싫다면 싫어! 같이 엄마한테 갈 거야!"

노른은 테이블을 팡 때리며 일어섰다.

그 바람에 접시가 떨어졌다. 접시는 나무 바닥에 떨어져서 쨍강 소리를 내고 요리가 튀었다.

"리랴도 아빠랑 같이 가잖아! 너무해!"

"노른 아가씨! 잘 생각해 보세요!"

리랴의 목소리도 커졌다.

그녀는 주종 관계를 분간할 줄 안다. 노른에게는 약하다. 하지만 언제 야단쳐야 할지는 잘 알았다.

노른은 리랴의 목소리에 흠칫 몸을 떨었지만, 리랴를 노려보고는 삭은 주먹을 움켜쥐고 외쳤다.

"…됐어!"

노른은 그대로 의자를 걷어차고 식당에서 뛰쳐나갔다.

"아, 아가씨! 기다려 주세요!"

혼자서 밖으로 나간 노른을 쫓아서 리랴도 뛰쳐나갔다.

록시도 황급히 그 뒤를 쫓아갔지만 이미 늦었다.

두 사람이 객점 밖으로 나갔을 때, 이미 키 작은 노른은 군중 사이에 섞여서 보이지 않게 되었다.

"흥."

혼자 남겨진 아이샤는 불만스럽게 코웃음을 쳤다.

★　　★　　★

노른은 인파 속을 달려갔다.

눈에는 눈물이 고여서 당장이라도 흘러내릴 것만 같았다.

분했다. 한심했다. 화가 났다.

만사가 자기 마음대로 되지 않은 게 이게 처음은 아니다. 오히려 마음대로 되지 않는 때가 많았다.

하지만 그래도… 그래도 파울로랑은 함께 있고 싶었다.

노른의 바람은 그저 그것뿐이었다. 예전부터 그저 그것만을 위해 모든 부조리에 견뎌왔다. 물론 때로는 고집도 부렸지만, 기본적으로는 참아왔다. 그 전이사건 이후로 계속.

파울로와 함께 있는 것은 당연한 권리라고 생각했다.

그래, 파울로와 함께 있을 수 있는 것은 노른이 가진 권리다.

그리고 그것은 당장이라도 빼앗기려고 한다.

"훌쩍…."

노른은 그 부조리에 눈물을 흘릴 수밖에 없었다.

"아!"

흘러내리는 눈물을 닦은 순간, 노른은 골목길에서 튀어나온 누군가와 부딪쳤다.

"우왓?!"

부딪친 상대는 소리를 내며 뭔가를 떨어뜨렸다.

노른이 위를 보자, 덩치 좋고 수염투성이 남자가 멍한 얼굴로

서 있었다. 그 옆에는 호리호리하고 작은 남자가 놀라서 눈을 까뒤집고 있었다.

수염투성이 남자의 가슴에는 소스가 끈적하게 묻어 있었다.

또 노른의 발밑에는 남자가 떨어뜨린 것인 듯한, 먹던 고기 꼬치가 굴러다녔다.

그것들을 본 남자의 얼굴이 순식간에 시뻘겋게 물들고, 노른의 얼굴이 창백해졌다.

"어이, 꼬맹아! 어딜 보고 걷는 거야!"

"꺄아⋯."

노른은 멱살을 붙잡혀서 허공에 들어올려졌다.

수염투성이 남자의 얼굴이 눈앞으로 다가오고 숨결이 닿았다.

술 냄새. 취한 것이다.

"아, 아, 아⋯."

노른은 공포로 몸을 떨었다.

취한 사람이 무슨 짓을 하는지 잘 알기 때문이다.

타락했을 적의 술취한 파울로, 그의 폭력은 끝까지 노른에게 미치는 일은 없었다. 하지만 그래도 어린 노른에게 '주정뱅이는 무서운 존재이며, 술을 마시는 건 나쁜 일이다'라고 이해시키기에 충분했다.

파울로는 술을 마시지 않곤 버틸 수 없었다는 걸 노른은 이해하였다.

하지만 그건 어디까지나 파울로이기 때문이다.

파울로가 아닌 사람이 술을 마시고 주정을 부리면 노른에게 는 그저 공포일 뿐이었다.

"어떻게 할 거야, 꼬맹아! 부모는 어딨어! 변상해!"

"그래! 형님이 좋아하는 음식이라고!"

"멍청아! 옷이야! 옷! 이 얼룩은 안 지워지잖아!"

"우우, 히, 히익…."

그 공갈에 노른은 견디다 못해 울음을 터뜨리고 떨면서 오열 했다.

머릿속은 패닉상태. 이미 상대가 무슨 소리를 하는지도 알 수 없었다. 그녀가 할 수 있는 것은 오줌 쌀 것 같은 공포 속에서 그저 도움을 청하는 시선을 주위에 보내는 것뿐이었다.

하지만 무정하게도 그 시선을 받아주는 사람은 없었다.

주정뱅이의 소동에 휘말리는 것을 꺼리며 다들 서둘러 멀어 질 뿐이었다.

"아빠랑 엄마는 어딨냐!"

"……."

"입 다물고 있으면 모르잖아! 죄송합니다 소리도 없냐! 교육 을 어떻게 받은 거야!"

"죄, 죄, 죄송, 죄송합니다…!"

아니, 한 명 있었다.

소녀의 도움을 청하는 시선을 받고, 소녀의 사죄의 목소리를 듣고 발을 멈춘 남자가 있었다.

그는 그 표정을 분노로 일그러뜨리면서 성큼성큼 수염투성이 남자의 옆으로 다가왔다.

"…뭐야, 너?"

"……."

그리고 말없이 노른의 멱살을 잡아든 남자의 팔을 붙잡았다.

엄청난 힘이었다. 노른의 몸만큼이나 두꺼운 팔뚝을 가진 수염투성이 남자가 저항하려고 해도 순식간에 비틀렸을 정도였다.

"으, 으갸, 으갸갸갸!"

수염투성이 남자는 견디다 못해 노른을 떨어뜨렸다. 노른은 엉덩방아를 찧고, 자기를 도와준 상대를 보았다.

"이 아이가 대체 무슨 짓을 했지?"

그긴 이마에 보호대를 두른 남자였다.

얼굴에는 비스듬하게 흉터자국이 한 줄 있고, 표정은 분노로 일그러져 있었다.

아는 이가 보면 금방 이름을 말했겠지.

그의 이름은 루이젤드 스펠디아.

노른은 그 이름을 모른다. 다만 얼굴을 보자마자 얼른 일어나 남자의 뒤로 뛰어가서 숨었다.

"그, 그 꼬맹이가, 갑자기, 부딪쳐서, 오, 옷이…."

"이 아이는 사과했는데?"

"사과해도 얼룩이 지워지…. 으악!"

루이젤드의 팔에 힘이 들어갔다. 수염투성이 남자의 팔이 뚜

둑뚜둑 비명을 질렀다.

"이 자식, 형님을 놔줘!"

호리호리한 남자가 루이젤드의 얼굴을 향해 손을 뻗었지만, 루이젤드는 가볍게 그걸 피해서 손끝이 머리 보호대를 스치는 정도로 끝났다.

"얼룩을 지울 건지, 목숨을 잃을 건지, 골라라….""

"으아아아…! 미안해, 내가 잘못했어! 내가 잘못했다고!"

남자는 수염투성이 남자의 팔을 놓았다.

호리호리한 남자가 그에게 달려가서 "괜찮습니까?"라고 물었다.

"너도 다시 한번 제대로 사과해라."

루이젤드는 노른을 내려다보며 그렇게 말했다.

노른은 놀란 얼굴을 하였지만, 고개를 끄덕이고 수염투성이 남자에게 고개를 숙였다.

"죄, 죄송합니다."

"칫…. 아니, 나도 갑자기 소리쳐서 미안했다…. 어이, 가자."

"예, 예입!"

두 남자는 인파 속으로 사라졌다.

그러자 노른은 힘없이 지면에 주저앉았다.

공포가 물러가자 밀려온 안도로 몸에서 힘이 빠진 것이다.

"…괜찮나?"

"아…. 예."

노른은 루이젤드를 올려다보았다.

그녀의 시선에는 놀라움과 그리움이 뒤섞여 있었다.

노른은 그를 기억했다.

미리시온에 살고 아직 아이샤도 리랴도 없던 무렵, 넘어질 것 같은 노른에게 손을 뻗어준 적이 있었다. 부드럽게 머리를 쓸어주고 사과를 주었다.

잊을 리가 없다. 스킨헤드에 보호대를 했고, 얼굴에 커다란 상처자국이 있는 이 남자를.

"…아, 아앙…. 아아앙."

그 얼굴에 안도한 건지 노른은 한심하게도 울어 버렸다.

노른이 갑자기 우는 바람에 루이젤드는 당황하였다.

주위 시선이 집중됐지만 루이젤드의 무서운 얼굴을 보고 아무도 다가오지 않았다.

루이젤드는 고민한 끝에 웅크려 앉아서 노른의 머리에 손을 얹고 천천히 쓰다듬었다.

노른은 그 손의 온기와 깨지는 것을 다루는 듯한 속도에 안도하면서, 자기 안의 울음소리가 차츰 작아지는 것을 느꼈다.

"그래서, 너무했어요. 다들, 안 된다고… 방해된다고…."

그로부터 한동안 노른은 큰 소리는 아니지만 흑흑거리며 울었다.

루이젤드는 바로 부모에게 데려다주려고 했지만, 그런 말에 노른은 강하게 고개를 내저었다.

그 완고한 거절에 혹시나 부모에게 무슨 문제라도 있나 싶었던 루이젤드는 일단 그녀에게 사정을 들어보기로 했다.

"그렇군."

대충 사정을 다 들은 루이젤드는 창을 움켜쥐었다.

베가리트 대륙으로 가려는 파울로. 루데우스에게 보내지는 노른.

노른의 이야기는 견해가 일방적이고 설명이 부족했다. 고로 루이젤드의 마음속으로는 몇 가지 의문점이 남았다. 그래도 베가리트 대륙, 그리고 루데우스에게 간다, 이 두 가지를 중심으로 정리해서 생각해 보면 이야기의 전모는 곧 보였다.

하지만 아버지와 함께 있고 싶다는 딸의 마음까지 아는 건 아니었다.

"…그거, 힘들겠군."

그가 아는 것은 아버지의 마음이었다.

과거에 루이젤드에게도 아내와 자식이 있었다.

그 무렵의 루이젤드는 라플라스의 친위대로서 마대륙을 누비고 다녔다.

아내와 자식을 두고 전쟁에 나갔다.

공명심이나 충성심도 있었다. 하지만 그것을 채우는 데에 방해되니까 두고 간 건 아니었다. 소중히 여겼기에 안전한 곳에 두고 싶었던 것이다.

'하지만….'

그러면서 떠오른 것은 아들 생각이었다.

처음에 마을을 나갈 무렵에는 아들은 아직 꼬리가 달려 있을 정도의 아이였다.

하지만 그건 처음뿐이었다. 라플라스의 친위대로 몇 년이나 싸우고 전쟁에 승리하여 마대륙을 통일함에 따라 아들은 성장하고 꼬리는 창이 되고 체격도 튼실해져서 훌륭한 남자가 되어 갔다. 마지막에 마을에 돌아갔을 때에는 '이제 충분히 다 컸어. 다음 싸움에 데려가줘.'라는 건방진 소리까지 할 정도로 성장하였다.

그때 아들은 루이젤드가 뭐라고 하든 귀를 기울이지 않았다. 그렇기에 루이젤드는 힘으로 제압하고서 '이 정도로는 전사로서 인정해줄 수 없다.'라고 말하고 마을에 남겼다.

전사가 걸리는 병 중 하나다.

소중한 것을 전쟁에게서 멀리 떼어놓고 지키려고 한다.

하지만 결국 루이젤드는 전사로서 실격이었다.

그와 비교하면 아들은 훌륭했다.

아들은 마창으로 흉폭해진 루이젤드를 쓰러뜨리고, 루이젤드를, 그리고 전사단을 구했다.

아들이 어떻게 마창을 든 루이젤드를 이길 수 있었는지는 아직 모른다.

마대륙을 방랑하면서 그러한 의문을 품은 적은 있었지만, 납득할 만한 이유는 찾을 수 없었다.

하지만 지금와서 루이젤드는 생각한다.

아들은 분명 루이젤드가 모르는 곳에서 강해지려고 했다고.

루이젤드의 말을 지키면서 마을과 어머니를 지키기 위해 사명과 결의를 가지고 단련했다고.

그리고 그 사명과 결의가 폭주한 루이젤드를 쓰러뜨린 거라고.

그 사실을 루이젤드는 무척이나 자랑스럽게 생각했다.

노른이 당시의 아들과 같은 마음이라면 걱정이네 소중하네 해도 소용없겠지.

분명 노른이 조금만 더 컸으면. 조금만 더 강했으면….

강한 사명과 결의를 갖고 매일 단련을 거듭했다면.

루데우스와 비슷한 정도였다면 루이젤드는 오히려 파울로를 설득했겠지.

하지만 지금의 노른은 어리고 약하다.

"노른."

"…예?"

루이젤드는 옆에 앉은 노른의 눈을 보면서 말했다.

"너는 더 강해져야만 한다."

"……?"

"누군가와 함께 있고 싶다면 강하고 크고 훌륭해져야만 한다. 그러기 위해서 지금은 조금 참아라."

부족한 말이었다.

뭘 전하고 싶은 건지 좀처럼 알기 어려운 말이었다.

노른도 자기가 참아야만 한다는 걸 알고 있으니까 떼를 쓰는 것이다.

"……."

하지만 루이젤드의 말에서는 이상하게도 무게감이 느껴졌다.

리랴나 아이샤, 다른 여러 어른들의 말과는 전혀 다른 무게였다.

그것은 소극적인 이유가 아니라 적극적인 이유에서의 최선이라고 루이젤드가 믿기 때문일지도 모른다.

"…우우."

노른은 입을 다물면서 고개 숙였다.

순순히 알겠다고 말할 수 없었다.

그렇게 말할 수 있으면 처음부터 이렇게 떼를 쓰지도 않았다.

그런 노른의 태도에 루이젤드는 가볍게 미소 지으면서 손을 뻗었다.

노른의 머리를 부드럽게 쓰다듬었다.

"안심해라. 가는 도중에는 파울로를 대신해서 내가 지켜주지."

그 부드러운 손은 노른을 안심시키기에 충분할 만큼 다정했다.

"…알겠습니다."

긴 침묵 끝에 노른은 가느다란 목소리로 그렇게 말했다.

루이젤드는 그 말에 만족스럽게 끄덕이고 손을 떼려다가…

"아."

노른의 목소리에 우뚝 멈추었다.

"왜 그러지?"

"…조금만 더 쓰다듬어 주세요."

루이젤드는 그 요구에 응했다.

몸을 잔뜩 옹크린 노른의 머리에 손을 올리고 천천히 움직였다. 작은 병아리를 쓰다듬듯이 부드럽게.

"왠지 안심이 되었어요."

"그래."

그 뒤로 한동안 루이젤드는 계속 노른의 머리를 쓰다듬었다.

사람들은 그것을 흐뭇한 광경을 보는 눈으로 지켜보았다.

노른의 울음 어린 얼굴에도 간신히 미소가 돌아왔다.

"아! 여기 있네요! 리랴 씨, 발견했어요!"

그때 광장 옆에서 목소리가 들렸다.

돌아보니 청색 머리의 소녀가 모자를 누르면서 달려오고 있었다.

"데리러온 모양이군."

루이젤드는 조용히 그렇게 말하더니 쓰다듬던 손을 떼고 일어섰다.

노른은 자신에게서 멀어지는 따뜻한 기운을 쓸쓸하게 생각하면서 그를 따라 일어섰다.

"저기!"

노른은 등을 돌린 루이젤드에게 큰 소리로 말했다.

"이름… 가르쳐 주세요."

루이젤드는 돌아보았다. 그 순간 아까 충돌하느라 매듭이 느슨해졌는지, 루이젤드의 머리보호대가 풀어졌다.

루비 같은 붉은 감각기관이 드러났다.

"루이젤드다. 루이젤드 스펠디아."

그것은 아주 환상적인 광경이었다.

이마에 아름다운 보석을 가진 남성이 역광을 받으면서 미소를 띠고 자신을 바라봐준다.

그야말로 옛날이야기에 나오는, 붙잡힌 공주님을 기사가 맞으러 오는 듯한….

노른은 그 정도의 충격을 받으면서 은인의 이름을 알았다.

그리고 루이젤드가 이름을 밝혔을 때, 동시에 충격을 받은 여성이 있었다.

록시 미굴디아였다.

그녀의 충격을 설명하자면 조금 길어진다.

그럴 것이 그녀는 어렸을 적부터 꺼리던 것이 세 가지 있었다.

하나는 피망.

미리스 대륙에 왔을 때 처음 먹은 야채로, 인간족의 세상은 달콤한 것이 많이 있는 천국이다! 라고 생각하던 록시를 지옥의 밑바닥에 떨어뜨린 음식이었다.

입안에 퍼지는 독특한 쓴맛과 냄새.

즉각 뱉어내도 남는 구역질.

미굴드족이란 생물에게 피망은 독이다. 한때 진지하게 그렇게 생각했지만, 루데우스의 스승으로 있을 적에 극복했다.

루데우스의 앞에서 편식을 하는 건 창피했기 때문이다.

또 하나는 아이다.

다섯 살에서 열다섯 살까지의 아이. 특히나 남자애.

그들은 사람의 말을 듣지 않는다. 그 자리에서 즉흥적으로 행동하고, 이론적인 충고에도 귀를 기울이지 않는다.

하지만 루데우스와 만나면서 오히려 자신은 아이를 좋아하는 걸지도 모른다고 생각하게 되었다.

그 뒤에 팩스와 만나면서 자기가 아이를 꺼리는 게 아니라고 이해했다.

아이가 아니라 사람의 말을 안 듣는 녀석을 꺼리는 것이다.

어떤 의미로 아이를 싫어하는 것은 극복했다고 할 수 있겠지.

그리고 세 번째가 스펠드족이다.

스펠드족 이야기는 태어났을 때부터 몇 번이나 들었다.

록시가 태어나기 훨씬 전에 있었던 전쟁에서 아군을 배신한 악마 종족.

옛날에는 미굴드족과도 교류가 있었다나 본데, 배신자로 박해를 받으면서 멸망한 종족.

그들은 자기들을 멸망시킨 마족에게 큰 원한을 품어서, 다른 마족을 보기만 하면 다짜고짜 공격해서 죽인다고 한다.

그 중에서도 '데드엔드'는 아이를 좋아한다.

못된 아이를 보면 모두가 잠들었을 때에 찾아와서 자기 둥지로 잡아간다.

그 뒤에 도망치지 못하게 다리를 먹고, 저항하지 못하게 팔을 먹고, 신선함을 잃지 않도록 머리를 마지막으로, 그렇게 천천히 배 속에 넣는다.

그러니까 착한 아이로 있어야 한다.

그렇게 들으면서 자랐다.

솔직히 마을을 떠나서 신참 모험가로 활동하던 무렵에는 지금의 자신은 못된 아이니까 위험할지도 모른다고 진심으로 생각하였다.

그건 어른이 되어감에 따라 차츰 흐려졌지만, 스펠드족에 대한 공포심은 남았다.

고로 웹포트에서 데드엔드라고 칭하는 인물을 보았을 때도 최대한으로 경계하였다.

그리고 몇 년 뒤. 바로 지금 그녀는 스펠드족과 만났다.

노른을 찾아 도시를 뛰어다니다가 간신히 찾았다 싶었더니, 거기에 있던 것은 바로 웬포트에서 보았던 대머리 남자. 손에 든 것은 새하얀 삼지창. 다음 순간에는 그 남자의 이마에 감겨 있던 보호대가 팔랑거리며 떨어지고, 그 밑에서 드러난 것은 붉은 보석 같은 감각기관.

"── 루이젤드다. 루이젤드 스펠디아."

그리고 스펠디아.

어째서인지 머리칼은 없었지만 록시는 확신했다. 이 녀석은 틀림없이 스펠드족이라고.

이 녀석이 데드엔드다. 그리고 지금 노른에게 독니를 들이대려고 한다고.

"아… 아…."

발밑에서 솟아오르는 공포.

온몸이 바들바들 떨려서 그대로 의식을 놓고 싶어졌다.

하지만 자신은 지금 노른의 호위를 맡고 있다. 뒤에서는 리랴도 뛰어오고 있다. 객점으로 돌아가면 아이샤도 있겠지. 아니, 그것만이 아니다. 이 광장에 있는 전원이 위험하다.

록시는 마음속으로 그렇게 외치며 스스로에게 힘을 주고 지팡이를 쳐들며 외쳤다.

"그, 그 아이를 놓아주세요! 안 그러면 내가 상대하겠습니다!"

그 자리에 침묵이 깔렸다.

루이젤드는 굳어 버렸고, 리랴도 움직임을 멈추었다.

노른은 오히려 루이젤드에게 안겨서 록시에게 적의의 시선마저 보냈다.

록시는 뭔가가 이상하다고 생각했지만, 극도로 긴장한 바람에 뭐가 이상한지 알 수 없었다.

하지만 자기가 지금 뭔가 실수했다는 감각은 있었다.

실수는 지금까지 몇 번이나 했으니까 안다.

"…루이젤드 님, 오래간만입니다."

그때 뒤에서 다가온 리랴가 고개를 숙였다.

리랴의 가벼운 인사에 록시는 동요하면서도 물어보았다.

"어? 저기, 아는 사이입니까?"

"들어보신 적 없습니까? 루이젤드 님은 루데우스 님을 아슬라 왕국까지 호위해 주신 분으로——."

"아."

들었다. 더 말하자면 웬포트에서 본 데드엔드란 루데우스를 호위해 준 사람이라는 이야기도 들었다. 설마 진짜로 스펠드족이라고는 생각도 안 했지만….

"…위해를 끼칠 생각은 없다."

루이젤드는 그렇게 말하고 지팡이를 든 록시를 조심스러운 표정으로 바라보았다.

그 모습에 록시는 자기가 당치도 않은 소리를 했다고 깨닫고 얼굴을 새빨갛게 물들이며 고개 숙였다.

역시나 스펠드족은 꺼려진다.

★　　★　　★

　루이젤드가 호위로 붙는다.

　그 말을 들었을 때의 파울로 일행의 반응은 제각각이었다.

　일단 루이젤드의 인품과 실력을 잘 아는 리랴와 진저는 찬성했다.

　그러면 반드시 노른과 아이샤를 안전하게 데려다줄 거라고 보장하였다.

　베라와 쉐라는 서로의 얼굴을 보며 괜찮지 않겠냐는 듯이 끄덕였다.

　그녀들은 일단 루이젤드의 얼굴을 알았다. 루데우스를 지키며 마대륙을 답파했다는 정보에 대해서도 알았다. 실력면으로도 든든하고, 문제없다는 느낌이었다.

　탈핸드는 반대했다.

　그는 스펠드족에 대한 소문을 잘 알았다. 어렸을 적에 록시와 비슷한 이야기를 들으며 자랐고, 마대륙을 여행할 때에도 공포의 존재라고 여러 이야기를 들었다. 아니 땐 굴뚝에 연기가 날 리가 없다. 과거에 무슨 짓을 한 건 틀림없다. 가령 지금은 개심했다고 해도 잘 알지도 못하는 남에게 소중한 이를 맡겨도 좋겠냐는 게 그의 말이었다.

　록시는 소극적 반대였다.

록시도 강하게 반대하는 건 아니고 외모나 선입관으로 상대를 판단하는 건 좋지 않다고 생각했지만, 그래도 상대는 스펠드족. 위험은 없다고 이해한 뒤에도 경계를 풀지 않았다.

아니, 경계라기보다는 두려움이겠지.

스펠드족은 어렸을 적부터 몇 번이나 들었던 공포의 상징이다.

지금 록시가 사는 마을에서는 스펠드족의 그런 이야기를 가르치지 않지만, 록시가 어렸을 적에는 아이에게 버릇을 들일 때의 기본 레퍼토리였다.

그렇기에 록시는 두려움을 숨길 수 없었다.

머리로는 안전하다고 알면서도 어렸을 적에 새겨진 공포가 그녀의 다리를 굳게 만들고 판단을 신중하게 만들었다.

따라서 록시의 말은 '파울로 씨가 신용할 수 있다고 생각한다면'이라는 것이 되었다.

찬성과 소극적 찬성과 반대와 소극적 반대.

네 가지 의견을 듣고 파울로는 생각했다.

루이젤드에 대해서는 잘 모른다.

그와 접한 것은 루데우스와 함께 나타났을 때뿐으로, 대화도 별로 나누지 않았다.

신뢰할 수 있는 인물이란 것은 그때도 느꼈다.

하지만 그로부터 몇 년. 사람은 몇 년이면 변한다는 것을 파울로는 경험으로 알고 있다.

몇 년도 필요 없다. 하루면 된다. 뭔가 불행한 일이 터지면 변한다.

과연 지금의 루이젤드는 신용할 수 있을까. 맡겨도 될까.

그렇게 생각하면서 시선을 내리던 파울로는 보았다.

루이젤드의 다리에 달라붙은 노른의 모습을.

노른의 모습은 아버지인 자신에게 달라붙었던 때와 겹쳐 보였다.

낮을 심하게 가리는 노른은 자기 이외의 어른을 별로 따르지 않는다.

그런데도 노른은 마치 루이젤드를 아버지처럼 따른다.

생각해 보면 그는 노른을 구해주었다.

주정뱅이에게 얽혀서 울면서 도움을 청하는 노른을 당연하다는 듯이 구해주었다.

분명 루데우스 때도 그렇게 구해줬겠지. 손익 따윈 생각하지 않고, 그저 당연하다는 듯이.

아마도 변하지 않았다.

그런 남자를 왜 의심할 필요가 있을까.

"부탁할 수 있을까?"

어느 틈에 파울로는 그렇게 묻고 있었다.

루이젤드는 그 질문에 똑바로 파울로를 보았다.

"내 목숨과 바꿔서라도 루데우스에게 데려다주지."

한 터럭의 거짓도 느껴지지 않는 강한 대답. 책임과 각오를 다진 눈동자. 지금 파울로로서는 절대로 할 수 없는, 긴 세월을 거친 전사의 얼굴.

이게 거짓이라면 파울로는 더 이상 아무것도 믿을 수 없겠지.

그 정도로 마음을 편하게 해 주는 의사와 결의가 거기에 있었다.

"부탁하네."

파울로는 손을 내밀었다.

루이젤드는 그 손을 붙잡고 굳은 악수를 나누었다.

이렇게 해서 루이젤드는 노른와 아이샤의 호위를 맡게 되었다.

10권 끝

무직전생 ~ 이세계에 갔으면 최선을 다한다 ~ **10**

2017년 5월 7일 초판 발행
2023년 12월 10일 8쇄 발행

저자   리후진 나 마고노테
일러스트   시로타카
옮긴이   한신남

발행인   정동훈
편집인   여영아
편집 팀장   황정아
편집   노혜림

발행처   (주)학산문화사
등록   1995년 7월 1일
등록번호   제3-632호
주소   서울특별시 동작구 상도로 282 학산빌딩
편집부   02-828-8838
영업부   02-828-8986

ISBN 979-11-256-7611-9 04830
ISBN 979-11-256-0603-1 (세트)

값 8,800원